U0782373

中央文史研究馆馆员文丛

李前宽 著

师 友 集

中华书局

图书在版编目(CIP)数据

师友集/李前宽著. —北京:中华书局,2024.8.—(中央文史研究馆馆员文丛).—ISBN 978-7-101-16723-8

Ⅰ.I251

中国国家版本馆 CIP 数据核字第 2024WR4142 号

书　　名	师友集
著　　者	李前宽
丛 书 名	中央文史研究馆馆员文丛
责任编辑	李晓燕　吴麒麟
装帧设计	刘　丽
责任印制	管　斌
出版发行	中华书局
	(北京市丰台区太平桥西里 38 号　100073)
	http://www.zhbc.com.cn
	E-mail:zhbc@zhbc.com.cn
印　　刷	天津艺嘉印刷科技有限公司
版　　次	2024 年 8 月第 1 版
	2024 年 8 月第 1 次印刷
规　　格	开本/920×1250 毫米　1/32
	印张 11⅜　插页 17　字数 200 千字
国际书号	ISBN 978-7-101-16723-8
定　　价	86.00 元

在李前宽、肖桂云联合执导的电影《重庆谈判》拍摄现场，
肖桂云导演（右）正在为扮演周恩来的黄凯（左）
和扮演张治中的李法曾（中）说戏

为执导电影《开国大典》，导演李前宽（左二）采访聂凤智中将（右二）时
同美术师王兴文（右一）、剧务主任王海峰（左一）合影

1986 年拍摄电影《田野又是青纱帐》时，李前宽、肖桂云导演
在辽宁北镇外景地给李仁堂（右一）、赵丽蓉（右二）说戏

李前宽与李仁堂（左）合影

李前宽与丁峤（右）交流

李前宽（左一）、肖桂云（右一）、张笑天（左二）、古月（右二）获奖后合影

肖桂云（左一）、导演袁乃晨（左二）、李前宽（左三）、
指挥家尹升山（右一）合影

1994年9月7日，李前宽在为夏衍举办的祝寿典礼上致辞

林农（中）在李前宽、肖桂云执导的电影《开国大典》中饰演邵力子。
图为三人在天安门城楼拍摄现场的合影

李前宽与张瑞芳（右）合影

1975 年，李前宽与李默然（右）合影

著名演员陈强说：谁敢捂我的眼睛！你个田华还不赶快
把手拿下来，把我眼睛都给捂疼了

李前宽、肖桂云导演与夏梦（中）在"夏梦从影 65 周年纪念会"上合影

郑邦玉（左一）、肖桂云（左二）、夏梦（左三）、李前宽（左四）、
洪学敏（左五）、吴桂苓（左六）在香港合影

1981年，在南京拍摄电影《佩剑将军》时，李前宽、
肖桂云导演给项堃、王尚信等演员说戏

1983年，施万春（右一）一家三口与李前宽、肖桂云合影

2004 年，李前宽与程季华（左）交谈

1997 年，李前宽、肖桂云与著名编剧张笑天（右）在三峡深入生活

1993 年，孙家正（中）、田聪明（右）到电影
《重庆谈判》剪接室探班并与李前宽交流

2014年，李前宽、肖桂云导演在好莱坞斯坦·李（中）办公室为他画像并合影。斯坦·李说："你怎么这么快就把我九十多年长成的脸给画完了，真不可思议。"

在电影《蜘蛛侠》招贴画前李前宽与斯坦·李的合影

李前宽与卢燕（右）合影

李前宽、肖桂云与电影《决战之后》中康泽的扮演者刘龙（中）合影

李前宽、肖桂云向于蓝（中）敬酒

李前宽与两位前辈李默然（左）、秦怡（右）在电影节上合影

李前宽与沈醉（左）合影

李前宽与"黄家医圈"传人黄传贵（左）合影

1992年，李前宽、侯耀文（左）、郎昆（中）排练小品《毛泽东与侯宝林》

2000 年在三亚长寿村为荣高棠庆生，荣老激动地站在凳子上放声歌唱

2006 年，袁运生为李前宽画像

1963 年，李前宽与田风老师（右）合影

1988年初夏，在寻找拍摄李大钊墓地的场景时，发现了
著名导演王滨之墓，全剧组对其进行了修缮

2008年10月，肖桂云（左一）、李前宽（左二）、丈木（左三）、
赵静（左四）、邵戈（左五）、洪学敏（左六）在井冈山合影

李前宽（右一）、肖桂云（左一）与苏云（左二）、向隽殊（右二）合影

李前宽与于敏（左）合影

1967 年，范梦（左）、李前宽（中）、袁运生（右）年轻时的合影

1991 年，李前宽、肖桂云在北影为电影《决战之后》《做后期制作

2012 年，李前宽、肖桂云在鄂尔多斯大草原合影

目　录

自　序

中央文史馆为馆员出书,将各位先生的研究成果、学术见地汇集发表,是件很好的事。我作为一个拍电影的导演,主要以影片创作为艺术成果,现在要出版文集,一时不知选哪些文章为好。

在长期的实践中,我与诸多文艺前辈、电影大家结下了深厚的友谊,我的成长得益于他们的帮助,每每想来,心中便产生一股暖意。因此,这些年来,我写了不少纪念性或回忆性的文章,还有为一些师友出版的著作所作的序言。在这些零零散散的文字中,不仅能看到我们曾经的美好故事,也能看到前辈、大师的艺术风彩和人格魅力。这些长者大都已作古,他们的音容笑貌却永存我心。把这些缅怀文章和序文归拢起来,以敬畏之心与诚挚之情汇集成册,取名为"师友集",以表怀念,我想是很合适的。

书中所写对象有导演、编剧、表演艺术家、画家、美术师和音乐家,也有革命前辈和领导,不论哪一类人,均与我有过接触,对我有很大影响,是我敬重的师友。

电影的一大特点就是真实性,这也是它的魅力所在。我是一个性情中人,一个在生活中讲真话的人。《师友集》中的文章,是从一个电影导演的视角写的真人真事,也是我的真实感言。其中一些人也许您曾相识或知其大名,倘若《师友集》能多给您一个侧面了解他们的形象,哪怕只有一点点,鄙人就知足了。

再次感谢中央文史馆组织《馆员文丛》的出版工作,不仅让馆员之间能够有进一步的了解,同时也为馆员和读者架起了一座沟通的桥梁。

李前宽

2020 年 11 月 22 日

喜剧大师的悲剧人生

——吕班导演印象

1964年10月我到长影后，即被分配到美工车间，背上工具袋参加拆景、搬运以及起钉子等劳动。那个年代，政治学习安排得很多，每周两三次集中阅读报纸、社论并讨论。

一次学习活动中，一位坐在窗边的师傅在读《人民日报》上批判电影《北国江南》的文章。他读得很精彩，吐字、语气及节奏把握得十分到位。我心想，长影真是人才辈出，美工车间的工人读报都那么专业。出于敬佩与赞赏，我向一旁的工人师傅打探说："读报的师傅叫什么名字呀，读得真棒！"工人师傅脱口而出："他？！是吕班，长影大导演，在俺们这儿改造呢，大右派。"

吕班导演原来是他呀！他导演的电影《吕梁英雄》《六号门》《新儿女英雄传》《新局长到来之前》和《不拘小节的人》，都有很大影响。如今这一身装束，完完全全是一个工人师傅的样子。

是敬佩,是同情,还是无奈?说不清。我只觉得这位有名的大导演,30年代在上海滩拍《十字街头》电影,之后到延安参加革命,抗战胜利后奉党中央之命赴东北又拍了那么多好电影,如今怎么成了右派呢?

回想当初,吕班导演成立了"春天喜剧社",意在把一些热心于喜剧事业的电影人组织起来,创作、拍摄喜剧电影,希望通过喜剧为广大人民服务。有中国的"劳莱与哈代"之称的殷秀岑、韩兰根也应吕班之邀北上长影。电影《新局长到来之前》《没有完成的喜剧》和《不拘小节的人》正是在这种背景下拍摄的,受到观众的欢迎。然而,反右风暴袭来,吕班被定性为向党发出的毒箭,是别有用心攻击党。

当时,电影《上甘岭》的导演沙蒙、电影《董存瑞》的导演郭维和吕班是1957年长影反右的代表人物,即"沙、郭、吕右派反党集团"。历史把这些才华横溢的电影导演推进无情的深渊,在他们最佳的创作时期,不仅不能从事心爱的电影创作,反而要被强迫劳动改造,这是历史的悲剧。

吕班从1957年被打成右派,历经"文革",再到晚年下乡,一直是无产阶级革命的对象。直到1976年粉碎"四人帮",当他得知自己被平反,压抑的心情瞬间释放,或许由于太过激动,导致心肌梗死,不幸逝世,时年64岁。

回顾吕班的经历,我们吃惊地发现,他一直是无产阶级革命文艺队伍中的得力干才！1931年,他加入上海联华电影公司。1932年参与发起上海业余剧人剧社,积极从事左翼戏剧运动,并受党的指派与沙蒙、左明等潜入蒋介石御用剧团——国民革命军陆军南昌行营政治部"怒潮剧社";后来与左翼电影戏剧界同仁赴太原创办西北影业公司,担任演员训练班主任和讲师。1937年,在电影《十字街头》中饰演大学生阿唐,同年参加《青年进行曲》的拍摄,这期间还因宣传抗日被追捕。1938年,他进入抗日军政大学,任"抗大"总校文工团艺术指导员(正团职)。1939年,跟随"抗大"总校挺进敌后,进入敌后抗日前线。1941年,调入八路军野战政治部实验话剧团任团长(正旅职)。

吕班从抗日烽火中走来,经过解放战争,在新中国成立初期积极投入社会主义电影事业,这段革命文艺生涯,成就了他精彩的艺术人生。然而,反右之后,他的命运跌入谷底。

熟悉吕班的人每每谈起他,无不带着赞赏的口吻说:"那是个潇洒不拘的才子,早年在上海十里洋场很有名,积极宣传抗日,进国民党的局子也不怕,一直保持着桀骜不驯的性格。"

吕班的性格特点是幽默、诙谐加调侃。他在艺术创作的巅峰时期,很希望在喜剧电影方面做一些探索。50年代中期,中国老百姓以听相声为主要的娱乐方式,中国的喜剧电影刚刚起步。吕班勇于探索的精神是难能可贵的。

然而,受当时环境影响,他的喜剧才华没能展现出来。

　　纵观吕班先生的艺术人生,他仿佛站在我们面前,是活跃在上海十里洋场的演员;是投入革命走进延安的文艺战士;是我军政治文工团团长、受党的指派跋山涉水来到东北兴山,协助王滨拍摄了新中国第一部故事片《桥》的英雄;是与中国第二代大导演史东山先生一起导演电影《新儿女英雄传》,在国际电影节上荣获导演奖的第一位中国电影艺术家。他执导的电影《六号门》率先在银幕上塑造了码头工人的形象,也为后来的电影《平原游击队》发现了一个难得的"李向阳"的扮演者——郭振清。吕班是多才多艺、激情四射的电影导演,是在党的电影史上留下光辉业绩的艺术家。

　　历史的一页已翻过,吕班先生在"春天"来临时驾鹤西去。

　　呜呼哀哉,一代喜剧大师的悲剧人生……

1976 年 11 月

电影《初升的太阳》没有升起

——与金山、孙维世导演的难忘合作

在北京电影学院学习期间，我们经常观看京城四大剧院的彩排，看彩排是不用花钱买票的，这是给青年学子的学习机会。这四大剧院是北京人艺、中国青艺、中央实验话剧院和解放军总政话剧团。这些剧院每次排练新剧时，都会让我们前去观摩学习，譬如北京人艺排练话剧《蔡文姬》时，我们就坐在编剧郭沫若和大导演焦菊隐的身后，近距离地聆听两位大家亲切的交谈，他们谈艺术的情景至今仍记忆犹新。在中央实验话剧院观摩话剧《黑奴恨》和《大雷雨》的排练时，我们荣幸地见到著名戏剧大家、中央戏剧学院院长欧阳予倩先生和总导演孙维世：前者讲话慢悠悠的，但内容朴素而深刻；后者是侃侃而谈、激情澎湃的女艺术家。我们感叹这么年轻貌美的女导演，听说她的丈夫是大名鼎鼎的金山。那个时候，在京的艺术青年在北京东单北角看青艺话剧也是极大的享受。金山在《风暴》中扮演施洋大律师，舞台上传出"施洋大律师到"，人未出场，全场就掌声雷动。金山身穿长衫肩搭一条长围脖在台上对警察局局长那一大段道白，台词处理之精彩、节奏与舞台调度分寸把握之得体，令观众叹服。我和肖桂云还一同观看了《霓虹灯下的哨兵》。总政话剧团距电影学院只有一站路，他们演出的《万水千山》很有军人特质。

金山的处女作是 1935 年拍摄的《昏狂》，次年拍摄了史东山导演的《长恨歌》和《狂欢之夜》，1937 年他在影片《夜半歌声》中扮演主角宋丹萍，红遍大江南北，同年还出演古装电影《貂蝉》中的吕布。1947 年他在长春电影制片厂编导了电影《松花江上》。1959 年他编导了电影《风暴》，并在影片中扮演施洋大律师。

金山的经历尤为特殊。1964 年，我来到长春电影制片厂，听说了不少金山的往事。他早年从军于国民革命军，1932 年秘密加入中国共产党，与章泯大导演组织东方剧社，加入左翼戏剧家联盟。抗战期间，多次率中国救亡剧团赴南洋、越南、新加坡等地进行抗日募捐义演。抗战胜利后，受周恩来委托，利用他与国民党上层的亲属关系，秘密地以国民党"接收大员"的特殊身份来到长春，接收"满映"，并利用这一阵地为中国共产党服务。因为受周总理的秘密委托，他长期遭受着不白之冤，在中国电影史上占有重要地位的《松花江上》也不予宣传。但金山自己从不做任何解释，这是一个老共产党人的品格。解放战争后期，金山以国民党谈判代表团顾问的身份来到北平与中共代表团谈判,他白天参与国民党的会议,晚上单独向中共情报部李克农汇报,为我党在历史的关键时刻提供了重要情报。

《松花江上》由金山编导,张瑞芳、浦克等主演,以饱满的情感歌颂东北人民在艰难困苦中坚持抗战的故事。影片在全国赢得巨大声誉,一致认为它是中国电影"极珍贵的收获"。这是一部在国民党眼皮子底下完成的抗战影片,金山的艺术才华和为人处事的热情令大家称道。在拍这部影片时,金山导演发现并启用了当时还是录音车间助理的方化,后来方化在电影《平原游击队》中成功地扮演了日本鬼子松井,演得入木三分。

1965 年全国"工业学大庆,农业学大寨"运动正如火如荼地进行,金山和孙维世夫妇率先深入远在黑龙江省北部的大庆油田,与大庆石油工人生活、劳动在一起。他们把北京的家搬到大庆萨尔图,读小学的女儿小兰也转学到大庆与油田工人的孩子一起上学。在那个火红的年代,他们以饱满的创作热情,完成了反映大庆精神的话剧《初升的太阳》。话剧全部用大庆油田石油工人和家属来演,达到了相当高的艺术水平,轰动了北京文艺界。后来文化部和石油部责成长影拍电影,导演还是金山和孙维世。

电影剧组首先到北京观看了在西单长安剧场演出的话剧,话剧呈现给观众浓郁的大庆油田生活气息、生动的人物形象、奋进的大庆精神。让京城观众大饱眼福。

在北京和平里石油部招待所,金山和孙维世导演与剧组主创见面,他们好像见了老故旧,感到极为亲切。金山导演说起长影,真是如数家珍,了如指掌。他还打听长影许多老同志的近况,说近年看了许多长影拍的影片都是继承了现实主义的创作风格,深受全国观众欢迎。最后金山夫妇还热情邀请我们到他位于长安街南河沿红墙内的家中做客,那是座舒适而温馨的小四合院,典雅且有书香气。

当时金山导演已五十六岁,微胖,戴着一副黑框眼镜,有一股子大艺术家的气质和独特魅力。他随身携带一个氧气枕头,随时把通气胶管送到鼻子前。他弯下身系皮鞋带时很困难,起身后有些喘。只要我们在一起,我总是帮他拎包,扶他上下车。每每这时他都向我微笑以示谢意。

孙维世导演比他小十岁,美丽大方,热情好客,不笑不说话,身上有艺术家的气场。

剧组同导演一起乘火车前往大庆油田,在地图上很难找到萨尔图这个地方。火车走过山海关,途经沈阳、长春,过了哈尔滨还要继续往北跑大半天的路。一路上,金山、孙维世的软卧包厢里被挤得满满的,两位大导演与剧组主创聊得很开心,我带着耳朵听,不时为他们添茶水,从中享受着课堂上学不到的东西。

大庆油田周边全是矮矮的土坯房,看不到一座楼房,荒原上出现无数高耸的钻井塔,十分壮观。大庆格外寒冷,剧组每人发一套"48道",这是石油工人穿的棉袄,为不让棉花滚包,用线扎成一道道纹路,据说一共是48道。多少道不重要,穿在身上是真的暖和,还给每个人发了狗皮帽子和大头鞋。我们电影人与石油工人的打扮一模一样了。

剧组与金山、孙维世导演同住在萨尔图五号院,这是专门接待外来人员的招待所,一个大大的院子,四周清一色的"干打垒"。在一个长长的走廊里,一侧是一个挨一个的单人土房间,一屋住两到四个人。走廊尽头是个套间,一间会客屋连着卧室,这里是金山与孙维世导演的住处。

制片主任孙明珠早就跟我打过招呼:"小喜子,你是刚来厂的大学生,又是组里最年轻的,往后工作时多关照一下导演夫妇,特别金导行动不便,你就多劳点神吧!"我应声道:"没问题。"还是在《战洪图》剧组时,我与组里各个部门打交道总是嘻嘻哈哈的,副导演孙羽干脆给我起了个绰号"喜子",不知从谁开始,在"喜子"前面又加了"小"字,我也就默认了。金山导演问我:"小喜子,来大庆感觉如何?"我说:"很好呀,这里的一切都很新鲜,有意思。"我还纳闷,是谁把我的绰号告诉导演的。原来孙羽副导演向导演汇报工作时,说:"今后工作、活动,组里安排年轻力壮的李前宽多在您身边照顾一下,他是刚由北京电影学院毕业来的,请两位导演不要客气。大家都叫他'小喜子',热情能干,都喜欢他。"金山导演特意对我打招呼道:"我们就住在最里头那间屋子,可到我屋坐,我有好茶。"金导话不多,却让人倍感亲切。一天,两位导演在门口散步,见我手拿画夹从外面回来,便热情邀我到他们屋。

孙导为我沏上茉莉花茶，他俩看了我画的大庆油田钻井塔和油田工人肖像。孙导演说："速写很有灵动感，能描绘出生动的瞬间，画得真的很棒呀。"我立刻表示："您喜欢哪一张，拿去。"她笑道："这是你的创作素材，工作还未开始就夺你所爱，你留着有用。"金导演在一旁鼓励道："小喜子好聪明呀！将来能成大器！"那时候我"手很大"，谁喜欢我的画就拿去，要不是孙导演让我留下，这批大庆的速写怎会保留至今。

我们访问了大庆石油工人家属、全国劳动模范薛桂芳和她的"娘子军"们，她们种植各种蔬菜，加工农产品。如果说男人们是在地下开掘财富，她们则是在大地上开发丰硕成果。有意思的是肖桂云到长影报到不久，也被派到大庆油田女子采油队深入生活，和我一样穿上了"48道"。剧组到离萨尔图较远的铁人王进喜的1202钻井队劳动，我们不能上钻井台，只能在井台下干一些零碎活，但能近距离地看钻井刹把的操作。不大的钻井台上，仅有四五个工人，一个萝卜一个坑，各负其责，其他人根本插不上手。孙维世导演习惯穿女子采油队工作服，还特别在腰间扎上一条宽皮带，更加凸显她苗条的身段。她把秀发收在帽里，行走如飞，艺术家的风采格外抢眼。

1966年"五一"国际劳动节，我们在金山、孙维世导演的会客屋开会，二位导演谈如何把话剧《初升的太阳》电影化。孙维世导演满意地说："这个创作集体是长影厂特别强的团队，希望大家多发挥聪明才智，把这台话剧通过电影镜头反映到银幕上,就是以电影手段把舞台剧搬上银幕,是二次创作升华的过程。大家千万别客气,有什么意见或建议都提出来,这次实践也是我们向电影行家学习的好机会。"

因为金山国民党"接收大员"的身份,厂领导向我们打招呼让心中有"数",但大家还是很尊敬两位导演,把金山视为长影的前辈。

一次,金山导演突然笑眯眯地问我:"小喜子,电影学院导演系毕业的肖桂云,就在萨尔图女子采油队深入生活,你知道不?"我说:"知道呀,她晚我一年来厂的。"他又说:"人家可不认识你这个小喜子呀!"我一时怔住。金导笑道:"我告诉肖桂云'小喜子'就是我们组的美术助理李前宽,她这才说认识。"接着又说:"你俩是老同学,又同在大庆,不相见可不近情理呀。正在大庆拍纪录片的上影厂张骏祥大导演见到肖桂云时,说她很像秦怡年轻时候的样子,连说话的语调也像,我倒觉得她更像孙维世年轻的样子,一看就知道是一位美丽聪慧的姑娘。方便的时候,你要请人家到咱这儿见个面呀。"听了金山导演的话,我心里觉得好亲切。

难忘的是1966年5月3日在大庆油田见到周恩来总理的情景。一早吃了饭,大家都到萨尔图操场集合,偌大的操场坐满了石油工人,我们在第一排席地而坐。周恩来总理陪同阿尔巴尼亚部长会议主席谢胡一行来大庆参观。贵宾们见金山和孙维世导演陪同周总理和领导人一起出现,就坐在主席台第二排周总理身后,这让《初升的太阳》剧组格外高兴。

正在大庆女子采油队深入生活的肖桂云是长影派来实习的,被安排在长影剧组,坐在第一排。大会结束后,周总理等中央领导陪同阿尔巴尼亚贵宾走下主席台,同坐在第一排的石油工人代表握手。金山和孙维世导演在周总理身旁,特别向周总理介绍了长影《初升的太阳》剧组的主创干部,周总理同我们一一握手,亲切道别。

离开时,周恩来总理乘坐的直升机还特意绕萨尔图操场上空多转了一圈,向大庆石油工人致意。

这里春来晚,虽已进入五月,但我们依然"48 道"不离身,尤其是早晨和晚上,仍是寒气逼人。

1205 钻井队队长殷二强说,当年十几万石油工人一下子涌进望不到尽头的北大荒,我的妈呀,这里什么也没有,只有寸草不生的荒原和无情的冷风。大家席地而卧,以天当被地当床,一心想向大地要石油。铁人王进喜曾豪言:"石油工人一声吼,地球也要抖三抖。"可是豪言壮语当不了饭吃,现实的困难是严酷的,这里要比甘肃冷得多,刺骨的寒风像刀子一样扎在脸上,荒原里有一个破旧的马厩,长长的土炕上挤满七八家带家属的同志,每家之间用绳子拉起挂上水泥袋子,睡觉时翻身都困难,一过劲就翻过水泥袋子到了隔壁"家"。男人们干脆到地上铺上稻草睡。大多数石油工人在荒原刨个坑当家。石油工人就是荒原上的"刺儿草",风吹到哪里就能在哪里扎根活下来,光活着不成,还要干活,向地球打洞要油。

殷队长的讲述朴实又真切,让我们了解了石油工人平凡又伟大的工作。他们是共和国的脊梁,是任何困难都压不倒的硬汉、铁人,他们是新中国"初升的太阳"。

金山、孙维世是何等的伟大,他们义无反顾地放下北京舒适的生活环境,选择了最艰苦的北方荒原,艺术家的情怀值得敬佩。

同石油工人当年初来大庆相比,我们眼下的境遇好太多了,住在温暖的"干打垒",吃着二合面的发面卷子,每顿饭都有大葱炒肉片。

按计划我们要在夏季六七月份前去甘肃、延安等地选外景。这时候,报纸上发表了批判电影《兵临城下》的文章,美术师王兴文正是这部电影的美术设计,金山导演所赞赏的林农导演、王启民摄影正是《兵临城下》的导演和摄影师。一时间剧组空气有点紧张,发言不咸不淡,不痛不痒,大多是走过场、空表态。王兴文老师性格很倔,一言不发,坐观风云;金山、孙维世导演则面无表情,心事重重。

五月上旬,金山和孙维世导演与剧组道别,说接到组织上的通知,要求他们立即回北京参加"学习",拍电影《初升的太阳》的事往后放。孙主任想派两位同志陪同两位导演一起回京,被他们谢绝了。

分别时金山导演还幽默地说:"小喜子,后会有期,听孙羽说你的歌唱得很好,《东方红》你唱得很有味道,还未来得及听呢,下次见面可不饶你!"

　　很快，剧组也接到厂里来电："立即返厂，参加政治学习。"我们立即收拾行装打道回府。在油田女子采油队实习的肖桂云也接到了同样的通知。

　　很快，"文化大革命"开始。不用说欲拍摄的电影《初升的太阳》早已夭折，1968年，才华横溢的中国第一位戏剧女导演艺术家孙维世被迫害致死。关押在另一监狱里的金山一点都不知道爱妻被害的消息。"文革"结束，金山出狱后得知这一噩耗，悲痛欲绝。青艺为孙维世布置了一个简单的灵堂，金山望着爱妻的照片，照片中的孙维世含笑看着丈夫，永远定格在了相框里。金山痛苦地哽咽着，在场的同志无不流下悲痛的泪水。

　　1977年6月9日，文化部在八宝山革命公墓为孙维世举行遗骨安放仪式，给这位人民艺术家平反昭雪。

　　1978年，劫后余生的金山又站了起来，他亲自导演了揭露"四人帮"的话剧《于无声处》，受到观众的好评。演出结束，观众围拢在金山导演周围表示敬意。他双手合掌向演员和观众表示感谢。我走到金山导演面前恭敬地向他鞠躬："金导演，您好啊！"金山导演略停了停，双眼注视着我，似乎在努力辨认眼前的人。我说："我是小喜子呀。"这时，站在一旁的男主演石维坚向金山介绍道："李前宽是长影《熊迹》电影的副导演，我走上银幕主演这部戏就是他一手经办的。"

　　金山导演兴奋了："我怎么能忘记小喜子呢，在大庆分别时，我说会再见的，没想到再见时，已过去十二年了，太长啦,我老了,你成为导演啦,当时我就说过凭小喜子的机灵劲将来必成大器,这不,成了呀!"他一边说,一边高兴地与我双手相握。

回到招待所,我久久不能入眠,想了很多很多……历史的,现实的,听来的,想象的,乃至未来的,时空叠化成一幅幅令我不能忘怀的场景。金山与孙维世二人亲切和善的双眸似乎一直在看着我,激励着我。

人们不会忘记中国有一对杰出的艺术家伉俪——金山与孙维世;人们不会忘记新中国电影摇篮的第一部故事片——《松花江上》;人们更不会忘记他们夫妇联合编导的最后一部话剧——《初升的太阳》。才貌双全、高尚圣洁的两位人民艺术家金山与孙维世,正如他们联合导演的话剧名字"初升的太阳"一样,为中国电影的发展书写了最初的华章。

1979 年 1 月

栽培"五朵金花"的人

——王家乙导演

1959年,为庆祝新中国成立十周年,周恩来总理亲自抓的十部献礼片中,长影电影《五朵金花》是其中之一,这部影片的导演是王家乙。同批献礼片中,长影还有《冰上姐妹》《笑逐颜开》,北影有《青春之歌》《风暴》,上影有《聂耳》《林则徐》等。

拍摄《五朵金花》时,王家乙导演别出心裁地带领摄影师王春泉、作曲家雷振邦等主创人员深入云南,仅用四个月即完成影片的拍摄,并把长影作曲家和美工师也编在影片中。此片是一部轻喜剧音乐片,描写了当时那个火红的年代云南少数民族地区金花和阿鹏的爱情故事,讲述了年轻人美好的爱情生活,艺术地再现了白族人的民族风情,给观众以耳目一新的感觉。影片中,不仅山美,水美,音乐美,而且人更美,赢得了广大观众的喜爱。那美妙动听的《蝴蝶泉边》更是至今萦绕耳畔。

1960年,在埃及举办的第二届亚非国际电影节上,王家乙获得最佳导演奖。自1959年起,此片先后在四十多个国家公映,创下了当时中国电影在国外的发行纪录。

1964年,王家乙导演正在执导另一部少数民族影片《景颇姑娘》,剧组仍然是他的老班底——摄影师王春泉(时任长影总摄影师)、作曲家雷振邦、美术师史维钧。我有幸领略到这个创作组现场拍摄的风采。王家乙导演拍戏,话语不多,坐在摄影机旁,那双大眼睛一直盯着演员的一举一动,关注着演员的表演分寸,在关键的时候会到演员跟前轻轻提醒几句,真是贵语不言多,点到为止。摄影师王春泉高高的个子,站在摄影机旁更是少言寡语,偶尔会轻声提示照明师。拍摄现场静悄悄的,只有演员对台词的声音和摄影机的马达声。

我与王家乙导演真正接触是在"文革"后期,长影举办"毛泽东思想学习班",吉林省文艺界人士都集中在长影,我、王家乙导演、林农导演、郭维导演、严恭导演、张辛实导演等被安排在一个班。这期间,我对长影的历史和前辈们的艺术造诣有了新的解读,特别是王家乙导演给我留下了深刻印象。

1919年,王家乙出生于南京,最初就读于上海震旦大学医学院学医。但他热爱文艺,于1937年参加了革命文艺队伍,在抗日战争时期奔赴延安,在鲁艺演出队学习和演出。1945年抗战胜利,又随东北文艺工作团赴东北参加战地演出,在歌剧《白毛女》中,他扮演穆仁智,其夫人林白扮演喜儿（后来是长影著名翻译片导演）。解放战争时期，他随东北电影公司战略大撤退，进入兴山，参与创建了东北电影制片厂（"长影"前身），是新中国电影摇篮的开掘者之一，也是新中国第一部故事片《桥》的主要演员——在影片中扮演炼钢厂工人梁日升。

　　20 世纪 50 年代，在周恩来总理的支持下，中国和法国合作拍摄了电影《风筝》，这是我国第一部与国际合作的电影，王家乙担任中方导演兼编剧。影片通过中法两国儿童和一个画有孙悟空的风筝，浪漫地串连起北京与巴黎两个城市间人文交流的故事，中国艺术家谢添参与演出。这部影片在中法两国产生了很大反响。王家乙导演作为中法文化交流的大使，在巴黎期间代表中国艺术家拜访了享誉世界的绘画大师毕加索。王家乙向毕加索赠送了一幅四尺开的中国国画——齐白石大师画的虾，毕加索手捧齐白石的画作，惊赞道："太神奇了，一支毛笔和水竟然在纸上创造出如此奇妙的作品，把虾画活了，它简直要从纸上跃然而下。"毕加索对中国独特的绘画艺术赞不绝口。兴奋之余，他在白盘子上用七彩画笔画了一只大公鸡，回赠中国艺术家王家乙导演。齐白石的笔墨大虾与毕加索的七彩大公鸡，成为中法两国文化交流的象征。

　　20 世纪 70 年代中期，长影恢复了生产。落实政策后，王家乙导演搬进刚刚落成的位于厂西门的高知楼。新春佳节，我与桂云到王家乙导演家做客，两位老师十分高兴，林白老师沏茶，王导小心翼翼地拿出一个布包，面带笑容地说:"前宽呀,我说你是个善人、好人,仅说了一半,另一半你还是个聪明有本事的人。你在电影学院是学美术的,你一定知道在法国巴黎有一位了不起的大画家叫毕加索,世界和平大会上标志性的'和平鸽'就是他画的。"我连忙说道:"当然知道,他是我崇拜的现代绘画大师呀,他的画风一直在变,由开始的写真派到后来的立体派,从黑白调到蓝色调,是一位超现实主义的绘画巨匠。"

"好!今天你不白来,让你见识见识这位大师的真迹。"说着打开布包袱皮,露出约有 8 寸直径的白瓷盘,上面画有七彩线描的大公鸡,真是精彩绝伦,妙笔生辉。这是毕加索大师用七支不同颜色的油笔,一气呵成的。七彩交融在白盘上,那仰天长鸣的大公鸡,既概括又变形,很具现代感。王导讲述了当时毕加索作画的风采。能亲眼观赏到大师的真迹,让我眼界大开。

70 年代末,王家乙导演住在北京灯市西口公安部招待所,同住的还有曾为长影多部影片作曲的刘炽,《让我们荡起双桨》《我的祖国》即是他谱曲。他们是延安鲁艺的战友,又是一起赴东北建设新中国电影摇篮的老同志,当时他们正筹备新片《豹子湾的战斗》。我去看望王家乙导演,他留我与刘炽夫妇 起吃饭。没多久,刘炽风风火火地回来,说:"我夫人有事不来了,今晚去人民大会堂看川剧她也去不成了,这还有一张票呢!"王家乙高兴地说:"正好前宽陪我们一起去嘛!"

演出是在人民大会堂三楼小礼堂,由四川省川剧院表演"变脸"等川剧折子戏。王家乙、刘炽和我三人坐在礼堂右侧靠门口的位置。不一会儿进来几个人：邓小平与夫人，小平同志还领着小孙女。他们刚好从我们眼前走过。这是我第一次近距离看到邓小平，这位历经沧桑的老人依然精神矍铄，令人高兴。能与小平同志一起观赏原汁原味的川剧，真要感谢王家乙导演。

80年代初，我和肖桂云首次联合导演电影《佩剑将军》。此时，王家乙导演已进长影厂的领导班子，担任艺术副厂长，负责全厂影片的艺术创作。当时，以苏云厂长为首的领导班子，支持年轻人勇挑重担。我们以52个工作日拍完了这部战争大片，在长影引起不小轰动。厂领导第一次审看《佩剑将军》混合双片时，发生了一段插曲。

影片放完，厂长苏云掩饰不住喜悦，说："看完《佩剑将军》混合双片，在座的领导有什么意见呀？"苏厂长开门见山让领导先表态是不多见的。

厂领导班子也都是长影中很有资历的老同志，其中一位著名导演说："有的镜头轴线不对！有的场面调度有些乱。"

此话一出，会议室顿时安静下来。这话从这位著名导演口中说出来，令人吃惊和不解。我也是丈二和尚摸不着头脑。轴线是我们的强项，这位前辈提这个问题是什么意思呢？

苏云厂长也立刻严肃起来。

王家乙导演是影坛权威，他不紧不慢地回身对这位导演说:"你说这片子的轴线有问题,是哪一场戏？场面调度有问题,问题在何处呀？"

王家乙导演要跟这位导演当众讲讲理了,或者说就长影后生新作的是非问题要他当众说个明白。此话一出,这位导演答非所问地说:"影片里有个小胡子演员,我看他就不顺眼……"

王家乙导演毫不相让,说:"你看哪个演员不顺眼是个人所好,并不是导演处理的问题。这部片子没有轴线问题,更不存在场面调度问题。相反,这部战争大戏的场面调度和镜头运用,是何等精彩啊,从开篇的'授剑',到后来的'运兵',尤其是'杀巩'那个重头戏,处理得恰到好处,是大家手笔啊。在众多士兵面前,严军让被强奸的女学生认人,从台阶上到台阶下的操场上,用两个360度的镜头加以调度。轴线始终没有因众多人物的变化而'越轴',长镜与短切,以及对运动镜头的把握很有分寸,张弛有度,十分精彩而老道。对这个十分难驾驭的场面的把握,很见导演的功力。我们老同志应该为年轻导演能拍出这样的好影片而高兴!"

我第一次见到王家乙导演如此义正词严地维护一位青年后生,心中十分感动。我清楚记得王家乙导演发言时那有些气愤的表情。当时我想,他们两位可是从延安到东影的老战友啊,王导宁可得罪老友,也要尊重艺术规律,为年轻人说公道话,这种品格令我终生难忘。

王家乙导演对于我们的电影创作一直十分关心,也为我们取得的成绩感到高兴。

　　1986年,我们拍摄的由独幕话剧改编而成的电影《田野又是青纱帐》在长影小礼堂放映,王家乙导演专程赶来观看。他坐在小礼堂后面的桌前,边看边赞赏我们把众多国内一流演员请来参演,其中有40年代以《小城之春》走红的上影李纬老前辈,有因《青松岭》闻名全国的李仁堂,有北京人艺的黄宗洛老艺术家,有总政的王寅申。当中国评剧院著名演员赵丽蓉出现在银幕上时,王家乙导演惊喜地说:"你把她也给'挖'来啦,她在评剧《花为媒》中扮演的与新凤霞对戏的'阮妈'多有彩呀,她还是第一次在故事片中出现呀!"另外,河南省话的演员颜彼得、赵抒兰,北京人艺的宋丹丹、仇晓光,沈阳话剧团的方青卓、吕晓禾,承德话剧团的李树楠,八一厂的洪学敏,长影厂的刘廷尧等演员也都出现在片中。

　　王导兴奋地说:"这真是群星荟萃呀!每个演员都很称职,表演得体,很有喜剧味。"他吸了口烟,继续说道:"这是台独幕话剧,是从早到晚一天内发生的事,全剧没有绝对的主角,却都是一群有着不同性格的人物,像赵丽蓉扮演的六婶戏很少,宋丹丹扮演的村姑娘没台词,却很有人物特色。全片没有舞台的痕迹,而是电影化地把改革开放初期发生在北方农村的事生动感人地讲出来,很有喜剧色彩,很有美感,且真实朴素。影片中出现的几个青年测量队员与几台推土机,不仅烘托出改革开放的时代新貌,他们与那几位老爷子的思想观念也形成鲜明对照,很有寓意,有象征意义。时代在发展,先进的事物必将取代陈旧的事物,这是时代发展的必然,这部电影肯定会给长影带来荣誉的。"

果然被王导言中,此片在北京审查时即受到国家电影局领导的表扬,认为这是长影反映改革开放农村题材影片中又一部令人耳目一新的好作品。

1987年秋,苏云率中国电影代表团访问苏联时,携带了两部影片:一部是北影改编的老舍先生的名著《骆驼祥子》,另一部就是长影的《田野又是青纱帐》。这部影片在莫斯科举行的苏联电影界欢迎中国电影代表团的大会上,作为开幕礼影片放映,得到苏联同行的高度赞扬。他们说,中国优秀艺术家拍摄的优秀的电影让他们看到了中国农村改革的精神风貌,中国的好演员太多了,电影画面也是诗情画意,令人赏心悦目。

1988年深秋,我们在北京拍摄《开国大典》时,突闻王家乙导演因病在北京复兴医院抢救,我与桂云立即赶往医院探望。当时他已不省人事,医护人员正在全力抢救。王导不是好好的吗?怎么会突然生病?我们心里有说不出的难过。

在拍《开国大典》的过程中,我们心里始终牵挂着王导的健康状况,并派组里人员不断前去探望,帮助解决困难,以表我们对王家乙前辈的敬意。

不幸的是,王导住院月余,终因抢救无效,心脏停止了跳动。为新中国电影事业操劳一生、为人民创造诸多优秀影片的著名艺术家王家乙导演永远地走了……他去了"蝴蝶泉边",他去了"凤尾竹下",他去了"风筝"飞过的地方,那里有"金花""景颇姑娘"和"大小伙子"们与他相伴,在另一个世界,王家乙导演依然继续着他的梦想……

1989 年 11 月

跟"恶霸导演"一起拍戏

——忆著名导演赵心水

"恶霸"二字用于旧社会地主身上是司空见惯的,像电影《白毛女》里的黄世仁就是恶霸地主,而一位电影导演被称为"恶霸导演",会让人觉得别扭。曾执导《冰山上的来客》《"特快"列车》《鸿雁》等电影的著名导演赵心水,长影人都称呼他"恶霸导演"。因为"文革"期间被批斗时,他胸前挂着"恶霸导演"的牌子。其实,赵心水导演既不"恶"也不"霸",是位很有创作激情又为人仗义的优秀艺术家。

赵导是河北沧州人,抗战后期参加革命,解放战争时期立过功,从战士提到连长。解放后被送到中南军区部队艺术学院学习编导,1952年分配到长影加入电影导演队伍。他把特立独行的作风带进了剧组。他那宽大油黑的脸上,生有一双剑眉,瞪起眼睛时像个黑包公,性子特急又口吃,拍戏时情急之下还会骂人,甚至动手。

　　我未见其人先观其作品。1962 年在电影学院看他执导的电影《冰山上的来客》，校园里一片"花儿为什么这样红"的歌声。后来看他的《"特快"列车》，觉得这部影片的节奏、镜头纵深调度处理得很有水平。再后来《冰山上的来客》以其强烈的银幕冲击力和优美的电影音乐征服了全国观众。该片在艺术上有重大突破，在一环扣一环的反特悬念中穿插优美的爱情歌曲，加上战士阿米尔与真、假古兰丹姆的爱情悬念，令观众耳目一新。电影红遍大江南北，赵心水导演也因此片在影坛享有盛名。这部戏原本是长影厂老导演王逸抓的题材，拍了一部分样片，但由于身体原因，不能登冰山，戏就搁浅了。厂里请赵心水来执导，他提出要拍就全部重新拍，厂里认可了他的想法。于是他率剧组两次登上新疆塔什库尔干冰山，在极艰难的条件下完成了电影《冰山上的来客》的拍摄。

　　我有幸在"文革"后跟着他学习拍戏，受益匪浅。

　　对于"恶霸导演"的绰号，他从不记恨，长影厂上自厂长下至工人，只要一提"恶霸"，都明白是指赵心水导演，后来就简称"赵恶霸"，算是爱称了。

　　1974 年，赵导正执导部队题材电影《长城新曲》，讲述北京军区坦克师标兵叶洪海的模范事迹。当时剧组已成立，各部门人员已配备。他从《青松岭》导演刘国权那里听到我的能力强，非叫我来剧组。他以加快拍摄进度为由向厂里打报告，厂里答应了。组里已有场记，且是我同班同学徐书田，还有资深副导演薛彦东，是我大连同乡，我是没有明确职务的。我进组时,剧组已在河北蓟县坦克师部开拍半个多月。赵导在全组大会上宣布:"为了加快拍摄进度,厂里给我派了李前宽参加导演组工作,大家要支持!"

这部反映坦克兵英雄人物的影片并未在社会上引起轰动,但我向赵心水导演学习了现场即兴发挥的功夫。场记徐书田和薛副导都是"文革"后第一次进摄制组拍戏,在激情四射、现场变数很大的"恶霸导演"面前有一种既尊重又畏惧的心态。他们听说我在《青松岭》剧组连踢带打地把场记和副导演的工作都干了,都觉得我更有把握,于是在现场他们总让我站在一边跟着卡镜头,安排拍摄事宜。

虽然人手一册分镜头剧本,可是到了现场,赵导便根据现场特定环境,即兴重新分镜头。比如"连长走进坦克连对战士发火"一场戏,分镜头剧本是九个镜头,大家照常拿着镜头本进现场。赵导来了,也不看本子,让演员在他的调度下,重新走了位置,开始卡镜头。他情急之下说的话很难听清,左一个镜头,右一个镜头,推拉摇移加特写,分了一大堆镜头后,他问:"接下来该是镜头几啦?"还没等场记回答,他又接着往下卡镜头,一口气分完了这场戏。他边分边在现场来回走动,张开的双臂就是卡镜头的摄影机角度。卡完镜头后,他点上一支烟,情绪似乎还在戏里。分到后来没镜头号了,他才突然问这场戏有多少镜头,大家都感到云里雾里。他就回头看我,我看看场记本上记下的镜头角度及编号和内容,见大家都不吱声,只好说:"导演,这场戏您一共分出 32 个镜头。""好! 去列出拍摄顺序,各部门准备。"说完他便喝茶去了。

赵导现场灵感式的思维,在分镜头本上是看不出的,唯有到拍摄现场,他会即兴加入一些剧本上没有的内容,这些往往是他的神来之笔。

我研究过《冰山上的来客》剧本和他后来拍出的电影,大不相同,许多出彩之处正是拍摄现场绽放的火花,这是电影导演应具备的素质。他现场激发出的灵感对我影响很大。导演进入现场规定情景,能有"疯"起来的感觉才叫入戏了。《青松岭》导演刘国权是以稳健著称,很细致地强调案头分镜头剧本。赵导与他反差很大,极具艺术家气质,又有特殊的野性。能与不同个性的艺术家工作、学习,是我的福分。

电影进入后期阶段,我得知公安部正在抓一部反修题材的电影《熊迹》,讲述的是在中国北方某地国境线上发生的一起越境敌特被我击毙而引发的抓捕苏联特务的故事。我找到作者,即公安部政治部的王文林,早在 50 年代他曾与公安部另一位赵局长共同为长影写过电影《铁道卫士》。我向他推荐赵心水导演,他高兴极了。赵导很快成立了电影《熊迹》摄制组,我是第一副导演,第二副导演是"二十二大影星"之一的张圆,她名气大,年龄大,于是由我干实际工作,不仅负责组稿,连选演员和现场安排拍戏的事,赵导也总是把我推到前面。

　　赵导与作者王文林修改剧本期间,我与副摄影一起到新疆挑选演员。在乌鲁木齐认识了陈村,他正在构思反映"三区革命"题材的《咆哮的伊犁河》剧本。回到长春,我向赵心水导演报告了此事,他一听这个题材双眼一亮,高兴地拍着大腿叫道:"前宽你在我拍《长城新曲》后期,给我抓了《熊迹》,这部戏还在筹备,你又给我抓了反映'三区革命'的《咆哮的伊犁河》,你真是好样的。"我说:"这个题材完全可以拍上、中、下三部,拍出中国的《静静的顿河》,那您就是中国的格拉西莫夫似的大导演啦。"他听后叼着烟卷,笑得双眼眯成了一条线。

　　《熊迹》中扮演公安局局长的演员是辽宁艺术剧院院长、著名表演艺术家李默然。刘文治扮演一号反面人物李洪枢,他那双让人捉摸不透的眼睛和表现力,让我一下子就确定他就是戏中的李洪枢。他由此片走向影坛,后来在银幕上成功地扮演了孙中山等人物,这是后话。

　　1975年初,各地文艺团体还在进行斗、批、改,对拍电影的事不放在眼里,根本不往外借任何一个演员,辽艺也是一样。为了拿下李默然和刘文治,我们找到当时辽宁省革委会副主任刘敬之、辽宁省公安厅老厅长张铁军。在这些老领导的帮助下,李默然和刘文治总算被借了出来。

　　侦查科长李欣的角色我锁定了中国话剧院的石维坚,为了借他,我动用了上自公安部和文化部领导,下到文艺局及部长秘书,费了九牛二虎之力终于借下。赵心水导演十分高兴,逢人便夸我。赵导还让我替林农导演借调一直特难借的王馥荔和《金光大道》剧组的男主角。他让我帮兄弟组借演员,还甩出一句:"借不下来,你就别回来!"这就是赵导演"恶霸"的语言风格,像部队下达进攻令似的。我用了洪荒之力,终于把王馥荔和张国民借下来。赵导演得意地在林农导演面前放言:"还有谁借不下来,只管说,都能给您搞定。"

《熊迹》摄制组在哈尔滨外景地,迎着凛冽的寒风日夜兼程地拍摄。在零下二十多度的依兰县拍反映沙俄当年侵占我国黑龙江"江东六十四屯"的历史画面和军民联防的较大群众场面时,组里发生了一件不该发生的事。

赵导要看望一位老同志,事先已与剧务主任定了派车的时间。剧组车辆有限,导演与大家一起乘坐一辆车,但应约的车拖了两个小时还未到,心急如焚的赵心水导演肺都要气炸了。待剧务主任苑小君随车赶来后,未等他解释,赵导冲上前去揪住他的衣领:"我……你……"赵导说话结巴,越着急越说不出话,于是抡起手给了苑小君一巴掌。这是在哈尔滨北方大厦的大厅,许多人围观,苑小君捂着脸跑回三楼房间。

赵导也气鼓鼓地回到屋子里。苑小君是长影的老同志,四期训练班培养的著名配音演员,为人热情,工作负责,家住长影七宿舍赵导楼下,平素两家处得很和睦。我听说此事后立即跑到赵导房间,只见他坐在沙发上大口大口地抽烟,满脸通红,感觉吹口气就能爆炸。我给他沏上一杯热茶,无声地坐着。抽罢烟,他开口了:"知道啦!?"

我道:"不光全组都知道啦,全北方大厦都知道了,支部书记正在安抚苑小君。"赵导甩出一句:"怎么没有人给我消气?""我这不来啦!喝口水,赵导,对您恐怕不是消气的问题。"我接着说:"送您的汽车在火车站抛锚了,把小君急得到处叫车都不灵。您也不问个缘由就给人家一巴掌,楼上楼下住着,孩子整天赵伯伯叫着,您这伯伯也太过激了。"我慢条斯理地念叨,又像自言自语。他一声不响。我又说:"赵导,您是剧组里的领导,人家是具体干活的剧务,不管厂里怎样处理,解铃还须系铃人呐。"

"你说咋办?"他端着茶杯停住,看着我。"您先平静一下躁动的心情,您大导演先动手打了人,先有个好态度,双方都消消气就好办了。"他不言语,看来是默认了。

晚饭时,打人的和被打的都没进食堂,主任让食堂做了两大碗面,我给赵导送面时厂里来了处理结果:"严肃处理,不能影响进度。"苑书记在全体组长会上宣布了支部的决定:"遵照厂里精神,拍革命戏,先做革命人,不允许恶霸作风在组里重演。抓革命,促生产,拍戏不能误,决定让摄影师常彦代理导演,赵心水导演反省检讨。"

我安排第二天拍摄计划,虽然演员与代理导演尚不习惯,但大家都很自觉,把一天的镜头顺利拍了下来。

晚上我去看望赵导,见桌上有份检讨,把我看乐了。检讨书的最后写道:"希望苑小君在大厅里当众狠狠给我两个大嘴巴,公平痛快才让他解气。"这是他真实的心情表达。

我说："您让小君当众再抽您两个嘴巴,让他也犯错?"赵导没词了。

我说服赵导后,又跑到苑小君处安抚:"赵导演的脾气大家是知道的,当兵的性子急,点火就着,打人明摆着是错,他已像撒了气的皮球,一个劲地抽烟反省呢。他后悔自己的鲁莽行为,准备向你赔不是,要你当众狠狠给他几个大嘴巴子……"话没说完,正喝水的苑小君一口喷到我身上:"好家伙,让我在众人面前像他一样献丑,像他一样当众打人再犯错,拍武打片呐!得啦,告诉赵导演,我不会上当打他,全当我们都没长大,什么检讨认错,别为这事误了拍戏。我不生气了,他也别气着,不就齐啦!"

我向赵导说了苑小君的态度:"楼上楼下住着,屁大个事弄得全组着急上火的不值,甭检讨认错了,挺麻烦的,他让您别生气上火弄坏身子,他比您小,他要主动来看您,让您消消火,好让您赶紧站在机器前拍戏。"赵导眼睛湿润了,突然说:"晚上我们老哥俩一起吃饭,我还有瓶好酒。""好!我这就去安排!"

饭桌上,赵导左撇子夹了一大块鱼肉给小君,双手端起大杯花茶向小君敬了一杯,两张阴郁了几天的脸都见晴了,两条硬汉眼睛湿润了。没多久赵导又站在镜头前喊:"预备——开始——"

电影《熊迹》在全国上映后反响很好。冬天,我陪赵导到新疆筹备《咆哮的伊犁河》,到"三区革命"的发源地——伊犁河上游的尼勒克采访当年参加"三区革命"的老人,我们到毡房里喝奶茶,吃烤全羊,喝伊犁老窖,听哈族歌手唱歌,不亦乐乎。我们还到南疆的喀什、和田、阿克苏,到当年他拍《冰山上的来客》的塔什库尔干,一路上触景生情,十分快慰。后来赵心水导演与海军作家共同创作了电影《海神》,一部反映军民联防题材的电影,他又走进了南海之滨椰林寨的军民鱼水情里。

1981年春,张笑天创作完成了反映淮海战役序幕的本子——《佩剑将军》。张笑天认为我做导演最合适,以老厂长苏云为首的厂领导班子召开厂务会,决定将《佩剑将军》的拍摄任务交给我和肖桂云,规定年内必须完成。我们没有辜负厂里的期望,如期完成任务。

电影《佩剑将军》与电影《海神》同时推出,厂里皆大欢喜。之后赵导又拍了《戈壁残月》。1988年,赵心水导演因病逝世,年仅60岁。英才早逝,令人悲痛惋惜,他若能及早医治,定能为中国电影事业贡献更多好作品。

1989年11月

忆刘国权导演

刘国权导演是我在长影步入导演专业的第一位恩师，他导演《青松岭》时，我在这部戏改行做场记。

刘国权是长影的元老级导演，他和朱文顺、张辛实导演均是从"满映"过来的老导演。解放前，刘国权的代表作是《黑痣美人》，主演白玫。新中国成立以来，他导演了《李二嫂改嫁》《黄河飞渡》《女跳水队员》《青松岭》等，还担任电影《雁鸣湖畔》的艺术顾问。

1972年筹备重拍《青松岭》影片时，刘国权导演还在吉林省扶余县农村。后来他从扶余县调回长影任该片导演，执意要我做场记。在《青松岭》剧组的岁月，给我留下了美好印象。刘导有魄力且稳健，智慧而细致，时有童心与幽默，创作执着严谨，一丝不苟。

拍摄《青松岭》时，刘导血压二百多，揣着全休病假诊断书在工作。厂里特别交代我要关注他的健康，尤其在外景地工作时更要加倍注意。后来，还真出现了两次险情。

1973年春，剧组去保定市观看由中国青年艺术剧院演出的《青松岭》。火车开出个把钟头，刘导去厕所，我紧随其后，火车突然来了个急刹车，刘导一个趔趄冲向前去，我马上一个扑救动作，冲上前一把搂住他的后腰，他的头部才没有撞到厕所门框上。他吓出一身冷汗，对我感激不已。回到车厢他跟大家说："不是前宽反应快，我这条老命怕是要交待在这火车上了。"见摄影师孟宪弟和潘德民主任身上洒满茶水的狼狈相，他得意地说："一个急刹车，把你们弄成这等惨相，老汉可啥事没有，咱身边跟着贴身保镖前宽呀！"

另一次，在河北兴隆县青灰岭外景，拍张万山勇拦惊马一场戏，刘导目睹李仁堂奔跑着拦惊马，被马踢了，血压飙升被送到医院。夜里，他像被一口气堵住嗓子似的"吼"了一声，我本能地从床上蹦起来，冲到他床前，只见他憋得满脸通红，说不出话来。他用手指了指床头柜，我立即取出速效救心丸，将他缓缓扶起半躺在床上，把药喂入他口中。同屋的张普人副导演吓得愣在那儿，我忙喊："快，快去通告主任，安排车接医生来。"事后刘导说："关键时候前宽能冲得上，看来安排前宽在我身边实在有先见之明。"

刘导每天晚上同我一起把准备拍的镜头一幅幅画好，他画的人物虽线条简单，但画幅处理交代得很明确，我虽然画得比刘导好一些，但都是根据他的草稿复制的。后来刘导写镜头内容，画面均由我完成，他十分满意地说："学过画的当导演就是不一样!"当时我绘制了表格式的场记用纸,厂办主任说,过去场记表从来没有这个格式呀,我说过去的场记不会画画呀。在刘导的坚持下,我绘制的场记纸还是印制了,并在拍摄中发挥了作用。特别是翻来覆去地修改、不断地补拍镜头造成原分镜头剧本变得凌乱不堪,全靠这本场记表为依据,大家说这是《青松岭》的"天书"。这些镜头图现存放在长影图书资料室。

　　因与刘导一起画过镜头画面,进入拍摄现场,我对每场戏的镜头都掌握得很清楚。刘导对我要求很严格,相隔很长时间补镜头时,他会突然考我:"张万山给小青年忆苦那场戏,搭在他肩上的毛巾左边长还是右边长呀?"我立即回答:"右边比左边长出一拳头。""他上衣扣子开到第几个呀?"我回答:"上面开着两个扣子,露出背心。"刘导演满意地乐了。那时不像现在有相机电脑记录,随意调出一看即可。那时每拍一个镜头,有好多条,场记都要记准哪一条合格,相隔多日补镜头都要由场记提示,包括服装、道具陈设等。如果场记糊涂,剧组工作肯定乱了套。

　　外景工作期间,我和刘导可谓无话不说,他时时向我谈起往事以及创作经验。他说导演拿到剧本要很快进入规定情景,尤其采好外景后,要根据剧本提示,融入选定的空间。导演脑袋里必须装着一个可以叱咤风云的空间,你的镜头能把观众很自然地带入这个空间,电影就好看了。就说《青松岭》张万山、秀梅和钱广这群人,活动在一个什么样的特定空间里? 应该是在群山环抱的半山坡上,村庄周围群山环绕,房屋高低错落有致,村中井沿有一棵大青松,是这个村子的标志。村口出去不远是下坡,在拐弯处恰好有一棵老榆树,古老而怪诞,正是这棵树使马受惊,由于是下坡,一旁又是水库,这样马受惊后才有险情。再往下是河滩,背景山半坡是梨树园,这是典型的河北山区村落,在这诞生了"青松岭"的故事。这样的交待,很符合中国老百姓听故事的习惯,导演心中如果没有一个对电影特定合理情景的规定,拍下来的空间关系就会乱套且不合理,这一点许多拍了多部电影的导演也未必清楚。他认为导演在考虑影片时,能以镜头画面的组接形成一组一组的蒙太奇句子,是很有用的,导演必须用镜头说话。

在那个物资匮乏的岁月,剧组大锅饭一般是两菜一汤,但创作气氛十分浓郁,在特殊年代大家能拍戏已经十分满足了。刘导从农村调回长影厂拍《青松岭》,他觉得这是组织对他的信任,因此在方方面面更加严格地要求自己。刘导在片场可闲不住,什么活都干,有时还帮道具部门搬东西。我几次劝他血压高是不能劳累的,他的健康是保证拍摄顺利进行的大事。他右胳膊长了个脂肪瘤,有大枣儿大小,我几次动员他去医院做了,他总说没事。我患中耳炎到医院上药时,向大夫说了刘导长脂肪瘤的事,大夫说摘了就没事,算不上什么手术。我带刘导去摘了,还缝了几针,借机用纱布和厚纸板把他的胳膊吊挂在脖子上,告诉他:"大夫说术后胳膊不要动,老实地挂在脖子上。"这一招还真灵,到拍摄现场他不再干活了。在我的监督下,全组同志像对待病号似的关心刘导,上下汽车时大家也争着搀扶他。十几天后,兴隆医院为他动手术的刘大夫带朋友到拍摄现场参观,刘国权导演热情招呼他们到摄影机前看拍戏,此刻我在后景安排群众演员。满口天津话的刘大夫见刘导的胳膊用纱布绑在脖子上,便问:"刘导,您这是嘛事儿,这是怎么啦?"刘导演反问:"这不是您让我这样的吗?""我?就这点小手术用不着费这么大劲!没嘛事儿,别把挺好的胳膊委屈着。"说着就要动手拆。正在这时我赶了回来,只见刘导红着脸把套在脖子上的纱布取下来,连同那厚纸板一起扔掉,大声喊:"李前宽,你小子给我过来!"我一看大事不妙,大夫给揭底了,连忙傻笑着到刘导跟前,全场人都乐了。刘大夫说:"我的诊断处置没这条呀,你们拍电影的真能扯景!"刘国权导演也乐了:"前宽这小子制造了这么大的'阴谋',我居然还认真执行。"在场的演职人员都开心地看着这位令人尊重的老小孩儿。刘大夫说:"明白了,人家用这招让您老人家安心老实地养病,是爱护您呐!"晚上回到房间,刘导笑着对我说:"还别说,把我胳膊挂在脖子上十来天,现在拿下来,真有些不习惯呢!好小子,你把我这个老汉给导啦,真是块导演的料呀,我蒙在鼓里还傻呵呵地当你的演员呐。"

刘国权执导《青松岭》时,我们在兴隆县外景地为他过了六十大寿。在县招待所的大食堂里,剧组多加了两个菜,我们大碗喝着老酒,热闹了一番。这种事自然是我连策划带张罗。那天拍戏收工早,大家收拾完就来到大食堂。我当司仪,准备好长寿面代替生日蛋糕,制片主任和演员说了诸多美好的生日祝词。当我把生日的红兜兜拿出来时,现场气氛进入高潮,因为按传统习惯,人逢六十大寿要带红兜兜、系红腰带的。刘导接过红兜兜和红裤腰带激动不已地说:"老汉年方六十,大家这样热情,令我终生难忘。这些年来,光记着抓革命,忘了促生产,更忘了给自己过生日,今天大家把我忘了的补回来,让我感动,谢谢大家,谢谢!"说到此处,刘导的眼睛湿润了。

刘国权是重情谊的人,我对他很尊重。他很欣赏我认真学习的劲头,经常感慨地说:"前宽呀,我在你身上看到了当年我学习导演业务时那股子劲头,我看你行,可以很快导戏。"接着又补充一句:"你一部戏之后就可以单飞,到时候我在你身后为你坐镇,我只有一个小小要求,给我准备一个小马扎就成。"长影张、刘、朱三位从"满映"过来的老导演中刘的业务能力最强。他在1958年拍摄的《黄河飞渡》告诉我们干导演这行拿出好作品是第一要务。

1958年在甘肃黄河边很穷苦的地方拍《黄河飞渡》,条件很差,又吃不饱,大家都急着回长春,可是影片的艺术质量谁管呀,刘导坚持把"河滩夺旗"的重场戏拍完,这是体现主人公英雄主义的高潮戏,只有拍好这场戏,影片才能完美。但有人认为他这是"少、慢、差、费",企图批判刘国权导演,并把他作为全厂"少、慢、差、费"的反面教材。

刘导心里十分清楚,影片成功与否最重要,片子拍砸了,批判你什么都得受着,片子拍好了,那可能是另外一个局面。他更知道要让片子立得住,戏必须拍好,"河滩夺旗"高潮戏更要拍好。他咬牙顶着压力用一个星期坚持拍了下来。回厂后,仍有人在积极准备批判刘国权"少、慢、差、费"的材料,而他则把行李搬到剪辑室,日夜不停地剪片子。一个多星期之后,影片《黄河飞渡》双片在小礼堂放映,看完样片,全场报以热烈掌声。随后这部影片很快完成拷贝,并在全国有很好的反响,受到电影局和省委的表扬,早已准备好批判他的材料和批判会自然流产。

刘导告诫我做导演的根本是拍好影片,这是第一要务,导不好作品必自倒。

我和肖桂云第一次联合执导的《佩剑将军》,也碰到了与刘导一样的境遇,但我铭记刘国权导演的格言"导好作品才是第一要务",要排除万难拍好电影。

1981年入冬,《佩剑将军》摄制组大队人马由徐州到南京,我提议用卡车运器材以免耽误时间,制片部门坚持用火车。制片部门安排大家住在南京下关体育训练馆,那是偌大而寒冷的房子,一间有30个上下铺的床位,吃的是从外面买来的食品,一等就是一个多星期。还没拍戏,就有很多老同志病倒了,健康的人也有生病的势头。面对这种状况,必须另找驻地,让大家住好、吃好,精神和身体都好,才能保证年内完成拍摄任务。

我亲自出面联系,找到南京丁山宾馆,它坐落在紫金山下,是四星级宾馆,屋子里有暖气,有二十四小时热水和热腾腾的伙食。宾馆经理知道我们要拍的是反映淮海战役中地下党的影片,给我们打了很大的折扣。两个人一间房,每间可多加一张床,一张床收 6 元钱(按厂里规定超标 2 元),伙食标准每人一天伍角钱,这已是很大的照顾了。从空旷寒冷的下关体育馆搬到丁山宾馆,兴奋的心情体现在每个人的脸上。剧组设备运抵南京后,全组上下干劲很高,拍摄也十分顺利。

但入住丁山宾馆一事被厂领导得知,厂领导连续三封加急电报令我们搬出丁山宾馆。但我最后决定,全组继续住在丁山宾馆,一切后果由导演负责,同时希望大家努力工作,加快拍摄的进度。

主创人员对导演的担当颇为感动,全组呈现积极的创作劲头,片子拍得十分顺利且有质量。在离开南京那天夜里,我们还在中山门拍大场面,全组上下无一人叫苦喊累。最后我们提前返厂,摄制经费也没有超。

厂领导很恼火,指责我们破坏了长影的规矩。我们对此没有回应,而是钻进剪辑室,昼夜不停地剪片子,录台词,准时在年底拿出了双片。厂里以为只是外景部分的样片,谁也没料到,我们仅用了 52 个工作日就完成了一部大制作的战争影片,这在长影历史上是没有过的。

长影小礼堂放《佩剑将军》双片时,礼堂内座无虚席,连廊道也站满了人。厂领导和诸多干部在审看双片后,小礼堂爆发出长时间的热烈掌声。全厂上下对此片给予了高度评价,对于所谓违规之举也不再追究。

其实,导演心里要有数,排除万难把影片拍好才是导演必须坚守的原则。

影片《青松岭》获得巨大成功,归功于刘国权导演的才干,他做人谦和、憨厚真诚,做事严谨、锲而不舍,是带病拍出好戏的艺术家,历史对他有过不公,但他的影片却在中国电影画廊里成为永恒。

最后一次见刘导令我十分难过,那是 70 年代末我与《青松岭》作曲家施万春去看望他,此时他已患中风卧床在家,刚吃完饭,脖子上还挂着围嘴,施万春见状先叫道:“刘导,我看您来了!”刘导木讷地瞪着双眼。刘导的老伴在一旁说:“认识他不?”刘导依然在发呆,我马上说:“刘导,您好!”并向他鞠躬。就在我抬头时,他乐了,半张着嘴:“前宽! 前宽!”他夫人也乐了:“瞧! 认出你是前宽啦,你是他这些天来唯一能认得出的人,看把他给乐的。”此刻,刘导双眼一直盯着我,似在乐,但眼圈里却含着泪,我心里难过至极。这一刻,我最能读懂刘导心中的内容——往事涌上心头,心里明白却说不出……

我恭敬地看着他,脑海里浮现出他在拍摄现场指挥若定的将军风度。眼前的他看起来,格外令人心酸。没多久,刘国权导演永远地离开了人间。他历经了人间的酸甜苦辣,作为一位优秀的电影导演,他留下来的不仅是那些优秀电影作品,还有让人永远怀念的人格魅力,他是我永远尊敬和难忘的恩师。

刘国权导演离开我们多年了,夫人也随他而去。他的儿子刘晓明一直跟着我做剧务,是一个老实能干的人,每每看到他,便使我想到他的父亲、我的恩人——刘国权导演。

　　　　　　　　　　　　　　1990 年 12 月

著名军旅艺术家黄凯大哥

我无论如何都不能接受这样的现实,在电影《开国大典》中扮演周恩来的黄凯在美国访问期间突发车祸去世。他的夫人王淑慧捧着丈夫的骨灰盒,默默地回到北京。她的脸上没有泪水,因为在美国已将泪水哭干;她无言无声,因为任何的呼喊也唤不醒与她相濡以沫的丈夫。时间是公元1997年2月23日。黄凯走得那么突然,突然得令人难以置信……

我得知这一噩耗是在拍摄影片《旭日惊雷》的冬季外景期间。当时,我们正准备安排黄凯回国后赴莫斯科拍戏的日程,结果时间却一拖再拖,没想到他已在美国出事了。他们一行十几人分乘两辆面包车由华盛顿前往纽约,在高速公路上车翻了,扮演朱德的刘怀正当场身亡,李法曾肋骨骨折,刘锡田腿骨骨折,黄凯被送到医院后的第五天,突然内脏大出血,导致血压急速下降,不治身亡。在医院时,李法曾还与黄凯大哥开玩笑说:"你行呀,从美国这个超级大国回去,又要随李导去另一个超级大国俄罗斯拍戏了。"黄凯美滋滋地说:"那是呀!"我们焦急地盼望黄凯回国。结果黄凯的儿子虎子来电话说,他父亲因在美国"办事"不能按期回来,请你们另选他人拍戏吧。这是不祥之兆。果然,没过几天就传来黄凯离世的消息。

残酷的现实令我们长时间不能从悲伤中自拔,黄凯大哥的音容笑貌始终浮现在我眼前。多年来的友谊与合作,我们有太多美好的往事值得回忆,还有太多美好的事等待我们一起去做。记得在他的新家吃"黄氏水饺",是我们夫妇与洪学敏一同去的。洪学敏在电影《黄河之滨》中扮演他的女儿,所以黄凯见到小洪就叫"闺女"。他自称"黄氏水饺"皮薄馅大味道好,一咬一包汤。他还说再喝上小酒,那是饺子就酒,越喝越有啊!我们谈天说地,无所不聊,那是何等欢快的情景呀!这种真挚的友谊在今天显得弥足珍贵。

我认识黄凯是在1973年。当时我到北京总政话剧团排演场看《万水千山》,黄凯饰演重要角色。他演得很精彩。在后台,彭宁与我跟他相见。我见他那双有力的剑眉以及脸型、气质,就觉得他有条件扮演周恩来。后来,我看到《人民电影》杂志封面上刊登他在《万水千山》剧中扮演李有国的彩照,再次认定了我的判断——只要略微化妆,他即可扮演周恩来。

黄凯与我们合作的第一部戏是1983年的《黄河之滨》(原名《无字碑》),剧中他饰演男主角地委书记魏兴邦。这一次合作,拉开了我们日后合作的序幕。

当时,著名编剧张笑天的《无字碑》交由我们来执导,我想到的第一人选就是黄凯,他的气质、演技和年龄正适合扮演剧中主角地委书记魏兴邦,同时我们还请来总政话剧团的王寅申、北影厂的谢芳、八一厂的洪学敏等。黄凯工作很认真,没有大演员的架子。在长影摄影棚拍内景时,开场即是激情戏,但黄凯的表演舞台痕迹很明显,于是肖导为黄凯一个人"开小灶",并明确提出在电影表演上的要求。黄凯没有丝毫怨言,只是没料到自己的表演成了问题,心中很郁闷。为了克服黄凯的舞台表演痕迹,我们不断加强排练,使他感受到舞台表演和电影表演的区别。他动情地说:"以前拍戏时,一部戏下来,导演总是客客气气一口一个黄老师叫着,张口闭口向我学习,对我的表演毛病只字不提。你们可不是这样,为了影片的艺术质量而毫不客气地指出问题,很明确,也很严厉。起初我也不服,现在我打心里感谢你们,这次我的收获太大了。"

1985 年,我们筹备影片《逃犯》时,突然想到性格开朗、憨厚热情的大嫂王淑慧很合适扮演女主角的母亲,她是总政歌剧团的台柱子,也是当年周总理很欣赏的歌剧演员。我们便给她发去一封电报:"请予近期做好准备,随我们去云南西双版纳拍戏。前宽。"黄凯拿到电报以为是请他去云南拍戏。我到北京后,向黄凯说:"注意电报是发给谁的了吗?是王淑慧,请您这位角儿在家里留守!"

他哈哈大笑。大嫂不无得意地"嘲讽"说："他自我感觉太良好了，认为发错了，愣说不可能请我去拍戏。"

人世间友谊的建立有不同的方式，有生活中的相互关照，有事业上的互帮互助、志同道合。我们与黄凯在创作中建立了兄弟般的情谊，也成为有着共同事业的战友。他是我的良师益友，又似大哥，时时处处鼓励和激励着周围人。

1988年11月18日，电影《开国大典》剧组在天安门城楼拍摄"开国大典"这部分高潮戏。当时剧组住在西三旗空军招待所，到天安门要一个多小时车程。特型演员深更半夜便起来化妆，造型，穿服装。

年龄最大的黄凯始终起模范带头作用。在拍毛主席与开国元勋们一同登天安门城楼一场戏时，我要求摄像逆光拍他们的背身，在诸多人中凸显毛主席、朱老总、刘少奇、宋庆龄等，要求黄凯扮演的周恩来作为引导者，前后关照。不同景别连续拍了几遍，许多老演员虽然理解导演的创作意图，但年龄不饶人，加之当时正值中午时分，一遍又一遍地登台阶，对于老演员来说实在吃不消，扮演朱德的刘怀正有哮喘，扮演刘少奇的郭法曾腿部刚开完刀。而黄凯热情地招呼着大家，最终谁也不喊累。登上天安门城楼，黄凯看到扮演毛主席、朱德、刘少奇、宋庆龄、陈毅、董必武、林伯渠、刘伯承、贺龙、李济深等的特型演员个个神采奕奕，仿佛回到了1949年10月1日开国大典那真实的历史场景中。这场戏拍完后，黄凯激动地握着我的手说：

"我十分激动,太不可思议了,这些场面为这部戏的成功奠定了基础!"

此后,黄凯还在影片《决战之后》和《重庆谈判》中扮演了周恩来。三年之内,我们连续合作了三部大戏。他虽年近七旬,但仍坚持锻炼,在饮食和作息上十分注意,身材保持得很好,显得十分干练。他常说:"谁让咱干演员这一行呢,演员就是要用形象对观众负责,不能放任自流。"他从不以老演员、大牌艺术家自居,凡事都起表率作用。黄凯的起居室有周恩来的照片和大量关于周总理的书籍,生活中的他也在不断揣摩周恩来这一角色,由此看出一个艺术家的执着精神,这也是他能成功扮演周恩来的原因。

黄凯大哥突然离世,王淑慧大嫂本不想举行告别仪式,但我不同意,坚持为黄凯办一个像样的追悼会。黄凯一生热爱艺术,他在舞台和银幕上塑造的众多人物形象仍活在人们的心中。那天的追悼会有三四百人参加,在他永远微笑的遗像下,我们献上朵朵白菊,这代表着每一位到场的人对这位为人民服务的表演艺术家的追思和怀念。

当年初春,我与淑慧大嫂、虎子和总政的老战友们在昌平凤凰山墓地为黄凯大哥选定了一个坐北朝南的墓穴,山坡下是湖,湖里有鱼,常有人在此钓鱼。黄凯大哥喜欢钓鱼,大嫂把丈夫心爱的渔具和钓鱼时戴的帽子连同骨灰盒一并放在墓穴中。初春时节,群山上一片绿色,山下湖水波光粼粼,面对那硕大的汉白玉墓碑上篆刻着的金色的

"黄凯同志之墓",我的眼睛又一次模糊了。冥冥之中,他从天地间走来,带着微笑,又消失在湖光山色之中,他与青山绿水同在……

1998 年 11 月

著名电影美术师王兴文老师

王兴文在战火硝烟的解放战争时期进入东影（长影前身），从事了半个多世纪的电影美术工作。由他参与设计的几十部优秀电影作品，为新中国电影事业的发展做出了重要贡献。王兴文在影坛艰辛耕耘几十年取得了累累硕果，荣获了中国电影金鸡奖最佳美术奖。这位著名电影美术师，是我进入长影后的第一位老师。

1964年金秋时节，我由北京电影学院美术系毕业，分配到长影美工车间，王兴文担任美工车间副主任，主抓长影厂的美术设计工作。我第一天进摄影棚就出了洋相，光顾头上而忽略了脚下，由景台往下迈步时一脚踩在一颗大钉子上，正好扎进脚心，抬脚时竟然把下面的木板都带起来了。这件事在美工车间瞬间就传开了："电影学院的小李子，刚进棚就踩上一个大钉子，可准了。"第二天，车间召开大会，我第一次与王兴文见面，他看见我笑道："挺机灵的小伙子，怎么让大钉子扎进自己脚掌啦，别以为这是小事,不是孙师傅用鞋把血拍打出来,脚掌化脓发炎可是大事。往后到拍摄现场,不能只顾天文,忘了地理,要眼观六路,耳闻八方,不允许再出这样的事,安全第一。"

"安全第一"这几个字是拍电影必须遵守的准则,没有安全,便没有电影,这几个字也贯穿了我的整个电影生涯。后来我当了导演,也一直要求摄制组的各个部门把安全放在首位。

1965年,我被分配到电影《战洪图》摄制组工作,任该片美术设计王兴文的助理。我们整天与洪水打交道,风里雨里拼搏,在那个火红的年代开启了我的电影追梦之路。

王兴文老师很有个性,话语不多,执行力很强。在摄制组,他以行动表达追求,让我在观察、体悟中产生自觉行为,给了我榜样的力量。

我除了美术助理这一分内工作外,还主动帮助道具、服装部门做些杂事,画了许多现场气氛图和各种角度的彩色气氛图,用的是学院派表现方法。王兴文老师看到我画的气氛图十分高兴,希望放在他那里,并坦诚地表示要临摹,向学院派学习绘画技巧。一次我到王老师和光胡同的住宅看望他,见他十六七岁的大儿子王子伟正在画画。他向儿子介绍我:"李前宽是电影学院美术系毕业的,要跟正宗学院派学习才是。"后来王子伟进厂到了绘影组,在电影《开国大典》任副美术。再后来又跟我拍了很多部戏,现在已是我国优秀的美术设计师,子承父业,同样优秀。这是后话。

　　1981 年我与夫人肖桂云联合执导第一部电影《佩剑将军》时，请的美术设计就是王兴文老师。

　　在《佩剑将军》摄制组里，主创干部，包括服、化、道、照明、制景等都是长影的老同志，演员也都是国内优秀表演艺术家，最年轻的人当属我们两个导演。厂里曾有一种声音，肖桂云、李前宽刚拍戏就拍反映淮海战役的大戏，能驾驭得了这么大的阵容吗？

　　在那个论资排辈的年代，有这种声音不足为奇。虽然任务重压力大，拍摄周期又很短，但我们内心有一种无形的力量在支撑着，这是创作的原动力。

　　我俩在演员能调开的情况下，兵分两路，同时拍摄，这样可以加快拍摄进度。如在徐州云龙山外景地，我在山上拍，肖桂云在山下拍。拟在摄影棚搭内景拍摄的戏，全部移至外面实景完成，实景加工比摄影棚搭景既省时又省钱，但给美术部门带来不小的压力。在徐州拍戏时，由于双机同步，出现美术部门外景加工跟不上的现象。

　　一天在云龙山拍摄现场，一向不苟言笑的王兴文老师突然面带微笑地说："前宽呀，拍摄进度可够快的，美术部门有点跟不上，这挺好！不过我想给你提个醒，这部大的战争片是你和小肖第一次执导，长影厂有各种不同眼光在盯着你们两口子，不乏等着看'热闹'的，拍戏的速度要'搂'着点儿，稳妥一些，万不可将来接不上镜头呀。"我笑着回答道："谢谢王老师的提醒，您真不把我当外人看，让我感动。请老师放心，我们心里有数。第一要按时在年内完成任务,这是向厂里立了军令状的;第二在艺术上不能'塌腰',那可是砸了我们的艺术前程,等于第一脚球没踢进门,还把自己脚脖子给崴了。这个大数我明白。"我说得明确真诚,王兴文老师望着我嘿嘿笑出声来,他那双不大的眼睛笑成了一条线,有力的手在我肩上拍了两下,说:"好,好,我这些天的担心也算结了,好啊!你就甩开手拍吧,美术部门全力配合!"全组的拍摄紧张而有序地进行着。

《佩剑将军》最后一场戏,描写我地下党两位将军宣布起义后,南下解放大军和向北撤的起义部队擦肩而过,拉开决胜淮海战役的帷幕。怎样在银幕上展现呢?创作理念决定着选什么样的场景,如何加工,怎样呈现。

按照剧本提示,王老师率美术部门选了距徐州不远的一条小河且有旧桥墩,近处有一个大斜坡和树木,看着挺好的,原则上没有问题。但我总觉得不够开阔,或者说不像拉开淮海大战帷幕的规定情景。

导演不满意,美术部门还要继续选景,直到导演满意为止,这是摄制组不争的规矩。制片主任须再安排选景日程。通常遇到这种情况,老资格的美术师会教育年轻的导演:你懂电影吗?你会拍电影吗?而王兴文老师不声不语地继续在徐州周围奔跑。

一天,我对制片主任说安排我跟大家一起去采景。导演、制片、美术、摄影、道具师等一干主创,乘一辆大轿子车,往徐州西南方向开了一个多小时,进入沛县大桥,有望不尽的大河套和长长的河道大堤。这座大桥足有一千多米长,我让司机停车,跑下大桥,并淌过浅河道来到大河套中心,注视片刻,挥手让大家到我站的位置上来。

坐在车上的主创还以为我是下车去"方便"呢,其实我把大家都叫到河套中心是因为这里"有戏"。我说:"影片最后一场高潮结尾戏就在这里拍!"

话音刚落,第一个跳出来质疑的是老制片主任,他是参加了几十部戏的老主任,几乎是大声惊叫道:"搞没搞错呀,我亲爱的导演,这旷野无边,周遭看不见人家,在这里拍尾声高潮戏,到哪儿找人哪,我的天!"

有经验的摄影师,特别是负责采景的美术师王兴文老师望着我不言语,等我讲出选此地的理由。

我说:"影片结尾,应该预示着淮海战役的开始,这一场景要给观众一个宏大的感觉,要有视觉震撼力。以宏大场面收尾是我们这个题材的需要。所以,根据大沙河场景,未来的银幕形象是:以我站的这个地方为总角度,以一百六十度的视角为界限,由北向东南方向,左始于大桥的桥头,机械化的战车、炮车由桥上行进;右摇,我双臂伸展为镜头角度,前景的小河上架设不少于六米宽的浮桥,让南下支前的民工小车队通过,马队、支前的驴垛子队均趟河而过。后景加长堤上为国民党十几个碉堡及掩体阵地,南下大军由大堤冲上,迎镜头而来。画右侧面以无数已缴械的战车为前景,后面是向北开拔的国民党起义部队。贺坚和严军两位起义将军与我军首长骑马在大堤上相会。

大堤后散开四十个混合烟点与右侧灰黑烟营造出一个偌大的战场空间。根据这个场景,需要南下大军至少一个师6000人,北撤起义部队4000人,南下小车500辆,驴500头,部队战马100匹,军车、炮车100辆,加上剧中主人公及周围群众演员,共计12000到15000人,特技绘画合成在这一并完成,才能让这个大场景营造出我们影片高潮的艺术效果。"

大家认真听着,摄影师王雷频频点头,美术师王兴文在动脑筋思考,制片主任张大了嘴,似乎在说:"妈呀,我可咋兑现导演的要求呀!"这场戏安排在最后拍,给各个部门20到25天的准备时间,压力和困难都不小,但我坚信我们这支队伍能完成。

最终,一切均按我的要求兑现。双片在厂放映时,把观众给震惊了,苏云兴奋地惊呼:"这才是人民战争的样子,《佩剑将军》拉开淮海战役帷幕的气势在银幕上体现出来了,很有震撼力。"

电影《佩剑将军》旗开得胜,这部战争大戏仅用52个工作日就完成了,轰动全国。厂里和电影局领导看了影片,高兴地表示:长影出了好片子,更重要的是出了能拍大片的人才。

一次,我与王兴文老师闲聊,他不无感慨地说:"你们是厂里正在崛起的一代新人,是你们施展才华的时候了,我有点跟不上啦。"

我说:"电影是代代传承的艺术,像您这样成熟的电影美术师也正在巅峰时期,长影的辉煌不能没有你们。"

果然,没多久他在电影《李冰》中的美术设计,赢得了当年的中国电影金鸡奖最佳美术奖。

说到这里还有一个小插曲。中国电影界的老领导陈荒煤在谈及电影《杜十娘》时,讲该片的环境设计与历史不符。王兴文得知后认真地给他写了一封信,细致说明电影中的设计是依据历史考证和剧情需要艺术再现的。为此,陈荒煤认真地回信表示自己研究不够,承认自己说得不对。这件事不大,但体现了王老师的认真、执着和坚守。

1985 年,我和王兴文老师合作电影《逃犯》。这是一部由我参与编剧的现实题材影片,描写一青年由监狱逃出后,从北方逃到云南边陲,最后在社会美好事物和爱的力量面前,自觉改造成新人的故事。拍摄时,我们由长春拍到云南西双版纳,主人公逃一路,我们拍一路,多为自然美景与实景拍摄,美术部门没什么压力。我对王老师说:"这几场外景,我和摄影就定了,西双版纳景很美,你就安心写生去吧。"他画了不少画,很是开心。

电影《开国大典》是上下集的历史大片,摄制组班子也很大,用双套人马来确保生产周期。美术师是王兴文,摄影师是厂里很不错的钟文明。制片主任除一个老主任崔斌外,还有长影生产处处长张敬平。为锻炼年轻人,在电影学院老师的推荐下,我们还请了三位年轻的美术、摄影和录音,意在确保双线拍摄。

然而,事与愿违,在拍摄过程中,由于年轻的美术师与部队老演员攀比待遇,找茬儿当众大骂制片主任,引起众怒,出现僵局。年轻美术师执意要离开剧组,并一同带走年轻的摄影师和录音师。刚刚进入浙江奉化外景地,组里就出现这种情况,摄制组在导演的带领下,上下紧密配合,让年轻的美术师走了,老美术师王兴文一个人顶俩,摄影师由副手顶上,录音师则仍由长影老同志一人承担,剧组每天的进度丝毫没有落下。从浙江奉化到上海,由南京到北京,一路拍下来,再回长春,拍摄如期完成,这是集体创造的奇迹。王兴文老师在这部影片中,日夜兼程,努力奋战,没有因美术部门的事影响剧组进度,我心里对王老师很是感恩。本片副美术师王子伟是王老师的儿子,在这部大片的拍摄中格外出彩,工作踏实,为这部戏的成功完成立下汗马之功。

后期制作时,在影片字幕问题上剧组与厂里产生严重分歧。王子伟的职务是绘景,厂里坚持字幕上他的署名是绘景。我作为导演要主持公道,全片没有一个场景需要绘景,王子伟全程干的是副美术的工作,这很不公平,也不实事求是。我反对这一决定,并向厂里明确表达了我的态度,又向厂党委书记黄世光打了长途电话,为王子伟的字幕问题阐明理由。厂里经研究决定还是用"绘景",因为这牵扯到十几个绘景人员改行的问题,希望我以厂里大局为重。王兴文得知后劝我说:"算了吧,不要为子伟的字幕伤心费口舌了。"

人要是被逼急了,会想到意想不到的"绝招"。第二天,我由北影专程到电影局找到了滕进贤局长,汇报了这件事的前因后果,把滕局长给说乐了,他笑道:"你这个导演怎么连规矩都不懂,影片副美术上字幕的事厂里生产办就可以定,怎么越了两级到我这报告,是你不懂还是拿我这个局长不当回事啊!"

我也笑着继续向局长报告:"先别急,您说得对,副美术上字幕是厂生产办就可以定的。但长影厂党委我没法做通工作,我想到一个不用请示任何人由我自己做决定的举措,但必须向您通报一声,也不让您表态,一切后果由我承担。"

这时,滕局长收住了笑容:"嘿! 前宽,你在我这卖什么关子! 说,我倒要看看你这葫芦里装的什么药。"

我不紧不慢地说:"改革开放不是讲创新嘛,这回《开国大典》的字幕设计也创新精简。电影局的通过令,'龙标'不变,'厂标'不变,然后是硝烟战火中出现片名'开国大典'不能变,下面最多加上编剧。从我的导演开始全删掉,我和肖桂云带头不上字幕,其他主创干部也都不上字幕了。演员字幕放在最后片尾出现,咱从《开国大典》开始,我带个头,导演与主创真正做幕后无名英雄,报告完毕。再见!"说罢提包走出局长办公室。只听后面滕局长大吼一声:"前宽,你回来!"

他看着我平静的表情,倒有些急了,可又发不起火:"前宽,你是跟我开玩笑还是说真的?"

"是真的,我已决意照此办理,定影片字幕是导演分内的事,不必请示别人,本导演不上字幕可自行决定。通报一下局长还是必要的,朋友嘛,否则不够意思,也算我打过招呼了。"

说完我又准备告辞。这时,滕局长不太自然地笑着说:"请你把你们那个副美术的名字写下来。"他从办公桌上推过一张纸,我当即写下"副美术:王子伟"。

那时,部里几乎天天在催《开国大典》的进度,着急审查。当天,长影厂办接到电影局电话:"关于影片《开国大典》,副美术王子伟上字幕一事望能尊重导演意见,根据工作实际,实事求是上字幕,电影局。"王子伟上了副美术字幕。不久,长影厂绘景组十几位年轻绘景人员,都按美术系列处置。

1991年,我们应西影之邀前去执导上下集大片《决战之后》。当时,我提出的唯一条件是要带一个美术师,其他摄制人员全由西影厂配备。就这样,王子伟在电影《决战之后》中担任了美术师。在其后的岁月里,王子伟一直跟随我拍摄多部影视大作,成为当下活跃在一线的优秀美术设计师。王兴文把儿子培养成优秀的电影美术师,子承父业,也是他最为欣喜的事。

回眸王兴文的艺术人生,他从1956年第一部《马兰花开》担任美术设计开始,到二十世纪末担任风格各异的电影作品的美术师,执着地坚守着中华优秀传统文化,强调营造真实的时代风貌,注重生活的本质、特征和细节,遵守景为人物服务的原则,始终追求银幕上的规定情景,一切造型均为戏服务。他是银幕造型大家,是用造型追梦的人。

1999年1月6日,王兴文因病医治无效去世,享年70岁。当时,我正在北京做电影《世纪之梦》的后期制作,闻此噩耗,悲痛不已,专程飞往长春,向他做最后的告别。

王兴文老师的音容笑貌,连同他参与的电影作品在中国电影画廊里永存。

2000年1月

艺好人更好的赵丽蓉大姐

1985 年夏天,我在北京筹备电影《逃犯》的拍摄工作,去总政话剧团演员黄凯家拜访时,遇上了中国评剧院演员赵丽蓉。原来她与黄凯爱人王淑慧是亲戚,她称赵丽蓉为老姨。王淑慧的母亲与赵丽蓉是同辈姐妹。王淑慧和黄凯一口一个"老姨"叫着,还向老姨介绍了我这个来自长影的年轻导演。

一提长影,赵丽蓉脸上乐开了花:"那可是了不起的电影制片厂,那儿出了多少好电影呀,咱也在贵厂参加了两部电影的摄制,一部是《刘巧儿》,一部是《花为媒》,都是长影把咱这两出评剧搬上银幕的,让全国观众能在电影院里看到咱评剧这玩意儿。"

"我就是在银幕上看到您在《刘巧儿》里扮演的李大婶,在《花为媒》里扮演的阮妈,您跟新凤霞配戏很棒,表演上配合默契,相得益彰,您给观众留下了很深印象。"

赵丽蓉乐哈哈地说:"您这是对咱过奖了,好活儿都是人家新凤霞的,她人美,唱的也美,是个特有台缘的好演员,咱不过就是个捧哏的。"

我说:"从导演角度而言,红花要有绿叶衬,给名角捧哏那得是特棒的好演员呀。"王淑慧在一边道:"老姨什么时候都是谦虚不张扬的人,她一到舞台,就像鱼进水里,活啦!"黄凯大哥在一旁说:"导演呀,我们老姨满身是喜剧元素,她一出场就是戏,是一个特好的喜剧演员。"

我抢着说:"在《花为媒》中的阮妈身上就看出您的喜剧潜质,太有乐了,满身是戏,也特上镜,有喜剧个性,让人过目不忘。希望有机会能跟赵老师合作一部电影,向赵老师学习。"

赵丽蓉乐得双眼小了许多,说道:"您这话我特爱听,咱今儿个可说好喽,我就等着李导招呼啦!"转身对王淑慧说:"你们帮我招呼着点儿,到时候可别把老姨给漏了。"说着哈哈笑起来。

第二年夏天,农村喜剧电影《田野又是青纱帐》要筹拍。这是由获奖的独幕话剧改编的影片,描写北方农村刚刚步入改革开放时现实生活中的悲喜剧,整合起来似是一部现代农村的风情画。这个戏不仅是独幕戏,还是发生在一天里的事,全剧出场三十六个人物,是部群戏。由于很多人物均为过场戏,且没什么台词,很难选演员。我最先锁定戏中六婶一角很适合赵丽蓉来扮演。

我从全国选合适的演员,除六婶一角由赵丽蓉扮演,剧中丫蛋儿由北京人艺宋丹丹扮演,县委书记由北影李仁堂扮演,老贫农由上影著名演员李纬扮演,韩大嗦嗦由沈阳话剧团吕晓禾扮演,饭馆主人由方青卓扮演,聋子由长影刘廷尧扮演,中年媳妇由赵抒兰扮演,赶车的由《青松岭》里钱广的扮演者李树楠来演,北京人艺的黄宗洛、总政的王寅申等演老爷子,还有洪学敏、仇晓光、韩月乔、颜彼得等国内诸多优秀演员加盟,真的是一个强大的阵容。

赵丽蓉扮演的六婶是一个普通的北方农村妇女,勤劳、质朴、迷信且有点儿自私,戏不多,但很典型。我把这一要求向王淑慧通报后,她第一反应是:"让老姨演这个人物简直太合适了呀,您就擎好儿吧!"

副导演去中国评剧院办理赵丽蓉的借调手续时,院里的人听说老太太要到长影拍故事片,竟好心地提醒我们她的表演会"跳戏",都知道她太有戏了。

电影《田野又是青纱帐》主景地在辽宁兴城吕山脚下,我们在一个叫北镇的地方安营扎寨,天南地北的表演大腕们聚集在一起,很快就进入拍戏状态。大家团结合作,在导演的统一指挥下,拍摄很顺利。赵丽蓉入戏特快,一进入现场就很有感觉,譬如在拍摄村民们得知要到湖边分鱼的一场戏,这是一场气氛场面群戏,六婶没有台词。赵丽蓉跟道具要求为她备一个北方农村的大笸箩,而且越大越好。拍摄时,六婶来戏了:她两手端着大笸箩从院子急匆匆出来,像扭东北大秧歌似的一边跑,一边吆喝:"快,快!"镜头跟拍六婶向湖边跑去,只见她八字脚,连后背都是戏,哄抢鱼的气氛立马营造了出来。大家赞赏赵丽蓉全身是戏,她说:"咱知道背向镜头了,不给导演来点儿'背功戏'不够意思不是。"惹得大家一阵笑声。

赵丽蓉打小就在舞台演出,没进学校读书,但她的悟性超强。剧本中的台词只要听两遍,即能背下来,哪怕一点过场戏,她也事先做好准备,一进现场就有如鱼得水之感。她与北京人艺的老戏骨黄宗洛配戏,可谓相得益彰。戏里二人到老榆树前贴一张迷信歌谣,期盼着人们来看,念"行人君子念三遍……家中不再有哭儿郎",把农民的认真与虔诚,表现得惟妙惟肖。

北京人艺宋丹丹因演电视剧《寻找回来的世界》荣获大奖,初露锋芒。她是个戏篓子,聪慧得很,天生一块表演的料,影片中仅有一个字的台词——叫了一声"姨!"却把人给喊出了眼泪。

赵丽蓉与曾在电影《青松岭》里扮演钱广的李树楠搭戏,也是老戏骨遇上戏篓子,好玩极了。很多演员虽然在镜头前就是一闪而过,但她们也做足了功课。

1986年的盛夏,北镇特别热,剧组住在镇上一个二层楼的小招待所,赵丽蓉和我都住二楼,我们住廊道里头,她住靠近楼梯口。大热天,连个风扇也没有,大家都敞开门窗通风乘凉,大芭蕉扇子不停地扇,依然满身大汗。我们每每拍戏回来经过赵丽蓉门前,她总要把用井水泡着的大西红柿子送给我俩吃:"二位导演辛苦,快解解暑!"我们吃着赵丽蓉大姐备好的凉凉的大柿子,心里却是暖暖的。她心疼地说:"我算看明白啦,全组最辛苦的人就是导演。

我们演员还有喘息的工夫,可导演不成,每一个镜头都得盯在机器旁,瞅哪不顺眼,立马喊停,再来一遍,直到满意为止,这得多劳神呀!"

我们拍摄时正赶上八一建军节,当地驻军和县委、县政府与我们剧组搞了一台军民联欢晚会。县政府大礼堂座无虚席。联欢晚会的节目丰富多彩,演员们拿出十八般武艺登台亮相:李仁堂朗诵,年轻的女演员舞蹈,吕晓禾、颜彼得演小品、耍活宝,宋丹丹、方青卓都演了她们的拿手好戏,我也带头与刘廷尧连唱带舞。赵丽蓉登台演唱评剧《花为媒》中一段独角戏《报花名》,赢得全场一片喝彩。接着赵老师又演唱了一曲很流行的外国歌曲《巴比伦河》,一边唱一边跳现代舞,整个大剧场掀起了高潮,掌声雷动。两个小时的军民联欢会,把北镇给闹"沸腾"了。第二天,当地县委书记找到我,感谢我们给全县军民带来了节日的欢乐,另外强烈希望我们加演两场,满足县城军民的要求。无奈之下,我们只好答应在紧张的拍摄中挤出时间再演两场。

电影《田野又是青纱帐》中,赵丽蓉虽戏份不多,但很出彩,给人留下了很深的印象。1987年10月,我携影片随中国电影代表团到苏联访问,这是中苏两国对峙多年后第一个文化代表团的"破冰之旅"。在莫斯科举行的欢迎中国电影代表团的活动中,放映了电影《田野又是青纱帐》。苏联电影界对中国电影演员的精彩表演给予了很高评价。后来,北影导演黄健中从影片中看到赵丽蓉的银幕形象,请她在电影《过年》里扮演女主角。1991年,赵丽蓉在第四届东京国际电影节凭借《过年》荣获最佳女主角奖,她的电影表演得到了海内外业界人士和观众的肯定与喜欢。赵丽蓉从梨园行到电影界,与各行表演艺术家同台竞技,在舞台小品方面也大放异彩,足见她的实力,荣获国际影后也是理所应当。

　　赵老师的才情是全方位的,关键时刻的现场应变能力也极强。1995年,中国电影诞生九十周年,在北京二十一世纪剧场举办大型纪念晚会。全国电影界代表和文艺界代表同台献艺,共庆盛典。我任总导演,赵丽蓉是受邀参演的演员,李瑞环和李铁映两位主管文艺的中央领导也亲临现场。没想到舞蹈《月光下的孔雀》出现了问题,演员上场了,音响设备却出了故障。我在前区,见状迅速跑上后台,看见候场的赵丽蓉,立即上前说:"六婶,快上台去救场,把杨丽萍给换下来!"说着我把六婶往侧幕方向推,她立即明白。她往后退到侧幕,转个身就到了舞台正中央,面向观众:"哎哟妈耶,这就上场啦!"全场一片笑声,她从容地走到台前往观众席上一看,惊喜地说:"妈耶,这不是瑞环同志坐在这儿吗!"李瑞环在台下笑得眼睛眯成了一条线。赵丽蓉旋即用地道的唐山话说:"瑞环跟我是老乡,都是唐山宝坻人,我们两家距离八里地,咱今儿个在这儿是老乡见老乡,也甭来那个两眼泪汪汪啦,咱今天是老乡见老乡,来它一出家乡评剧《花为媒》里的《报花名》,献给咱老乡和在座的各位电影艺术家们!"全场观众被她精彩的演出征服了,完全忘了刚刚的失误。她的节目"爆"了场,人已回侧幕,但全场观众仍掌声不断。我对她说:"六婶,听到场上观众的掌声了吧,快!返场!"我又把赵丽蓉大姐推回舞台,我心里很清楚她有的是好活,随便拿出一个准叫大家满意,她的应变能力太强了。

赵大姐返回舞台中央,当众把长裙往腰间一掖,露出穿着的牛仔裤,仍用那地道的唐山话对观众说:"看来,今儿个在你们这些电影艺术家面前不来两下真格的,你们是不会让俺下去歇着啦,下面咱赵某为大家来个时尚的节目。"《巴比伦河》前奏起,她舞起现代舞,把手里的麦克风往空中一抛,转了个360度,一伸手完美地接住了,又是个满堂彩,老太太忘情地表演,观众们也疯狂了,都站起来鼓掌叫好,全场气氛达到了高潮。这场晚会让赵丽蓉在中国电影界彻底"火"了。她是个天才演员,又经过摸爬滚打,练就一身本事,不论戏多、戏少都能演出个样子来,让人折服。我们在生活中看不出她是演员,一旦入戏就"活"起来了,赵丽蓉是一位名副其实的好演员。

进入90年代,几乎每年春晚都有赵丽蓉的小品节目,她在小品演出方面的成就达到了"化境"的程度。她有台缘,在舞台上很有控制力,不论是《如此包装》还是《老将出马》,她都是满身的喜感,小品节目的焦点全在她身上。有意思的是,在演出《如此包装》节目中,她现场拎着大提斗挥笔写下"货真价实"四个大字,写得如此成熟,苍劲有力,令人惊讶。赵老师双腿患有严重的风湿性关节炎,别看她在台上连蹦带跳，走下台躲在角落里时却不断敲打双腿，以缓解疼痛。

我去过她在城里的住处，她向我介绍她的儿子从事古建筑绘画工作，还兴奋地说儿子给她娶了个法国儿媳妇。我也到过她在京郊黑山扈农村的住处，当地农民喜爱她的评剧，乐于跟她做邻居，特意拿出一块地帮助她建了一座简朴而实在的小四合院。她坐在农家小炕头上，高兴地说着乡亲们如何热情地待她，她还激动地告诉我："我将在这里成仙啦！"

如今，赵丽蓉真的"成仙"，驾鹤到另一世界了，她那乐观开朗的笑容却定格在我眼前，她唱着《走四方》的歌，大步流星地走在无垠的天地间。

2000 年 12 月

他从《青松岭》走来

——李仁堂印象

　　2002 年 6 月,噩耗传来,李仁堂因心脏病突发在山东淄博永远离开了这个世界。5 月 23 日在上海,为纪念毛泽东《在延安文艺座谈会上的讲话》发表六十周年,举办了座谈会和大型演出《永远的春天》,中国电影界有影响力的艺术家 150 多人参加演出,我是这台演出的总导演。当时李仁堂还以他洪亮而有力的歌喉,高唱了《游击队之歌》。谁料想那次演出竟成为他在舞台上的绝唱。"我们都是神枪手,每一颗子弹消灭一个敌人……"他宽厚敞亮的声音和潇洒硬朗的台风,一直在我眼前出现。

　　我和中国电影基金会的同志带着花环来到位于北影宿舍的李仁堂家。大嫂深知我与仁堂的特殊关系,见我便泪如泉涌。仁堂写字的小屋,已改成灵堂,写有"著名表演艺术家李仁堂同志安息"的挽联和花环摆放在遗像前,看到眼前场景,我禁不住泪流满面。仁堂大哥走得太突然了。大嫂在痛哭中责怪仁堂大哥怕接待方有难处坚持独自前行:"如果我或女儿在跟前,也不至于把命搭上去呀……"人已经去世,任何语言安慰都显得无力,亲人的痛苦和惋惜之情是无法控制的。

房间摆放着仁堂大哥不同时期的照片和奖杯,我回想着他在表演艺术道路上的拼搏与成就,仿佛又看见《青松岭》中的"万山大叔"。

我与李仁堂相识于 1964 年他在长影拍摄《青松岭》期间,那时我刚分配到长影《战洪图》剧组,任美术助理;同班同学徐书田在《青松岭》当美术助理。

河北话剧团《战洪图》和河北承德话剧团《青松岭》两个剧组同在一个大食堂吃饭,住在一个招待所,摄影棚也紧挨着,时间长了大家彼此都认识了。李仁堂是主演,但一点大演员的架子都没有,为人谦虚,使人感到亲切。

1972 年全国重拍四部故事片,长影有三部:《青松岭》《战洪图》和《艳阳天》。

1972 年底,厂里派我到承德话剧团筹备重拍《青松岭》电影的相关事宜。我住在承德话剧团二楼办公室里间,与军宣队老吴住一起,他是知识分子型的军人,很健谈。承德话剧团正在排练《烽火长城》,知道我来是为了重拍《青松岭》,便安排全团 B 组演员专为我演了一场。A 组演员中扮演张万山的李仁堂在跑龙套,扮演钱广和孙福的演员都在烧锅炉,扮演秀梅丈夫的演员还在上海。说实话,B 组演员的戏演得很差,话剧团罗团长和孙世庭书记也有同感,都觉得重拍电影还应该用原班人马。原著作者张仲朋已重新把电影文学剧本顺出一稿,看完后我明确表态,重拍影片只用A组。剧团遂安排我与承德地区牛司令会面。

牛司令是爽直的军人,下命令似的说:"按长影李同志的意见办,像李仁堂这样的演员,你们团也拿不出能比他还让长影满意的人,就得用李仁堂,他以前那点问题,嘿,你们党组织给个梯子,让他下来不就行啦!"罗团长立刻点头应承并照办。

解决了一件大事,让人很高兴,我们剧团在食堂喝了二锅头,虽然没有好菜,却也乐呵了一晚上。孙书记说:"这些话我们是说不出来的。"军宣队的老吴说:"别看前宽年轻,那可是带着中央交办的任务来的。"在承德话剧团我得"端着",但不苟言笑不是我的本色,难怪后来拍戏时他们都说我完全变成另外一个人。

1973年春天,长影成立了摄制组,导演仍然是刘国权,摄影师孟宪弟,美术师童景文,作曲施万春,制片主任潘德民,主创人员由长春直奔河北省青龙县去观摩承德话剧团新排的A组《青松岭》。那是李仁堂"文革"中第一次在舞台上重新扮演张万山,结果一亮相嗓子就倒了,后半场几乎没有亮音,号称"金嗓子"的他第一次出现这种现象,是劳累、紧张还是兴奋过度? 我们不得而知。在此之前,我们还专程到保定市观看了中国青艺的《青松岭》,王尚信扮演张万山。王是位好演员,但缺少李仁堂农村生活的味道,不过给我留下了很好印象,后来我们执导《佩剑将军》,请他来演了一个主要角色,令他感动不已。

《青松岭》拍摄时是在"文革"期间,遇到许多问题,但不管怎样改,李仁堂都表示理解,毫无怨言。他的鞭法很准,指哪打哪,说打哪一个梨,一鞭过去,"啪"的一声就抽下来了,令人惊叹。

当时仁堂较胖,有关节炎,与戏中的角色有老寒腿一致,但他的一双胖手不像掌鞭的。在演员与当地饲养员和车老板的座谈会上,农民们说:"'文革'前那片俺看了,演员俺也见过,这回咋这么胖,饲养员每天半夜给牲口上料,没有大胖子。"

李仁堂很受触动,从那以后每天只吃半饱,中午不睡觉,半个月愣是掉下来 17 斤,这得有多么大的毅力呀。

河北兴隆县外景地在险峻的盘山路上,有一个场景是牲口到老榆树旁受惊了,张万山发现后跳下山梁迎着车抓住马缰绳,制服惊马。摄影师端着摄影机在马车上,以秀梅的主观镜头,通过向前奔跑的马,看着张万山迎面而来,直到双手抓住缰绳。这场戏很难拍,也很危险,弄不好演员会被惊马踩到。李仁堂此时不仅年长了 10 岁,腿脚也不利落,这可难坏了导演。考虑到李仁堂的安全,摄制组除了原来的方案,还提出一个方案是用替身来完成。李仁堂坚持采用迎面而上的方案,不使用替身,组里对李仁堂的决定很佩服,同时也加强了安全措施,把马车与汽车连在一起,待李仁堂接近马车时,汽车在后面刹车,拽住马车,以防马冲向演员。

　　但到拍摄时,大家还是为李仁堂捏了把汗,除主机外,在山坡上还架了副机,我特意在路边的几个点做了记号,便于李仁堂找准点从路边跑向马车拦截。一切准备就绪,以我手中的红绿旗为号。实拍时,李仁堂扮演的张万山迎着惊马越来越近,正奔跑的马见有人迎来即向右躲,右面是水库,李仁堂勇敢地抓住马的缰绳,由于惊马方向有变,李仁堂在抢步向前时自己绊倒了,惊马一扬蹄,踢向李仁堂,他当即倒下,汽车虽已刹车,但还是来不及了。李仁堂被马蹄踢倒的场面吓坏了所有人,不幸中的万幸是他反应快,躲闪及时,马没有直接踢在脑袋上,算是捡了条命。

　　幸运的是摄影师把这一切全拍了下来:李仁堂双手抓住缰绳,双脚在地上拖起尘土。影片中震撼人心的镜头是李仁堂用生命换来的。

　　《青松岭》获得了巨大成功,李仁堂塑造了真实可信的张万山形象。随后他在长影拍了歌颂石油战线铁人王进喜的《创业》,扮演的是华程政委。从此,他一发而不可收,在影坛上创造了一个又一个令人折服的艺术形象,《泪痕》《元帅之死》《被告山杠爷》中都有他精彩的表演。他凭借《被告山杠爷》摘得第15届中国电影金鸡奖最佳男演员奖。

　　自《青松岭》我们结下友谊后,1984年,我们又一次合作是在大连拍电视剧《请在这里签字》,他扮演船厂的老技术工人。我们在大连造船厂共同生活了近两个月,他希望我在他屋子里放一张大三合板,以便演戏之余,能练习书法。我总调侃他的字水平不高。他听了也不生气,哈哈一乐道:"别着急兄弟,老哥的字不达到一定水平不给你写。"

后来他的书法真是达到了相当高的水平,举办了个人书法展,还出了书法集,真的兑现了他的诺言。他赠了我一幅"大象无形",给肖桂云的是"静流则深"。

2000年中国电影基金会改选,我担任会长,诸多公益活动,每每邀请他,他都热情参与。不论在广东的鹤山还是在山东的威海,他都乐意前往。2000年夏,我拍《抗美援朝》,开机仪式与中国电影基金会常务理事扩大会议都安排在大连举行,并举办了中国电影人书画展,还在大连青泥洼桥广场与当地市民联欢,盛况空前。联欢会上,李仁堂独唱《游击队之歌》,铿锵有力。他在舞台上的魅力感染了热情的大连市民,观众都跟着打拍子合唱,气氛十分热烈。

我们还有过一次难忘的聊天,我说:"这些年来你拍了多少戏,塑造了多少成功的形象,一时还数不上来。只知道您是大牌的表演艺术家呀!"他看着我说:"我没老弟的成就大,老哥的身体不灵了,现在乐于写写字,这对锻炼身体很有益。"我说:"您的字,已然是位大家啦,多少钱一斗方呀?"他随口说:"上千啦!在贫瘠地方减半,过两年你再看,老哥还能更上一层楼。那时,老哥再给你写幅满意的,我知道前宽老弟眼光高。"我高兴地说:"届时我为您举办一个大型的个人书法展,再出版一本精致的仁堂书法集。"他吐露真情道:"前宽兄弟,咱们在《青松岭》拍戏就像昨天似的,转眼快三十年了,当时光顾着拍戏,连句谢谢的话都没说,老哥心里清楚,你对我够意思,孙书记在团里说起你来大家都很佩服。现在你是咱的领军人物啦,老哥高兴。今后只要有需要老哥的,你一句话就管用。"听了他的话,我很感动。

2002年在上海演出排练时,他又扔出一句:"前宽,以后有什么戏,老哥给你跑跑龙套。镜头少没关系! 得有戏。"我戏言道:"最好专门为您写个老书法家的人物,还能施展您的书法才华!"他高兴地说:"好咧,我就等着这一天啦!"这虽是调侃,却说出了我的心声。

他带着遗憾匆匆而去,真正为遗憾而心痛的人竟是我,因为只有我才能有这种感知,他却永远地安息了。我与"万山大叔"李仁堂自1964年在《青松岭》相识,三十八年过去,从《青松岭》走来的他又回到了事业与生命的原点。

2002年8月

艺术型的电影领导丁峤

丁峤,中国影坛的领导者,广电部原副部长,重大革命历史题材影视创作领导小组组长,电影人的良师益友。

圈里有人说:他是一位懂业务的好领导,在新四军任文工团的指导员,导演过《前线》和《白毛女》;建国后参与故事片《海上风暴》的导演工作,长期从事新闻片的编导,是很有才情的电影事业家。

也有人说:他是电影界的演说家,听他讲话是一种享受,他讲话一无官气,二懂业务,三讲感情,且从不照本宣科,很有亲和力。

还有人说:他退下来比在任上更可爱,讲实话,办实事,关心从业人员,与青年艺术干部结下深厚友谊,他宣称"老汉是艺术家的朋友",并为此感到骄傲。

1995年,我和桂云应邀到河北石家庄为电影《七七事变》举办首映式,正接受当地电视台采访时,接到电影局的电话,得知丁峤因突发心脏病逝世。我们顿时惊呆了,这一噩耗令我们十分悲痛。几天前,我和桂云去北京医院看望他时,他还好好的,并热情地赞扬《七七事变》拍得震撼人心,让他感动。我们还约定返回北京后好好聚聚。于是,电视采访变成了我们对丁峤的追悼,我泪流不止,声音沙哑到说不出话。

半个月前,影片《七七事变》顺利过审,我们在西直门外德宝饭店举行大型首映式,丁峤西装革履地赶到会场。当时他重病在身,已很消瘦,但从精神面貌上,丝毫看不出病态。他高度评价了《七七事变》影片的思想内涵和艺术追求,热情地赞扬了我们拍摄历史大片的气度和执着,特别强调电影在纪念世界反法西斯胜利和中国人民抗日战争胜利五十周年之际完成的重要现实意义,赢得了在场人的阵阵掌声。丁峤呼吁电影要弘扬主旋律,坚持多样化,广大电影工作者对此也积极响应。

记得与丁峤相识是在 1972 年初春,当时他是文化部电影组的负责人,我去北京为科教片组稿,在文化部的老红楼汇报工作之后,他亲自送我到楼梯口,双手握着我的手说:"长影是新中国电影的摇篮,以前出了许多好片子,你们那里动作快,将来电影的发展要靠你们年轻人,希望你们尽快出好片子,有什么困难就来找我,一定不要客气!"话虽不多却令我倍感温暖和鼓舞。我没有拍科教片,也未找他解决困难,谁知若干年后,在故事片工作中我们却结下了不解之缘。

1987 年广电部成立了由各方面领导与专家组成的重

大革命历史题材影视创作领导小组,丁峤任组长,正是这个领导小组会同电影局于 1988 年 8 月决定,把向建国四十周年献礼的重要影片——《开国大典》交由长影的我和肖桂云导演。《开国大典》的电影文学剧本和样片把关,以及完成片的审定,均由丁峤负责。

《开国大典》标准双片审看后,在对影片提意见时,主持会议的丁峤说,我们讨论这样一部优秀电影为什么还让导演回避呢,我建议请两位导演跟我们一起交谈。此举打破了审片不让导演介入的先例,可见丁峤的魄力和对影片《开国大典》的欣赏。当我和肖桂云被请到会议室时,只见中间的长沙发专为我们留着,领导小组成员陈播首先站起来激动地说:"开国大典时,我参加了天安门的观礼,电影真实而具震撼力,艺术地再现了新中国诞生的辉煌,拍得十分精彩,不知道如何表达我的心情,我以一个老战士的名义,首先向两位导演敬一军礼。"丁峤带头鼓掌向我们表示祝贺,并主持了审片会。他认为,影片《开国大典》史诗般地再现了新中国诞生的辉煌历史,编、导者以历史唯物主义哲学观真实地表现了 1949 年发生在中国的重大事件,一改以往脸谱化的表现方式,以现实主义的创作追求,用纪实性和表现性相结合的创作手法,令人耳目一新地表现了新中国的诞生,是有艺术探索的经典之作,是改革开放以来重大革命历史题材中划时代、具有里程碑意义的作品。

可是,更高一级领导重新审查时,有人提了不一样的意见,坐在我身旁的丁峤很是不满。我以导演的身份据理力争,终于获得了大家的认可。新中国成立四十周年时,此片在海内外上映,取得了空前的轰动,共同的创作实践也让我和桂云与丁峤结下了深厚友谊。

1990年春天的一个下午,我们应西影之邀去拍新作《决战之后》,途经北京,便应约到丁峤家里看望并汇报新的拍片事宜。丁老家不奢华,但高雅而有书香气,他为我沏了杯雀巢咖啡,表达了要把我调到北京之意:"你年富力强,聪明能干,到北京可为中国电影发挥更大作用。"我心存感激,却真诚地表示自己还年轻,尚需锻炼,希望多实践,多出作品才是。他理解地笑道:"好啊!现在正是出作品的最佳时段,争取多拍一些好作品再来北京也不晚。你年轻很有潜能,将来为中国电影发展做更多贡献才好。"

丁峤是为人真诚的长者,他对奋战在一线的年轻电影人尤为关心。年轻人每拍出新片,他总是站脚助威,摇旗呐喊,不论多忙,都争取参加相关活动为后辈加油打气。

1992年初广电部在北京远望楼举行"全国重大革命历史题材创作大会",与会者几百人,不仅有各电影制片厂的领导和主创干部,就连各省的宣传部部长也都参加了会议。吉林省委宣传部部长是胡厚钧。我和肖桂云是以创作经验交流代表的身份应邀参加大会的。

开幕式上,丁峤代表重大革命历史题材影视创作领导小组作主题报告:"近来我们在重大革命历史题材的创作上取得了很大的成就,李前宽、肖桂云导演在建国四十周年拿出《开国大典》这部鸿篇巨制后，最近又完成了一部优秀的作品——《决战之后》，我建议大家一定看看这部影片，他们拍得是何等精彩呀！这是一部与《开国大典》的创作视角完全不同的好作品，是以改造国民党战犯为主要内容的非常难把握的题材。他们以严谨的创作态度，艺术地再现了有独特风格的电影，这部影片生动地刻画了性格各异的人物，再次显现出李前宽、肖桂云的才华和热情。他们对重大革命历史题材有很深的情感。五年前为拍《重庆谈判》，因两个厂题材撞车，当时判给了峨影，前宽因为没拍上这部戏，像'失恋'似的居然病了一场，可见我们艺术家的痴情和执着。《重庆谈判》筹备已过去五年，至今仍没拍成，我们是否还让前宽继续为这一题材'失恋'呢？"丁峤这是为我和桂云拍《重庆谈判》制造舆论。

果然，吃午饭时，重大革命历史题材影视创作领导小组成员陈播和石方禹分别对我们说："丁峤在为你们俩做广告哩！这是我们领导小组的共识，《重庆谈判》还得由你们二位来拍！"

会后，广电部部长田聪明立即表态："《重庆谈判》题材仍由长影李前宽、肖桂云来拍。"就这样《重庆谈判》判给峨眉厂五年后，又回到我们手里，这是丁峤和以他为首的重大革命历史题材影视创作领导小组对我们的厚爱。

为了拍好这部戏，我毫不犹豫地把当年自己参与编写的剧本放弃，请张笑天重新编写剧本，另起炉灶，争取更上一层楼。更令我们感动的是，丁峤专程赶到重庆外景地探班,参加了新闻发布会,热情地鼓励全组人员。他说:"前宽和小肖可谓马不停蹄呀！我相信这部戏会更精彩,老汉七十有二,甘愿为你们铺石垫路。"他还参加了毛泽东离开重庆的记者招待会一场戏的拍摄,与重庆市委书记肖秧一起做群众演员,是群众演员里的"领衔主演",还不收取报酬。

丁峤这次重庆之行非同小可,他与爱人新婚第五天即南下来探班,令我们极为感动。这部影片在北京进行后期制作时,一天下午,我们在北影剪辑片子,丁峤携新婚夫人来看望我们。那天下着雨,他们夫妇的到来,给我们带来了惊喜与感动。随后他们夫妇带我和桂云到中国大饭店吃饭。我们两对夫妇,一边吃饭,一边聊家常,感受着友谊与温情,浪漫与真诚。似朋友,似长者,又似知音。

丁峤走了,走得那么突然,令我们格外悲伤,他的音容笑貌始终在我眼前浮现。

在八宝山向丁峤送别之后,电影界在京举行了"丁峤追思会",会上许多老同志缅怀了他的功绩。著名作家邓友梅讲述了丁峤在新四军时期作战的英勇,许多艺术家追忆了他对电影事业的热情与贡献。后来,电影界出了一本书《忆丁峤》,把我在《中国电影报》上发表的《怀念良师益友丁峤》一文收录其中,这是我对丁峤前辈永远的纪念。

丁峤,永远活在我们心中！

2003 年 3 月于北京

扮演毛泽东"第一人"古月

闻知古月突然离世，我十分悲痛。2005 年 6 月 12 日，我们在上海国际电影节举办当代中国电影音乐庆典时，接到古月从北京打来的电话，谈的是下部戏的合作事宜，我说回京后先把剧本定下来。回到北京，人没见到，却惊悉他在广州逝世的噩耗。这些天，古月的音容笑貌时时浮现在我眼前。

新时期以来，我们与古月合作了十一部影片、两部长篇电视连续剧。从电影《开国大典》上下集，到最后三十三集的电视剧《抗美援朝》，古月塑造的毛泽东形象形神兼备，演技炉火纯青。他从一个部队宣传干事发展成为优秀的表演艺术家，从一个战士成为一名文职将军，经历了太多的艰辛，付出了太多的努力。固然有组织的培养因素，但如果没有他自身独特的条件、天赋和努力，没有他对表演艺术的热切追求，刻苦耕耘，想取得如此大的成就也是万万不可能的。他扮演的毛泽东深受广大观众的喜爱，他的逝世是中国影坛不可挽回的重大损失。

　　我与古月在1985年7月相识,至今刚好二十年。当时我们正策划拍摄影片《重庆谈判》,觉得古月的先天条件很好,是扮演毛泽东的最佳人选。那是一个难忘之夜,古月邀我到他在八一厂的家中,他还特意买了猪头肉和花生米,我们俩喝了一瓶五粮液,聊得十分投缘,围绕着如何塑造毛泽东谈至深夜。

　　1986年初冬,我和肖桂云带着古月、黄凯、赵恒多和智一桐四位演员与电影《重庆谈判》剧组主创一起到重庆深入生活。五十多天朝夕相处,我们共同采访,阅读有关资料,受益匪浅。就在紧张的筹备时,由于一些原因,我们被要求停止拍摄。

　　后来,我们执导影片《开国大典》时请古月扮演毛泽东,他由此一炮走红。接着,他在影片《决战之后》驾轻就熟地扮演了建国初期的毛泽东,在业界获得良好的评价,在社会上也有很好的口碑。

　　古月是个刻苦好学的人,很珍惜扮演毛主席的机会。在《开国大典》中拍毛泽东在天安门城楼宣布"中华人民共和国中央人民政府今天成立了"的戏时,古月的牙病很厉害。拍摄前,他疼痛难忍,独自跑到城楼一角把那颗病牙拽了下来,完成了这场重头戏。剧组同志知道后,都十分感动。

　　古月太希望在《开国大典》中演好毛泽东了,曾表示他等待多年终于迎来了机会,有好本子、好班子和好角色,他会努力按导演的要求演好。

古月起初习惯模仿毛主席典型的手势以及抽烟等习惯动作,拍近景时也不放过吸烟、划火和讲演的手势。桂云毫不客气地让他拿掉这些动作,限制古月设计好的一切多余手势。古月对导演的严格要求不适应,就向黄凯请教。黄凯是位很有艺术造诣的表演艺术家,他告诉古月:"与李导、肖导合作,是你的福气、你的机遇,对他们的艺术要求和处理,不管你习惯不习惯、理不理解,一定要认真做,执行了导演的要求就会有好的效果。已拍的样片银幕效果非常好,你有好想法,导演会采纳的,我曾与两位导演合作电影《黄河之滨》,跟我搭戏的全是电影界的好演员,谢芳和洪学敏,一个演我妻子,一个演我女儿,结果把我这个舞台演员的表演痕迹凸显出来了,两位导演毫不客气地加以批评,让我反复走戏,最后我尝到了甜头,你也要经过这一阶段。导演对你严格要求是艺术的需要。"古月听后茅塞顿开,最终,他在《开国大典》中扮演的毛泽东达到了相当高的艺术水平,给观众留下了深刻印象,成为中国观众家喻户晓的"毛泽东",他也凭借此片获得当年大众电影百花奖最佳男主角奖。

我们与古月的合作是在创作中碰撞,碰撞后出现新的火花。在拍毛主席在双清别墅听叶子龙报告我南下大军胜利渡江这场戏时,毛泽东走到窗前,诗兴大发:"钟山风雨起苍黄,百万雄师过大江……"这里的朗诵很符合主席此刻的心情,古月还真下了功夫,设计了很多动作,但总觉得戏味太浓,朗诵快了、慢了都不妥,与全戏风格也不统一。最后,我们决定删掉朗诵诗的戏,而是找来一把椅子放在作战地图前,古月坐在椅子上睡着了,睡得十分香甜,叶子龙拿着电报跑进屋,见状不忍心打扰主席休息,索性把电报放下。伴随着毛泽东的呼噜声,画面出现我大军横渡长江冲上南岸的壮丽宏大场面,显得很有张力。古月为了找到在椅子上醋睡的感觉,反复琢磨各种姿势,供导演定夺,为的是要做到此处无声胜有声,让观众想象主席是胜券在握。

　　另外,在拍摄登天安门城楼这场戏时,场面大,时间紧,要求高,要体现庄严与神圣的感觉。我们设计的是毛主席的车队来到天安门城楼前,主席从汽车上下来,下意识地戴上帽子,仰头注视天安门,斗拱下鸽子飞过,此时只有鸽子的飞动声,在"静"中体现庄严与肃穆的气氛。拍摄时,古月走下汽车,在戴帽子前加了一个小动作——他看了看帽子,用手弹了两下,然后认真地戴上。我立即喊"停",并问他:"帽子上有灰吗?"古月愣住了,随口答:"没有呀!"我说:"没有灰为什么要弹两下? 这场戏我要突出'静',你这毫无意义的声响破坏了'静'的境界! 重来!"古月二话没说,进行重拍,并恰到好处地按导演的意图完成了动作。桂云曾坦诚地找古月谈话,说镜头是严酷无情的,哪怕微小的细节,放在银幕上也可能成大碍。古月很真诚地表示:"你们坦率地指出我表演上存在的问题,跟你们合作是我一生的荣幸。"

如今，每每路过天安门，我总是情不自禁地仰望这座非同寻常的标志性建筑，眼前呈现出 1988 年 11 月 18 日拍《开国大典》时的情景，转眼十七年过去了，却像昨天一样。那天拍摄时，秋高气爽，当古月扮演的毛主席和共和国其他领袖们再现 1949 年 10 月 1 日开国大典的情景时，天安门广场上的群众立即涌向金水桥，争抢着观看这一历史性时刻的再现。当时的壮观场面我至今记忆犹新。城楼上五百多位群众演员是来自总政的老干部，都是跟随毛主席从战斗年代过来的老同志，他们感慨地说："仿佛开国大典时自己就站在毛主席身边。一天拍摄工作结束后，仍十分兴奋，居然不知累。"

时任广电部副部长的陈昊苏携妻带子来到现场，当孩子见到古月时，立即嚷道："毛主席，毛主席，他是毛主席！"

1989 年 8 月 7 日，影片《开国大典》在中南海勤政殿由中共中央政治局常委们审看，得到了中央领导同志的一致好评，也对古月扮演的毛泽东给予了高度评价。

令我难忘的还有一个情景，1989 年 9 月 21 日，在地质部礼堂举行首届中国电影节暨《开国大典》首映式时，影片里扮演国共双方主要角色的演员都按影片中的造型着装，并得到中央领导的接见。这时，王光美领着毛泽东的儿子毛岸青来到古月身前，王光美指着一身主席扮相的古月，对毛岸青说："你看看他是谁？"大厅里立刻肃静下来。毛岸青抬头看到眼前的古月，伸出双手紧紧握住眼前的"毛泽东"的手,久久不松开,使劲地摇晃着。在场的人都被这情景感动了,我的眼睛也湿润了。此情此景,他表达的是对父亲的敬爱还有缅怀。

1992年,我们与古月在完成《开国大典》和《决战之后》的拍摄后,又合作了《重庆谈判》,这部戏中,古月在表演艺术上又上了一个台阶。这部戏表现了毛泽东和蒋介石历史上唯一一次面对面的交锋。抗战胜利后,为了中国的和平与前途,毛泽东应蒋介石的邀请亲赴重庆谈判。二人相会的场面,在表演时分寸很难把握。古月良好的悟性,出色的表演,使该片获得了极大成功。

从1986年筹备《重庆谈判》,中间停了七年时间,重新接拍这部戏时,大家动力十足。为让这部戏拍得更上一层楼,我把先前自己参与编写的剧本舍弃,请著名作家张笑天重写。

在《重庆谈判》影片座谈会上,中国影坛的前辈、专家陈荒煤、丁峤、冯牧、石方禹、陈播和滕进贤等对古月的表演给予了高度评价。令我意外的是,冯牧说出了古月的身世:1949年,冯牧所在的部队南下时,年仅十岁的古月跟在部队后面哭着喊着要参军,冯牧被眼前这个小鬼的行为感动,对小古月说:"你能拉住马尾巴跟着部队南下吗?"小古月说:"能!"于是冯牧把他抱上马,让古月参了军。不仅如此,古月还在部队成了一名文艺骨干。冯牧骄傲地说:"没想到四十多年过去了,我当年收的这个小鬼,现在成了扮演毛泽东的大演员,真是做梦都没想到呀!"

　　后来,我们又与古月合作了《七七事变》(上下集)、《金戈铁马》、《旭日惊雷》、《世纪之梦》等电影,以及《明月出天山》《抗美援朝》两部电视剧。特别是《抗美援朝》这部电视剧中,古月塑造毛泽东已到了相当成熟的地步。在拍摄毛泽东得知儿子毛岸英在朝鲜战场牺牲后又不肯告诉儿媳刘思齐那场戏时,我们对古月说:"如果这场戏的整体节奏和情绪准确,我们希望一个长镜头连贯拍下来,怎么样?"古月胸有成竹地说:"导演,好,我可以做到!"果然,这场七分钟的戏,用了一个长镜头把主席悲痛而复杂的心情完整地拍了下来。审查该片时,这个情节让所有人泪流满面。古月已经进入创作的自由王国,步入了表演艺术成熟期。

　　近些年,古月在紧张拍戏之余,多次参加电影界的公益活动。比如中国电影家协会和中国电影基金会的许多活动他都积极参与,所到之处受到当地群众的热烈欢迎。为纪念中国电影百年华诞,在百年百名影星个性化邮票评选中,古月也是榜上有名的。这是他多年来在影坛辛勤耕耘的结果。

　　古月走了,永远回不来了,我们再也没有机会合作了,怎不叫人为之悲痛!当年陈播说:新时期以来,我们拍摄重大革命历史题材影片,可以出现毛泽东等领袖人物了,这个时候古月出现了,这是历史的恩赐还是巧合?有了古月,使我们拍毛泽东成为可能。这是历史的机遇。现在,说这话的人和话中提到的人都走了,我们只能说些追思的话,以表达对古月的哀思,以及对老一辈电影人的缅怀。

古月呀古月,我一直认为你的身体和精力都很好,你的创作热情是旺盛的,我们还约定要继续合作电影,你不久前还约我谈《毛泽东与宋庆龄》的剧本,可你为什么走得这么突然,突然得令亲朋好友很难相信。古月呀古月,你为什么对自己的身体那么不在意,反映共和国重大事件的影视剧需要你,你让多少导演为之惋惜,让多少影迷心中流泪。

古月因扮演毛泽东而闻名,他的离世是电影界的一大损失,但令人欣慰的是,他和他扮演的毛泽东形象将永存于影视剧中。

2005 年 8 月 1 日

永远的"老兵"陈播

2010年是陈播诞辰九十周年,也是陈播离开我们的第七个年头。9月10日,电影界在中国电影资料馆召开了《永远的陈播》纪念会和新书发布会,电影界许多老同志及陈播的夫人邓芳和子女参加了纪念会。

电影资料馆副馆长张建勇主持纪念会,于敏、于蓝、王晓棠、明振江、田华、解治秀、傅红星等同志在发言中高度评价了陈播光辉的一生,特别是八一厂的同志用具体生动的事例回顾了陈老在中国人民解放军八一电影制片厂由创建到发展的最初年代做出的贡献。

作为中国影协主席的我最后发言,我代表中国影协对陈播为中国电影事业做出的贡献,以及对重大革命历史题材电影创作、全国电影系统党史资料征集和史书编纂做出的成绩表示感谢,也代表我个人对陈播表示崇高的敬意。

陈播前辈不仅是八一厂的老厂长,还是国家电影局的老局长,是中国电影战线上永远不老的"老兵"。

1988年夏,为向共和国四十周年献礼,决定拍摄电影《开国大典》。从剧本和导演的选定,以及任务的下达均由当时刚刚成立不久的重大革命历史题材影视创作领导小组决定。组长是时任广电部副部长的丁峤,副组长就是老局长陈播。他对这件事格外关注,高度重视,从文学剧本把关到拍摄期间,无不倾心帮助,认真指导,让我们切身感受到陈老对年轻创作人员的关爱。

陈播在新中国建立之初参加了与苏联电影工作者合作的大型纪录片《中国人民的胜利》的拍摄,影片生动真实地记录了中国人民解放战争的最后岁月及建立新中国的伟业。我学生时代就看过这部伟大的作品,留下了深刻的印象。

创作影片《开国大典》期间,电影局幽静庭院里的陈播办公室是我们多次向陈老请教的地方。我说:"在电影的创作上,应把历史纪录片与我们拍摄的镜头结合起来,相互交融又互为推进,这种方式将成为这部影片真实性与表现性相结合的创作风格。"他点头道:"很好,《开国大典》在艺术上的创新追求应该充分看到它的难点。要通过一个个相连接的镜头体现导演的追求。譬如你们要选用的历史纪录片,选哪个镜头、怎么融入你们拍摄的镜头中,是很具体的,并非想接就'拿来主义'地用。怎样达到水乳交融、天衣无缝,这是很难把握的,要想周全。我们相信你们夫妇的能力,几年前,你们拍的《佩剑将军》初次出手就很见功力,希望你们更上一层楼。"

陈播既有肯定和鼓励,又有提醒和要求,对我们的创作无疑起到了激励与警示的作用。

我们在案头准备阶段,把筛选出的纪录片中的每一个镜头的使用位置,以及与它上下连接镜头的拍摄技巧、角度、光效、景别都做了细致的安排。譬如,我们用纪录片中天安门广场上空飞机的镜头,机群在天安门上空由右向左划过,技巧是仰拍、跟摇、全景。在拍摄电影中天安门城楼上的领袖们时,先是一个小全跟摇,张治中兴奋地走到毛主席跟前,让毛主席等领袖往天空看,下接纪录片飞机飞过的全景,接下来是毛主席的俯拍近景镜头,毛主席用手遮阳光往天上看,由左向右跟摇。把选定的飞机飞过的镜头,与在现场拍摄的镜头衔接,后期影片剪辑时行云流水,自然融合。

在东北拍完冬季外景和内景,电影局和重大革命历史题材影视创作领导小组要求把这批样片拿到电影局审看。那天,电影局小放映厅坐满了局里和领导小组的同志,陈播也在。样片没有台词,看起来缺少感染力,我灵机一动,现场担任旁白和每场戏台词的配音,几场重头戏配得惟妙惟肖,特别是蒋介石到江防司令部视察,遇见李襄南打麻将那场戏,令全场折服,审查样片的领导很满意。

放映结束,丁峤、陈播、石方禹、何敬修以及滕进贤等领导都给予了充分肯定。陈播再次提醒,万不可掉以轻心,还有很多重场戏如百万雄师过大江、大军进驻上海以及蒋介石在奉化和解放军攻入总统府都是至关重要的。

　　1989年7月30日影片《开国大典》在北影混合双片完成,第一次由重大革命历史题材影视创作领导小组和电影局审看时,作为该领导小组主要成员的陈播,看后异常兴奋。按理说领导审查影片提意见时,导演是要回避的。这一次则不然,丁峤说:"看了这样的好片子,我们是不是请导演一起参加我们的会议呀。"大家表示同意。于是制片主任到北影的院子里把我和肖桂云叫到会议室。会议室里坐满了专家领导,中间一个长沙发却空着,我们走进屋内,丁峤热情地说:"请《开国大典》导演李前宽和肖桂云坐在这个沙发上。"我们有些受宠若惊,不好意思坐在中间,未等我们落座,陈播便站起来第一个发言:"1949年开国大典时我就在天安门的观礼台上,全程参加了新中国的开国大典,也参加了与苏联友人一起拍摄的纪录片《中国人民的胜利》,作为一个老兵,我对这段历史是亲临者、参与者,应该说也比较了解这段历史。我们刚刚看完电影《开国大典》,把新中国成立前一年中国大地上发生的重大事件,表现得特别真实生动,把毛泽东与蒋介石这两位近现代中国历史上最典型的代表人物描写得生动、形象,在艺术表现手段上有令人耳目一新的探索与创新。让建立新中国这段历史真实、艺术地呈现在银幕上,给人以强大的震撼,观看这部电影时,多次让我感动得热泪盈眶。今天,我很激动,在这里我以一个参加过开国大典的老战士的身份,向李前宽、肖桂云两位导演敬一军礼! 感谢你们以才华和激情为人民拍出这样一部好电影!"说着向前一步向我们敬了个军礼。我们深受感动，立即向他鞠躬回敬。

　　接下来，各位专家、领导从不同角度对这部影片给予了高度评价和肯定，当然也有人持不同意见，如中央文献研究室主任郑惠认为影片中有的问题还值得商榷。后来他向中央反映，由更高一层领导重新审看后对其意见予以否定，最后这部影片由中共中央政治局常委审定通过。《开国大典》审查层次之高，是史无前例的。以丁峤为组长，陈播、石方禹为主要成员的业界专家对电影《开国大典》给予的赞赏和肯定，让我们这些从业人员深受感动，深感了解艺术创作规律又懂电影专业的领导，他们的坚守是何等可贵。

　　后来，我们应西影之邀执导了反映改造国民党战犯的影片《决战之后》，该片在1992年全国故事创作会议上作为观摩作品放映，产生很大反响。总结时，重大革命历史题材影视创作领导小组组长丁峤讲到兴致处，突然话锋一转道：长影导演李前宽、肖桂云继电影《开国大典》后又为我们拿出一部西影厂出品的《决战之后》，这部影片拍得何等精彩啊，这是一部在功德林监狱里改造国民党战犯的大片，是很难处理和表现的题材，可是经他们之手拍得人各有貌，以电影的艺术语言形象生动地讲述了一个张弛有度的电影故事。他继续说："这使我想起五年前，长影与峨影因电影《重庆谈判》撞车，最后判定让峨影来拍。当时，前宽因没执导上这部影片还病了一场，这说明我们的艺术家对所爱题材的执着。现在五年过去了,峨影还没拿出来,我们还让前宽继续为这个题材而'失恋'下去吗?"会后,陈播在走廊见到我大叫一声:"前宽你过来!"恰逢石方禹也走来。陈播说:"前宽,刚才你注意到丁峤在大会上谈到《重庆谈判》一段话吗?"我说:"听到了,还把我因'失恋'得病给公布了。"陈播笑道:"那是在面上给你上这个戏做铺垫呢,他这段讲话是代表我们重大革命历史题材影视创作领导小组的愿望,《重庆谈判》这部戏我们还希望由你们两口子来拍,心里做个准备吧。"石方禹在一旁补充道:"很快要把这个戏推上来,这可不是开玩笑,要上这部戏动作会很快,你们心里应有个数啊!"

果然,会刚结束,广电部田聪明部长就决定将电影《重庆谈判》交由长影我和肖桂云来完成。

为拍好这部戏,我放弃了六年前与四川人艺作者合作的剧本,另起炉灶,结合重庆作家黄济人的小说,由张笑天执笔,重新创作。

陈播为影片《重庆谈判》的顾问,我们专程到他家中谈创作事宜,他以多年从事电影工作的经验为我们做出指导。他特别强调:"抗战胜利后中国向何处去,是当时中国的大事,也是世界关注的大事。毛泽东在重庆与蒋介石见面,是历史上唯一的一次,会很有戏,但戏的分寸要把握好。蒋介石是当时执政党的领袖,毛泽东是解放区的人民领袖,银幕上的毛泽东要表现得不卑不亢,落落大方,无所畏惧。这分寸的把握很重要,否则会不真实,不可信,电影失去了真实就会失去灵魂。"

　　作为我国著名电影事业家、评论家,陈播为革命文艺工作操劳一生,成就卓著。他由一个战士、演员到部队文工团的领导,新中国成立后为八一电影制片厂首任厂长,是他把部队中一个单一拍纪录片的单位,发展成一个生产多片种的综合电影制片大厂,成为国家电影机构的第一方阵,与长影、北影、上影并肩成为国家四大制片单位。陈播与苏云、汪洋和上影的徐桑楚并称中国电影四大厂长,蜚声影坛。后来他调至国家电影局任局长,并成为重大革命历史题材影视创作领导小组成员,在提倡和推动"弘扬主旋律、坚持多样化",体现中国特色的电影生产导向上起了积极作用,无愧是中国电影界的一员大将,中国影人的良师益友。

　　1994 年 9 月,党中央、国务院在北京医院为夏衍颁发了"人民剧作家"荣誉称号,举行了庆贺仪式,我代表电影界致贺词。中国影坛四大主将均到场,会后,陈播握着我的手说:"你今天在夏公面前的即兴致辞讲得很好,代表了电影界的心声和对夏公的祝福,看得出,夏公听到你代表电影界后来人的贺词心中是欣慰的。"

　　不久,夏衍逝世。陈播亲自为夏公撰写了挽联"直人、直脾气,一生耿直,一代文豪秉笔直书,书写人间忠奸善恶;爱党、爱人民,满怀热爱,满腔热血捧出爱心,心髓流到银河长空",表达了一个老兵对老领导的缅怀与敬意,也为我们后辈电影人做出了典范。这就是以一个战士的

情怀,把镜头聚焦在民族与国家的命运上,不论在革命战
争年代还是社会主义建设时期,都与国家和人民心连心,
始终与时代同步,永远战斗在光影战线上的一个兵。老兵
陈播如是,小兵前宽亦然。

2008 年 10 月

指挥奇才尹升山

我在学生时代,每每看长影出品的电影,字幕上总能看到尹升山指挥的名字。在电影院看的是演员,听的是台词和尹升山指挥的音乐,可谓未见其人,先观其名。

1964年我来到长影,见到尹升山指挥,他小小的个子,大脑门,一双小眼睛,笑起来就成了一条细线。交往后,发现他是一个绝顶聪明又待人热情的人。

2007年初春,长影厂来电话让我立即回厂参加接待中央领导的活动。原来,国务院总理温家宝要到长影参观,并同长影辉煌时期拍摄的影片的主创人员一起座谈。

在陪同温家宝总理到录音棚参观长影乐团演奏时,尹升山从指挥台上走下来,热情地同温总理握手。温总理问候道:"你就是上电影字幕最多的人?"站在一旁的乐团刘团长补充道:"从新中国第一部故事片《桥》到现在六十多年,有三百余部电影的音乐是尹升山指挥的。"温总理笑道:"了不起呀,了不起。您身体很好呀。"尹指挥就是笑,那双小眼睛眯成了一条线。我在一边插话道："尹指挥现在'妙龄'八十二岁，天天练剑，不过尹老的剑法中有指挥棒的舞法，现在他的指挥棒中也融合了中国的剑法，他是指挥与锻炼身体两不误呀！"一番话引得在场之人一阵大笑。

尹指挥是山东掖县人，家里因闯关东到了哈尔滨，与肖桂云是老乡；我是山东蓬莱人，同是闯关东的后代。

尹升山少年时在哈尔滨读小学，这座有东方小巴黎之称的城市，生活着俄罗斯、法国、德国和日本等国家的移民，这些国家的文化、建筑与音乐也融入这座城市。音乐是年轻人的时尚追求，尹升山的音乐天赋正是在这里孕育的。日本占领东北地区后，"伪满州国"宫内府音乐学校到哈尔滨招生，刚刚十五岁的尹升山被录取，来到了长春。

"伪满洲国"宫内府音乐学校有良好的音乐学习条件，教师是从日本、德国请来的。尹升山在这里受到良好的音乐熏陶，很快学会了双簧管、钢琴和小提琴。由于天资聪慧，又刻苦好学，随着对音乐知识的积累，他逐渐对指挥产生兴趣，开始留意外国的指挥教材，更注意观察乐团指挥的姿态与手法。

1945年8月日本宣布投降，尹升山重返家乡哈尔滨，恰巧遇上了随林彪部队进城的鲁艺文工团，当时他们要排演歌剧《白毛女》，排练《黄河大合唱》，正四处寻找人才。尹升山被选中，在乐队里吹双簧管。

1948年，新中国第一部故事片《桥》拍摄完成，该片的音乐指挥就是尹升山。他还指挥了《中华儿女》《赵一曼》《钢铁战士》《白毛女》《人民战士》《五朵金花》《金玉姬》《刘三姐》《董存瑞》《平原游击队》《甲午风云》《冰山上的来客》等三百余部电影中的音乐。这些电影题材广泛，风格各异，其中的插曲经他指挥，令人深刻印象，像电影《刘三姐》《冰山上的来客》和《五朵金花》的插曲，至今仍广为传唱。

1973年，全国准备复拍四部电影，长影占了其中三部：《青松岭》《战洪图》和《艳阳天》，这三部影片的音乐均由尹升山指挥。我当时在《青松岭》剧组担任刘国权导演的助理，做场记工作。在这部电影的后期工作中，发生了一件令长影乐团和摄制组都很无奈的事：关于该片的插曲《沿着社会主义大道奔前方》由谁来主唱。长影乐团的意见很明确，要用本团著名歌唱家李世荣。他是我国专业电影歌唱家，唱了几百首电影插曲，名气很大，家喻户晓。此片的作曲施万春则认为李世荣现在的音色有些苍老，不符合影片中小青年"大虎"的演唱风格，建议由吉林省森林警察文工团的蒋大为演唱，他的音色透亮而有力，符合剧中人物的年龄。但蒋大为没有名气，而且此前报考长影乐团时没被录取，这是长影乐团所不能接受的。于是，长影乐团领导包括当时任副团长的指挥尹升山坚持让李世荣演唱，并上报给厂领导。

当时，厂里刚成立"抓革命、促生产"领导小组，老厂长苏云是主要负责人，他找导演刘国权商议怎么办。刘导演知道李世荣唱得好，名气大，对新人蒋大为却一无所知。刘导找到我征求意见，我说，我跟您一样也没听过蒋大为唱的歌，听李世荣唱的歌那可太多了。可是作曲家施万春提出让一个新歌手来唱必有道理，可以让他录一下，听后才有发言权。于是，剧组向厂领导正式建议，录制两个方案后请领导决定。

第一方案是长影乐团李世荣和王云芝组合，第二方案是蒋大为与乐团新手韩溪组合。两个方案录制好后上交厂里。有多年领导经验的苏云是尊重电影创作规律的内行电影事业家，他先问导演刘国权的意见。刘导明确地说："李世荣唱得不错，很娴熟，人家是大歌唱家，演唱没问题。但这是为电影服务的插曲，要符合人物特征，影片中唱这首《沿着社会主义大道奔前方》的是十八岁小青年，因此，音色才是最重要的。由此看来，第二方案要比第一方案更贴切，演唱者音色透亮而有力，更符合电影《青松岭》的需要。"

苏云听了刘导代表剧组的态度，觉得有道理，便通知乐团团长李捷，关于电影《青松岭》采用哪一方案的事，厂里同意摄制组的意见。

就这样，青年蒋大为因影片《青松岭》一炮走红，接着他又为长影的另一部影片演唱了《牡丹之歌》，同样红遍大江南北。从此，他一发而不可收。后来他调至中央民族歌舞团，在全国大型演唱会上，这两首歌均是他的保留节目。

　　多年后,在一次中央电视台的演出后台,我们聊起三十多年前在长影参加电影《青松岭》插曲录制的这段往事,作为歌手的他还不知当年录歌背后的故事。我说:"你要感谢作曲家施万春和导演,他们是你的'伯乐'。至于后来你在歌唱界实现了'步步高',凭的是你的才华和水平。万春兄是你艺术之路上起关键作用的人啊。"

　　听了我对这段往事的回忆,蒋大为有些动容,因为他马上要登台演出,我们未多聊,分别时他动情地说:"谢谢您,谢谢万春兄!"巧合的是,他登台演唱的正是《沿着社会主义大道奔前方》,那天他唱得格外精彩,格外动情。

　　有一次,在长影厂门前,我见尹升山正在舞剑健身,便上前问他记不记得我们的一次个人合作。

　　他想了半天,摇头说:"没有,没有。"

　　"有!您是贵人多忘事!肯定有,您想想!"

　　"肯定没有,想也没用,我跟您有什么个人合作,您是大导演,我是小指挥,咱俩挨不着呀,您可别难为我了。"

　　"反了,反了,您可是大指挥,而我当时啥也不是,就是个小青年,想起来没?"

　　"告饶了,快告诉我吧!"

　　我认真地说:"1965 年春天,咱们厂在梨树县刘家馆子公社'社教',后来成立'长影毛泽东思想文艺宣传队',公社指挥部把我叫去,跟您见面,说由长影乐团和剧团共同成立演出队,在四平地区和梨树县进行巡回演出,但是缺个男声独唱,听说我为农民唱的歌很受欢迎,就把我找

来,让您这个专家听听我能不能进宣传队做男声独
唱……"

"啊! 想起来了,当时还有作曲家张棣昌副团长,我
们一起听你唱的《大海航行靠舵手》《真是乐死人》,还
有……我想起来了,把你留下来,代替我们乐团一个男中
音,他的歌不适合在农民中演唱,就把你定卜来了。"

"是呀,您还为我与长影乐团民乐队的伴奏排练了两
天,后来我又排练了郭颂唱的《越走越亮堂》,这首歌深受
广大农民欢迎,我还到四平为吉林省'社教'总队和省委
领导进行汇报演出。"

尹升山显得格外兴奋,四十年前我们在农村那段艰辛
而愉快的岁月如在眼前。

我说:"我感谢您,您知道为什么吗?"

"哪有那么多为什么,就是到宣传队唱歌了呗。"

"'社教'每天吃'派饭',总吃不饱,而到了宣传队,每
天能吃大米饭、白菜粉条炖豆腐,如果不是您恩准,我哪有
这口福呀! 我心里老感谢您啦!"

"那倒是! 你真是个全才,你给我画的像我现在还保
留着,学美术的会唱歌,会表演,又当了大导演,还会指
挥——1968 年,长影乐团、合唱团同全厂职工一起大合
唱,指挥可是你前宽呀,把我的活都给抢了。"

老朋友偶遇,共同回首往事,十分快乐。

2005 年 6 月,我已担任中国电影基金会会长和中国
电影家协会副主席,由我总策划、总导演的"纪念中国电

影百年华诞——当代中国电影音乐庆典"活动在上海隆重举行,旨在对新中国成立以来在中国电影音乐方面做出卓著贡献的作曲家、歌唱家进行一次评选,表彰其中的佼佼者,颁发特别荣誉奖杯。这项活动由中国电影基金会、中国影协与上海文广集团共同主办,国家广电总局和中共上海市委宣传部作为支持单位,CCTV-6 电影频道和上海东方卫视作为协办单位,广电总局领导赵实、上海市委领导均出席了这次活动。

评选时,我特别提议尹升山作为中国电影音乐指挥家的代表,应被授予"当代中国电影音乐特别贡献奖"荣誉称号。我还提出,长影乐团著名歌唱家李世荣,毕生为中国电影唱了四百多首插曲,应与尹升山共获此殊荣。评委们一致赞同我的意见。

除了获得中国电影音乐特别贡献奖外,同年 11 月,尹升山还获得中国音乐"金钟奖"终身成就奖。此外,还获得中共长春市委市政府颁发的"长春知名文学艺术家",以及吉林省政府颁发的"吉林英才奖章"荣誉称号。这个时期的尹升山"老骥伏枥,志在千里",在艺术道路上并未止步,而是继续同长影乐团的年轻人一起演出。他站在指挥台上激情四射,激昂的旋律令听众如痴如醉。

除指挥中外电影音乐和电影歌曲外,作为一位音乐指挥家,尹升山还长期坚持排练和演出世界名家名作,不仅服务于观众,还提高了乐团的演奏水平。他先后指挥了贝多芬的《命运》《田园》《英雄交响》和《未完成的交响诗》,

柴可夫斯基的第六交响曲《悲怆》和《天鹅湖》《睡美人》，以及格林卡的《露丝兰与留德米拉》等，也把中国著名作曲家马可、郑律成、黄准、刘炽、张棣昌、雷振邦、秦咏诚和施万春的作品搬上舞台。他不仅是电影录音棚里十分熟悉电影画面的电影音乐指挥家，也是活跃在舞台上，为广大观众服务的音乐指挥家，他的理想是让音乐更好地为人民服务。

2011年9月27日，尹升山驾鹤西去，但由他指挥的经典乐曲却继续在中华大地回响。

　　　　　　　　　　　　　　2012年1月

忆夏公

夏衍先生是中国著名文学、电影、戏剧作家和社会活动家,是中国左翼电影运动的开拓者、组织者和领导者之一,是中国电影界德高望重的前辈,被尊称为"夏公"。

我第一次见到夏衍先生是在1959年电影学院的开学典礼上,典礼由30年代在上海与夏公共事的章泯院长主持,夏公应邀为全院师生讲话。他面容清瘦,鼻梁上架着一副金丝眼镜,学者气十足,其江浙口音虽然让人听着有些吃力,但师生们听得十分认真。他鼓励大家学真本领,这样才能为国家电影发展做出贡献。他还强调在学习书本知识的同时,要深入生活,这对创作十分重要。

当时,国家正逢困难时期,但电影学院的学风严谨,精神生活很充实,夏公还专门给师生"吃小灶"——上编剧课,后来发表的《关于电影剧作问题》的单行本就是根据他在电影学院的授课讲义整理而成。

国庆十周年献礼影片是在周总理的关怀和夏衍先生的

直接领导下完成的。其中《祝福》和《林家铺子》由夏衍编剧,电影《风暴》《青春之歌》《五朵金花》等得到了他的指导。这些优秀影片在国内外有很大影响,有的还拿了大奖。

由夏衍编剧、谢铁骊导演的《早春二月》本来是一部经典电影,却遭到错误批判。"文革"时,夏公受到迫害。"文革"结束后,夏公被平反,他的革命意志没有半点泯灭,依然关心中国电影事业的发展。

1987年金秋,由中国电影家协会成员组成的中国电影代表团出访苏联,这是中苏两国关系解冻后的"破冰之旅"。代表团团长是影协党组书记苏云,团员有时任影协书记处书记、电影学者崔君衍,我,还有导演胡炳榴。临行前,苏云带我们到西长安街南绒线胡同夏公住宅拜访。

夏公所住宅院不大,雅致宁静,院内种有竹子、藤萝和各种花。入秋的北京秋高气爽,气候宜人。夏公站在院中热情地迎接我们。来到客厅,夏公坐在沙发上抱着心爱的猫,我们在书香气十足的厅内品尝龙井茶。聆听夏公的指导是一种享受。老人家在听取苏云介绍团员和到苏联访问的行程后,高兴地说:"很好啊,你们是中苏关系好转后第一个文化代表团,带去《田野又是青纱帐》和《骆驼祥子》两部电影,可以让苏联了解中国电影,这是一次重要的外事文化活动。我们与苏联二十多年没有交流了,他们会很重视,我们要更加重视。"

夏公得知我是影片《田野又是青纱帐》的导演,又与我的夫人肖桂云执导过《佩剑将军》,还是代表团里年轻的成员后，十分高兴地说："好啊，后继有人啦。今后要让更多的年轻人出去走走，多看看，未来要靠他们去完成中国电影发展的大业了。"

夏公还说，用电影作外事交流的工具很有影响力，周恩来总理当年就很重视电影在文化交流方面的作用。电影作为"铁盒子里的外交大使"，影响是很大的。尤其是中苏两国冷战对峙多年后的这次访问，你们作为中国电影代表团的成员肩负重担，要大方，不卑不亢，外交无小事，在言辞和行为上还是要注意。另外，这次出去要多看多学，人家在电影方面有许多值得我们学习的东西，抱着学习的态度永远不会吃亏，中国电影要有更大的发展，我们的眼光就要面向世界，不能像清朝那样闭关自守，外面的世界很广阔，中国电影要发展，就要向美国、法国、意大利等先进国家学习。夏公的话令我们倍感亲切。那天与夏公的会面给我们留下了美好而深刻的印象。至今我仍保存着我们与夏公在夏宅门口的合影。

夏公对中国电影事业的发展十分关心，对年轻人的作品更是关怀备至，但有件事却令我深感遗憾：

1993年春，我们拍完《重庆谈判》，来到位于北京东四礼士胡同的电影局李文斌处长办公室，他高兴地为我们沏上茶，说："前几天夏公问，长影的李前宽、肖桂云两位导演拍《重庆谈判》，怎么不来采访我啊。当年我正在重庆《新华日报》工作，对毛主席到重庆进行谈判那段历史很了解，没有访问我可是要丢掉一些细节的。"李文斌接着说:"当时我回答:我也不晓得他们都访问了谁,反正这个剧本是经重大革命历史题材影视创作领导小组和党史专家审查通过了的。我知道他们访问了一些老同志,包括周总理的秘书童小鹏和当年参与这次事件的国共双方的一些老先生,还在北京和重庆组织了座谈会,我参加了在北京举行的座谈会,如果他们访问了您,一定能增加一些真实的细节,电影肯定会更精彩。"

李文斌既把我们筹备时做的采访说清了,也把剧本通过的事情道明了,而夏公将自己的心里话说出来,也就没有责备之意了。

我向文斌兄表达了感谢之情,同时又感到十分内疚。李文斌见状说道:"夏公对你们两口子印象蛮好的,几年前看你们拍的《佩剑将军》后,就说长影这对年轻导演是能拍大戏的人才。后来《开国大典》这部影片就是最好证明。建国以来,成荫、汤晓丹是拍大片的导演,他们把这个接力棒传下来了。"李文斌还得意地说:"夏公赞扬你们的《开国大典》拍得大气磅礴,是大导演的手笔,拍这样的大片不是什么人都能做下来的,这是中国电影的幸事,祝你们拍出更多好戏。"听了李文斌传达夏公的话,我的心里十分温暖,这是前辈对后生的关爱和鼓励。

后来,每每想起夏公责问为何当时没有采访他时,我总感到内疚和遗憾。我们曾提出采访夏公,得到的回复是老人家在南方病休……

1994年9月,我们正在北京卢沟桥拍电影《七七事变》,突然接到电影局的通知,要我和肖桂云在9月7日上午十点到北京医院高干区会议室参加中央为夏公举办的九十五大寿祝寿仪式。祝寿仪式的现场摆放有鲜花、寿桃,作家苏叔阳拟写的楹联"六十五年日日夜夜做民众烛火是革命文艺先驱者,九十五载风风雨雨为后辈良师乃世纪同龄不老松",概括了夏公毕生为革命文艺工作和新中国电影事业做出的丰功伟绩。参加仪式的有时任中共中央政治局委员、国务委员李铁映,中组部部长张全景,中央党校副校长郑必坚,文化部副部长陈昌本,著名佛教学者、社会活动家赵朴初等领导,以及广电部、电影局的领导和电影界代表丁峤、苏云、汪洋等,还有谢铁骊、田华、王晓棠、于洋、于蓝、陈播等老艺术家。主持人是广电部部长孙家正。李文斌通知我说局里希望我代表电影界作一个即兴发言,祝词不宜太长。

十点整,夏公在医护人员的陪同下,坐着轮椅出现在大家面前。在热烈的掌声中,主持人孙家正部长说道:"同志们! 今天是夏公的九十五寿辰,也是他从事革命文艺工作六十五周年,真是双喜临门。我们电影界、文化艺术界,还有各部门领导同志一起为夏公祝寿,向夏公学习,让夏公的精神发扬光大。下面请中共中央政治局委员、国务委员李铁映讲话。"

李铁映首先代表江泽民总书记、李鹏总理向夏公致以亲切的问候,祝他健康长寿! 然后说:"夏衍同志用毕生精力,把自己的全部心血奉献于革命、文化、艺术事业,奉献于电影事业。夏衍同志作为世纪的同龄人,是中国电影事业的开拓者、先驱者,为我国电影事业的发展做出了杰出贡献。在这里,我们要向夏公表示崇高的敬意,同时,要大力提倡新的一代向夏公学习,我代表党中央和国务院正式宣布:国务院授予夏衍同志'国家有杰出贡献的电影艺术家'称号。"说完,他亲手把奖牌送到夏公面前。

孙家正部长请我代表电影界向夏公致祝寿词,我深情地说:"作为后辈,我和许多同仁感到特别激动,党和国家授予敬爱的夏公'国家有杰出贡献的电影艺术家'称号,夏公当之无愧,对我们后来人是鼓舞和激励。我们是看着夏公的作品、领悟着夏公的思想精神走过来的,夏公给我们留下了丰厚和宝贵的财富,供后辈学习和感悟。夏公把一生的精力和才华奉献给了国家和人民,奉献给了中华民族。我们要以夏公为楷模,向夏公学习。我们向夏公祝福,祝福夏公健康长寿!"

孙家正部长请夏公讲话。夏公讲得很简单:"国家给我这样的殊荣,实不敢当,我做得不够,我要继续好好学习,努力为人民服务。谢谢同志们,谢谢大家!"

由于夏公身体的原因,事先安排只有李铁映、孙家正和我三个人同他握手。我双手握着夏公的手,正是这双清瘦的手写下了无数经典之作,令人敬仰。

在这个人数不多但规格很高且隆重的仪式上,当生日大蛋糕端到夏公面前时,寿星老乐了。夏公的女儿和赵朴老握着他的手做了个示意切蛋糕的动作,在一片掌声中,老人被送离会场。

祝寿仪式后五个月，这位为革命文艺事业奋斗终生、经历无数劫难的老人的心脏停止了跳动，享年九十五岁。

这里需要说明的是，党和国家规定不允许为领导人举办祝寿活动，但因为夏公太特殊了，医生在下达夏衍先生的病危通知后，中央很重视这件事，于是特事特办，决定授予他荣誉称号，以此表示对他一生为党和国家所做贡献的肯定，实际上是提前为他过了生日。

夏衍先生在现代中国革命的烽火硝烟中，始终跟着党奋斗在第一线，以笔当枪，为民族和国家的独立解放而战。30年代，他与鲁迅先生共同发起左翼作家联盟，亲自写小说，编剧本，做主编，用各种形式呐喊，成为中国文化界的一员大将。在新中国建设和发展阶段，他既是文化、电影战线的领导，又是亲自上阵的带头人，创作了诸多精品力作，为中国电影留下了不朽的经典。

2004年春，中国电影家协会在杭州西子湖畔举办了夏衍先生的墓碑揭幕仪式，中国影协的领导几乎都参加了，包括主席吴贻弓，副主席李国民、王晓棠、我、潘虹、谢飞、苏叔阳，此外，电影艺术家于蓝、于洋、田华、秦怡等，以及浙江省、杭州市的领导和业界专家也参加了这次活动。

春光明媚，杭州西子湖畔鸟语花香，一派迷人的景象。这里是夏公的故乡，墓碑揭幕仪式选择在这里举行是情理之中的事。墓碑的设计独具匠心，一垛矮墙上镶嵌着夏公的青铜浮雕头像，前面是一把青铜造型的藤椅，藤椅前俯卧着一只猫——是夏公特别喜欢的与他为伴的那只猫。在夏公患难时，这只猫不离身边；夏公走后，猫绝食而死。夏公极其个性化和艺术性的墓碑，让我想起莫斯科红场旁的"新处女公墓"，那是为苏维埃做出贡献的各行业代表人物的公墓，每个人的墓碑均以墓主的身份和成就设计。设计者不仅表达了对墓主的崇敬，也将其当作艺术品呈现给全世界。墓地成为旅游景点，是一种文化的表现。夏公墓的设计符合他的身份，让我们深深感受到夏公独有的文化精神。当我们奉上鲜花时，一队唱着歌路过这里的少先队员们停下了脚步，他们问老师："矮墙上那个瘦瘦的戴眼镜的老人是谁呀?"老师回答："是夏爷爷。"孩子们问："夏爷爷是谁呀?"老师说："夏爷爷是位了不起的大作家，他还编了好多电影。"孩子们说："藤椅旁的那只猫多逗呀。"老师说："她是陪着夏爷爷的小伙伴。"从孩子们开心的笑脸上看出他们得到的不仅是对夏公的了解，还有对艺术作品之美的享受。我为夏公墓碑的艺术设计感到欣慰。

　　如今，夏公驾鹤西去快 20 年了，每每翻看中国电影发展史，或走进中国电影博物馆，都能看到夏公的身影。建国以来中国电影家协会第一任主席是阳翰笙先生，第二任主席是他的同龄人蔡楚生导演，第三任主席便是夏衍先生。

　　1985 年 4 月，中国影协第五次全国代表大会在京召开，在这次换届会上发生了一场风波，一些新兴的电影人认为自己可以走到影协领导的位置，他们相互串通，致使相当一批老艺术家落选,其中包括白杨、张瑞芳、陈荒煤、汪洋,还有夏公等。这些从 30 年代即从事电影工作的老艺术家,本可以在改革开放的春天为中国电影再做贡献,却在这次影代会上落选,所受打击确实不小,一些老艺术家如白杨难过得大哭……

这一事件惊动了党中央,中央派专人前来调解矛盾。最终,一些老同志、老艺术家补充进来。以夏衍为代表的一批电影前辈又能在中国影协继续发挥作用。在这次会上,长影厂长苏云被推举到中国影协任书记,主持影协工作;夏公众望所归,依然是影协主席。可以说夏公的个人魅力和影响是中国影坛任何人不可替代的。

还要指出的是,"文革"前创立的"百花奖","文革"后设立的"金鸡奖",以及影协主办的重要刊物《大众电影》《电影艺术》等,都是在夏公的主持下开展的。我们这一代人总有"前人种树,后人乘凉"之感。

电影界仰慕夏公,感恩夏公。在西子湖畔夏公墓碑揭幕仪式上,我们这一届影协领导们,向心中崇敬的前辈——夏公深深地鞠躬致敬!夏公的光辉形象永远镶嵌在中国电影这座丰碑之上。

2012 年春

影坛好汉林农

　　写下这一标题时,林农导演的形象立即浮现在我眼前:一双发亮的眼睛,一口浓重的四川口音,行动快捷,反应机敏,烟不离嘴,身上不时散发着酒气,矮矮的个子,却有着大艺术家的气质。这位在长影奋斗了大半生的小个子,却是新中国电影摇篮里出类拔萃的大导演,令人敬重。50年代,他执导的影片在全国产生空前的轰动:《神秘的侣伴》《边寨烽火》《党的女儿》及后来的《兵临城下》《甲午风云》《艳阳天》《金光大道》等,每一部影片都深受观众喜爱。长影人提起林农导演无不伸大拇指,他不仅作品棒,还是一位直爽仗义、性格坦荡、敢于直言的艺术家。我认识林农是未见其人先闻其声——学生时代是看着他的电影《党的女儿》《边寨烽火》和《神秘的旅伴》成长的,《党的女儿》电影插曲《兴国山歌》和《神秘的旅伴》插曲《缅桂花开十里香》时时在耳畔萦绕。他率长影摄制组到大连拍了两部电影,一部是《甲午风云》,另一部是《兵临城下》。拍《兵临城下》时,我在大连铁路医院门前和中山广场观看,此时我已是北京电影学院的学生了。现场格外抢眼的是摄影机前的一个小个子和一个大个子:大个子是摄影师王启民,小个子就是林农导演。我站在热情的围观群众中,欣赏着他们的一举一动,怎么也没想到不久我这个围观的大连小伙子居然有幸能与这两位前辈同在一个电影厂工作,这真是缘分。

　　我进厂第一年,与长影许多老艺术家一同到吉林省梨树县刘家馆子公社参加"社会主义教育运动",落实所谓"双十条"。我刚好与时任长影副总摄影师王启民分在一个小队,与他同住一个炕头长达九个月。一个是中国影坛的大摄影师,一个是刚出学院门的年轻人,两个人在极为艰苦的北方农村,与农民同吃、同住、同劳动,名曰在"社教"中加强自我改造。跟王启民老师在一起的大多时间都是聊拍摄电影的创作往事与艺术追求,一个善讲,一个爱听,这都是在电影学院听不到的,我俩就以这种独特的方式消磨那段日子。当时长影许多老艺术家尹升山、张棣昌、张辛实、张其等同在一个生产大队,王启民讲了与不同导演合作的往事和每个导演的个性。他说林农导演在写分镜头时要与酒相伴才有创作灵感,就是用一个写有"献给最可爱的人"的大白瓷缸盛满老白干,没下酒菜,一面写分镜头,一面一口口地喝着。一缸子酒喝完,一叠稿纸的分镜头也就写完了。王启民还说:"林农导演写的分镜头导演台本,都能嗅出酒气来,从分镜头的激情中就能看出他喝没喝到位。"

林农导演喝酒的风格体现着他的智慧，那种"锲而不舍"的喝酒方式令人难忘。1967年至1968年，工、军宣传队进驻长影开办"毛泽东思想学习班"，全省文艺界和全厂职工都集中住在长影大院，一间屋子一个大通铺，十五六个人挨着睡。林农每天无精打采，了解他的人都说他好久没喝酒了。过了些日子，大家突然发现林农脸上红扑扑的，精神特好，工、军宣传队领导主持会时，他带上大口罩称感冒怕传染别人。可同屋人没看到他打喷嚏却从他身上嗅到了酒味。大家纳闷，同在一个大食堂吃饭，他连喝酒的机会都不可能有，酒从何来，是个谜。

一天，学员们在厂区劳动，负责打扫卫生的值日生发现在大通铺下鞋子和废旧纸箱子后面有一个塑料桶，桶嘴上有一个细塑料管通过床木板缝隙直达褥子下面，而这个铺位正是林农的。值日的学员恍然大悟，原来每天夜深人静大家熟睡时，他在被窝里滋溜滋溜地吸上几口酒。但很快班长、排长知道了这个秘密，当然连长和工、军宣传队负责人也都知道了此事。接下来是林农挨批判和做检查，剩下的半塑料桶老白干也被查收了。他当众深刻地检讨了自己。大家听他检讨时表情都很严肃，但心里却在乐。最后他央求说："我托人买桶正宗粮食酒不容易，剩下那半桶老白干能不能还给我，我宁愿'罪该万死'把它喝了，也不能浪费呀。"

林农导演后来酒量减了，再后来听说把酒戒了，这在长影可是特大新闻。有人放言,林农真是把酒戒了,我们就把水戒啦!

　　1988 年我请林农导演在《开国大典》影片出演国民党谈判代表邵力子一角。他的个头和年龄很合适,形神兼备。他在镜头面前十分投入,很快就进入了角色。当年我们仰慕的大导演,现在做演员也是好样的。以往他在自己的片子里也常常要上个镜头或客串个角色,仿佛是在自己的影片中按上一个手印以示纪念。他在影片《党的女儿》中扮演一个国民党机枪手,就因为这个镜头,他在"文革"中吃了不少苦头。他在影片《战火中的青春》中还扮演过革命军队的团首长。

　　我们一起拍《开国大典》和《重庆谈判》时,他真的就没有喝白酒,改喝啤酒了,像喝水似的。在天安门城楼上拍摄时,肖桂云为他拿着啤酒,着实让人羡慕。我们专门安排副导演关照他的饮食起居,还破例在他没戏时,安排麻将哄他玩。只有林导享受过这种特殊待遇!

　　林农导演在长影有很好的口碑,业务强,性子直,够朋友,许多老导演和摄影师、美术师、制片主任都很尊重他。1975 年春,他筹备拍摄浩然的《金光大道》,我正在北京为影片《熊迹》选演员。《金光大道》马上要开拍了,主演却还没定,赵心水导演让我帮忙。当时总政话剧团正在为纪念长征四十周年排演话剧《万水千山》,许多部队的好演员参演。我发现《万水千山》里扮演男主角赵志芳的广州军区话剧团演员张国民的形象和气质很适合在《金光大道》中扮演高大全这一角色。彭宁与总政话剧团的导演和演员都很熟，我与他一起到该剧导演李维新家谈借调张国民的事，开始李导演一百个不同意，说演员脖子上有块疤，上电影不合适。我坚持己见："反正你们剧组就是排到 C 角也轮不上张国民，让他到长影拍部电影也算部队老大哥对电影事业的支持。"李维新导演的夫人是总政话剧团著名演员李雪红，后来在《闪闪的红星》中扮演潘冬子妈妈。她十分通情达理，劝说丈夫："人家长影同志苦口婆心地说明借小张的理由，于情于理都是说得通的，别把小张压在咱手里不用，又不放人家去拍电影，太不近人情了。"我们又到总政老红军编剧陈其通家求情，最后终于把张国民"拿下"。后来，张国民调入北影，还成为剧团领导。办成这件事后，导演行当里都说我选演员很准，攻关能力很强。

　　当我去南京选演员时，《金光大道》剧组也在那里选演员。一天，我又接到赵心水导演来电，他说林农导演发话，让我在南京协助他把王馥荔"拿下"。原来他们要借调王馥荔到长影拍《金光大道》，但江苏省京剧团死活不放人，理由是她要在江苏演出革命样板戏《龙江颂》并担任主角，省里坚决不同意她到长影拍电影。我通过种种努力，终于把王馥荔借调到长影来。借调成功后的那天晚上，王馥荔与姐姐包饺子炒菜，热情招待了我。她的父亲十分高兴，喝得酩酊大醉。王馥荔的精彩表演赢得了亿万观众的赞扬，有"天下第一嫂"的美称。不久，她正式调进北京,成为一名优秀的专业电影演员,塑造了《天云山传奇》里的宋薇、《宋氏三姐妹》中的宋霭龄等角色。最近,她还在香港著名导演许鞍华的影片《桃姐》里扮演刘德华的母亲。她塑造的艺术形象深受广大观众的喜欢。

　　大艺术家似乎都有童真的一面,这种童真不仅仅是性格使然,重要的是内心十分干净。林农导演就有孩子气的一面。他早已被调至北京电影制片厂,当时长影的几大名导王炎、武兆堤、郭维等都相继调进北影。我去位于北影大院的林农家送剧本时,正逢大导演谢添在他家玩麻将,林农一面乐呵呵地出牌,一面对谢添导演显摆:“咱要上戏啦,在前宽和小肖导演的《开国大典》中扮演邵力子,这不前宽来送本子了。”谢添不以为然道:“肯定是没什么戏的龙套。再说啦,戏多了你也拿不下,顶多是主人公周围的配搭。”林农笑道:“还真叫你言中了,是个群演。”谢导说:“我得是‘角’才上,没戏的龙套我才不上呢。”林农说:“能在《开国大典》里‘票友’一把也值,演的是国民党元老级人物邵力子,知道吗?可不是你在自己的片子里演个连副。咱马上进组拍戏了,总比你待在家里开心。”两个大艺术家,一对老戏骨,相互逗趣的大顽童,一面玩牌一面逗闷子。

　　他们在生活里互相调侃,一旦进入拍摄现场,每个镜头都认真对待,绝不因戏少而慢怠,还会根据人物设计自己的动作。譬如在指邵力子作为国民党谈判代表来北京与中共谈判,但南京政府与中共互不相让,最后,中共决定在四月二十一日过江时,镜头是一个稍俯的固定全景,只见国民党谈判代表无奈地在屋子里来回踱步或坐在沙发上叹息。这是没有台词只能用形体表现的镜头,林农扮演的邵力子来回踱步后,背向镜头无力地瘫坐在沙发上,右手慢慢挠自己的后脑勺,这一动作设计让观众感知到邵力子内心的痛苦与无奈。林导演的镜头感很强,他深知固定全景是要靠人物的动作表现内心想法,他背向镜头依然不放过细微的肢体语言,表现得十分得体。

拍《重庆谈判》时,邵力子跟张治中、周恩来与王若飞在谈判中有争论的戏。林农仅有的几句台词中,语气和节奏都处理得十分得体,恰到好处。当拍到中共代表团中性格耿直的王若飞突然把笔一摔,高门大嗓地怒斥国民党代表团时,在小全景里,林农将举杯正欲喝水的手定格在空中,一双眼睛通过眼镜框上方怔怔地看着王若飞。几个动作和眼神即把他塑造的这个人物形象表现得淋漓尽致。他对每部戏的小细节处理得如此到位,也得益于他是演员出身的电影导演。

世间的事有一种说不清的关联与缘分,学生时代就崇拜的大导演,后来一起共事。1981年我们拍摄电影《佩剑将军》时,摄制组一个年轻的摄影助理正是林农导演的大儿子——粟力,他努力肯干,寡言,好喝两口,这点还真有点父子传承。从20世纪80年代到21世纪初,粟力成长为一位优秀的摄影师,我们共同合作过电视连续剧《传奇皇帝——朱元璋》和电视剧《苍天圣土》,这样的合作和交往令我们深感欣喜。

　　影坛好汉林农，我们敬仰的电影前辈，是中国影坛卓有成就的大导演，他以其特有的艺术品格和人格魅力，为我们树立了榜样。

2012 年 5 月 6 日

芳华·瑞芳

——深切缅怀张瑞芳大姐

张瑞芳是中国影坛成就卓著的表演艺术家。她热情亲切,谦和善良,性格爽快,活脱一个"李双双"。大家称她为"瑞芳老师""瑞芳大姐",如同我们称老一辈革命家中的"邓大姐""蔡大姐"和"康大姐"一样,亲切而敬重。

我是看着瑞芳大姐的电影成长起来的晚辈,《三八河边》《母亲》《家》《凤凰之歌》《大河奔流》《泉水叮咚》《南征北战》《聂耳》和《李双双》等电影征服了全国观众,也教育和影响了我们这一代电影学子。瑞芳大姐作为一位表演艺术家,以光影艺术与国家命运共进退,通过塑造艺术形象为人民服务。因工作关系,我有幸与张瑞芳老师接触并感受到她的人格魅力,每每想来都是暖暖的、甜甜的。

1989年金秋,适逢中华人民共和国成立四十周年,继在北京参加中国电影节后,我率《开国大典》剧组到上海举办首映式,时任上海市政协副主席的瑞芳大姐与上海电影界的朋友们陪同上海市领导来到位于淮海路的大华电影院与我们剧组相聚。瑞芳大姐高兴地说:"在建国四十年时你们拿出《开国大典》是你们的荣誉,也是电影界的荣誉,表达了我们电影界的愿望,我为你们感到骄傲。今天大家欢聚在一起为电影《开国大典》举办首映式,也是电影界为共和国庆典共同表达爱心的大事。"晚上,上海的朋友们专门定制了一个"庆祝共和国四十华诞"的生日蛋糕,上面插有四十根蜡烛,由四个小伙子用一块大门板抬来。大家在一起尽情联欢,令人难忘。

每次由中国电影家协会和中国电影基金会举办的电影界公益性活动,张瑞芳大姐总是积极参加,带头上阵。1995年为纪念中国电影诞生九十周年,在北京二十一世纪剧院举行了隆重的纪念晚会。以瑞芳大姐为首的上海电影代表团,包括秦怡、孙道临、吴贻弓、刘琼、马林发、徐桑楚、凌之浩、谢晋、舒适等老艺术家与北京的老艺术家谢铁骊、陈强、凌子风、李俊、王晓棠、田华、谢添、谢芳等,还有来自长影、西影、八一厂、珠影等的电影艺术家,齐聚一堂。这么多中国影坛重量级的艺术家到场,我作为晚会总导演,倍感鼓舞。庆典晚会前夕,我代表电影界与张良、李文斌到中南海邀请主管文化与电影的李铁映出席。

晚会当天,中共中央政治局常委李瑞环也亲临现场。晚会上,来自全国各地的电影艺术家们利用剧场乐池升降台出场亮相,在音乐与掌声中,张瑞芳、于蓝等艺术家手持鲜花升现出来,效果相当好。在正式演出中还出现了一个小小的插曲:舞蹈家杨丽萍独舞《月光下的孔雀》,她站在舞台中央的月亮前等待音乐响起,不料音乐却迟迟不来,现场出现喝倒彩。我在前区陪领导观看节目,发现出事了,立即奔向后台,见赵丽蓉正在侧幕外候场,就赶紧推老太太上场:"六婶快上去救场,把杨丽萍换下来。"聪明的赵丽蓉立即借势来了戏,她后退上场,转身已到舞台中央:"妈呀,这就上台啦!"她走向台口发现前区端坐的李瑞环,便用唐山口音说:"瑞环同志也来啦! 瑞环是唐山宝坻的,离我老家八里地,我们是唐山老乡……"逗得瑞环和全场观众一起鼓掌。接着,她演唱了评剧《报花名》和现代歌曲《巴比伦河》,边唱边表演,把现场的气氛推向高潮。

　　张瑞芳大姐哈哈大笑说:"赵丽蓉太有才了,即兴反应能力相当强,全身是喜剧细胞,难得的天才喜剧演员。前宽你怎么这么了解她,在关键时刻让她来救场呀?"我告诉瑞芳大姐:"我拍农村喜剧电影《田野又是青纱帐》请她演过戏,对赵丽蓉了解。"

　　瑞芳大姐称赞地说:"发现并能用对演员,是导演的基本功,你们两口子在电影《佩剑将军》里用项堃扮演国民党将军用得好,项堃可是个好演员,我们在《南征北战》中合作过,他把国民党将领演活了。你们电影的大气劲儿,让我联想到拍同类题材的成荫导演和汤晓丹导演。好啊,拍这样重大革命题材的片子,你们把这个接力棒接过来啦,想起来都为你们高兴。"

　　90年代末,中国电影基金会在上海举办画展,有张瑞芳、孙道临、秦怡、吴贻弓、马林发等上海老艺术家们的作品参展,他们很开心。我陪瑞芳大姐和孙道临等老艺术家参观展览时,瑞芳大姐在她丈夫严励的遗作前久久不舍离去,四十八载的伉俪情深令人感动。

　　在上海城隍庙共进晚餐时,瑞芳大姐和秦怡大姐热情地以上海主人的身份款待基金会的苏云、王云人、崔博泉、我和张兰等。席间,瑞芳大姐特别请我唱《重庆谈判》插曲《信天游》,并真诚地说:"我很爱听前宽唱陕北民歌,很有西北味道,百听不厌,再给大家唱一次吧。"大姐之邀不可回绝,我站起即唱,并特别说明:"我今天向瑞芳大姐、秦怡大姐特别献唱。"未等我落座,瑞芳大姐便爽快地说:"前宽,大家都希望你在基金会多发挥作用,当会长带领电影界多做些公益性的事,我看你行,就别客气啦!"上海的朋友随之帮腔,特别是马林发尤其积极,苏云则笑而不语。老同志的一片真心实意,无须解释,我只是憨憨地笑,因为我一心惦着拍电影。

　　2000年,我任中国电影基金会会长后,在海南岛举办了首届年会,全国电影界老、中、青三代一百五十余人相聚海南。基金会的总顾问荣高棠老前辈也来到现场,上海徐桑楚、张瑞芳、秦怡、马林发、赵静,北京谢铁骊、于蓝、于洋、葛存壮、苏云、向隽殊、张良、张笑天等都起身欢迎。会上我作了报告。刚刚在影坛红起来的章子怡也到会并成为新理事。我们在海口举办了一台晚会,由方舒主持,为我们执导的《抗美援朝》唱主题曲的韩磊也专程赶来参加演出。

张瑞芳与荣高棠是老朋友,他们在抗战时期就相识。张瑞芳与白杨、舒绣文、秦怡曾是重庆话剧舞台上的四大名旦。早年张瑞芳与崔嵬在抗日救亡运动时走上街头演出的《放下你的鞭子》,与蓝马演出的田汉的名剧《名优之死》,与金山在重庆演出的郭沫若的《屈原》,都在社会上引起轰动。张瑞芳与周恩来、邓大姐、荣高棠等老一辈革命家的友谊是在国家受难的斗争岁月中建立起来的。抗战胜利后,她和前夫金山受周恩来的秘密嘱托,借金山亲属与国民党上层的特殊关系,带领部分电影人从重庆出发,赶赴长春接收"满映"("株式会社满洲映画协会"的简称)。金山这个早期中共地下党员,以国民党中央宣传部"接收大员"的身份把"满映"掌握在我党手里,直接受李克农的单线领导。他还在国民党驻东北行署眼皮底下,创作拍摄了反映东北人民抗日题材的电影《松花江上》,由张瑞芳主演。1947 年该片放映后广受好评,但瑞芳大姐因前夫金山"国民党接收大员"的身份受到许多委屈和压力,不过为了党的事业,再大的委屈她也承担了下来。

大家由海口移师博鳌时,欢迎宴会令人感动。白杨之子蒋晓松当时是"博鳌"的掌门人,他见到与父母一代的上海老电影人都来了,十分高兴和激动,发言时泪流满面。

在三亚时,适逢荣高棠老人九十华诞,我们安排了一个别开生面的祝寿会。

当荣老在老伴和几个青年演员的陪伴下进入餐厅落座后，灯光暗下，几个演员推着一个点上蜡烛的三层大蛋糕来到荣老面前，全体共唱"祝你生日快乐"，唱完大家涌向"寿星老"，纷纷表达祝福。荣老感动不已，为了答谢，老爷子站在椅子上唱了《四世同堂》中的"万里江山"全段。张瑞芳与秦怡、徐桑楚、苏云、于蓝、于洋等老同志，仿佛又回到了那个峥嵘岁月，仿佛年轻了许多，那笑容可掬的神情，让电影界的晚辈们都为之动容。

转眼到了 2008 年 7 月，在张瑞芳大姐九十华诞时，上影厂以"芳华·瑞芳"为题，在上海影城举行了隆重的纪念会。我和桂云专程从北京前往上海为其祝贺，并代表中国电影家协会和中国电影基金会向张瑞芳大姐表达祝福。电影界、上海文艺界同仁集聚一堂，鲜花与贺礼等布满舞台。瑞芳大姐端坐在第一排中央，手扶拐杖，满脸幸福的微笑。

我代表中国文联和中国影协致贺词后，献上了一幅贺寿图——《国色天香》。就在两位青年演员把画拿上舞台时，我说："这幅作品是我国两位非著名画家——李前宽与肖桂云所画。"会场笑声一片，瑞芳大姐双眼湿润，高兴地说："好你个前宽，今天，你又让我惊喜啦，我今天太高兴啦，谢谢你们夫妇绘制的这幅画，我非常喜欢。"

大姐把这幅画挂在她的客厅里，后来她住院时又把这幅《国色天香》放在病房，一直陪伴着她。

2012 年 6 月 28 日 21 时 38 分，张瑞芳大姐在上海华东医院逝世,享年 95 岁。张瑞芳大姐一生辉煌,成就卓著,德高望重,她以天赋和真诚,用追求真理与阳光的绚丽艺术实践成就了完美的电影人生。

　瑞芳大姐活得华彩纷呈,活得真实自在,活得潇洒大气,活得透明自信。她是一个充满阳光且待人热情的艺术家,她毕生以文艺为载体,用才华和热情为民族和人民服务,心中始终揣着人民,当然也得到人民的敬爱。如今瑞芳大姐驾鹤西去,但其音容笑貌依然存在于人间。

2012 年 7 月

黑土地里走出的表演艺术家

——李默然印象

李默然,文艺界无人不知无人不晓,他是中国话剧著名表演艺术家。半个多世纪以来,他在舞台上焕发出独特的魅力,赢得了广泛赞誉。

李默然祖籍山东龙口,是闯关东的后代。1927年生于黑龙江,年幼时做过小贩、杂役、邮差。1947年开始演艺生涯。

20世纪60年代,他在影片《甲午风云》中扮演北洋水师致远号管带邓世昌,以此扬名全国。他以扎实的表演功底赢得了观众的赞赏,"邓大人"从此成为他舞台和银幕上的"绰号"。

李默然不仅表演功底深厚,塑造人物技巧高超,而且勤于著述,常在报纸杂志上发表文章,在各种论坛上阐述己见。他一生的实践和理论是中国戏剧界的宝贵财富。正如戏剧大师曹禺先生所说:"很少有人能像李默然那样永远保持艺术青春。几十年来,他从未停止艺术创作活动。他走过了一条不间断的持续探索的艺术道路,为人民群众留下了一连串闪耀着生命灵火的人物形象。"

《甲午风云》后,李默然又在林农导演、王启民摄影的《兵临城下》中成功地扮演了中国共产党城工部部长一角。

我有幸与李默然合作是在1975年初春,我们为拍摄影片《熊迹》在北京选演员。李默然带领辽艺在京观摩《万水千山》。他们住在前门打磨厂的一个招待所。我见到李默然,向他说明来意,李默然听了很高兴,说:"辽艺与长影有老感情,电影《兵临城下》几乎用了我们全团的演员,只是目前情况下,恐怕抽调演员不那么容易。"其实,我已锁定由李默然扮演片中的公安局局长,同时,我还发现了一位刚三十出头的刘文治,他那双让人捉摸不透的眼睛,很适合扮演戏中一号反面人物——间谍鼬鼠。

借李默然来长影拍片之难,在我来沈阳落实此事时就被验证了。

当时,李默然在家中热情接待了我。他得知我在省文化厅受冷遇时,像老大哥似的安慰我说:"这是预料中的事,怎么能放我去拍电影呢!前宽老弟,你尽职尽力了,借不成也没啥,回长影代我向林农导、王摄影、赵导问个好!还有,沈阳这旮瘩春寒,暖气又撤得早,我家有煤炉挺暖和,若不嫌弃我这条件差,就住在老哥这里,晚上咱们还能聊大天!"听了此话,我心里十分热乎,立即说:"好呀!咱们难得有在一起聊天的机会!"我住在李默然家,早出晚归。每天早上,嫂子都为我做一大碗热腾腾的荷包蛋面。有趣的是,辽艺的人居然一点也不知道长影的人就在他们眼皮子底下"挖墙角"(那时借演员拍戏,被称为"挖墙角")。

　　没多久,李默然和刘文治就被借调到长影拍戏了。在这件事中起关键作用的人,是我认识的辽宁省公安厅前厅长张铁军。张铁军是山东人,中等个子,黑黑的脸庞,在浓浓的黑眉下有一双很有神的眼睛。解放战争时期,他是毛主席的卫士,其夫人是毛主席医护班的护士。当时我寻思着,既然都到沈阳了,何不见张铁军一面,请他帮忙呢。

　　张铁军对我的不期而至表现出极大的热情,他得知这部作品是歌颂公安战线的题材,又请李默然扮演主要角色,便对我说:"这事我会帮助促成的。"

　　他亲自找到省革委副主任刘敬之,他们是战争年代并肩走来的战友。刘敬之在"文革"前担任过报社社长,对文艺工作很有情怀,又喜欢看李默然的戏,于是以省革委会的名义下达了"这是完成一项政治任务"的文件。文件传到省文化厅,下面就是执行了。

　　我向默然大哥大嫂告别,感谢他们对我的关照。默然大哥感动地说:"我要谢谢你,前宽,在你的努力下,'文革'后我又能去长影拍戏啦!你是一个有能耐的好人,办事有根有脉,你行啊!"

　　电影《熊迹》于1976年拍摄完成。记得在大连拍摄时,我们住在大连中山广场附近的一家宾馆,每天拍外景时,常常被大连影迷围观,他们都想目睹在《甲午风云》中扮演邓世昌的李默然的尊容,还想见在《英雄儿女》中扮演王成的刘世龙,在《苦菜花》中扮演大坏蛋王東芝的老演员顾岚。

辽艺诸多优秀的表演艺术家都在长影拍过戏。我拍的《佩剑将军》中就有赫海泉、王守全等前辈。最早要算是50年代初长影电影《英雄司机》和《花好月圆》中的主角王秋颖,他的声音很有磁性。

王秋颖与李默然是几十年的挚友。1984年,王秋颖患病,弥留之际想念挚友李默然,让儿子电告。正在拍外景戏的李默然得知后,请假专程回沈阳总医院看望王秋颖。院方医护人员拒绝任何人进入重症病房,李默然再三恳求无果,激动得说话声越来越大。躺在病床上的王秋颖仿佛回到电影中的场景:自己扮演的李鸿章在厅堂与洋人谈判,在二堂候见的邓世昌听到洋人的无理要求,愤怒地把手中的茶杯摔在地上说:"一派胡言!"厅堂内的李鸿章问:"是谁在二堂喧哗?"邓世昌推门而入,双手扫袖抱拳说:"启禀中堂大人,在下邓世昌在二堂等候中堂大人召见!"突然,王秋颖来神了,用他那浑厚而有磁性的声音说:"是谁在二堂大声喧哗,让老生不得安宁!"李默然听到"中堂大人"的声音,冲开阻拦他的医护人员,箭步推开病房门,双手扫袖,合手抱拳,在王秋颖病床前单腿跪拜说:"启禀中堂大人,是北洋水师致远号管代邓世昌前来叩见!"王秋颖双眼放光:"平身,快快附耳过来,到中堂床头!"李默然起身扑到王秋颖床前,二人相拥,老泪横流……挚友间的深情让人为之动容!

王秋颖驾鹤西去了,现在李默然也走了,他们老哥俩将在另一世界相互切磋。

90年代初,辽艺创作演出了一台话剧《报春花》,又将其拍成了电影,是舞台剧导演丁尼执导的。在长影做后期时,李默然请我和肖桂云帮忙看双片。看了双片,李默然大哥问我们的意见,我逗大哥说:"是说好听的,还是说真话?"默然大哥说:"开什么玩笑,当然说真话啦!"我们如实说出意见:舞台痕迹很强,但又不是舞台纪录片,连上场的台步亮相都在镜头里表现出来了。默然大哥听后问:"能修剪出来吗?"我说:"全片处处是舞台痕迹,尤其是舞台化的夸张表演,这不是剪辑上能解决的。"李默然感慨地说:"隔行如隔山,这部电影真成遗憾的艺术啦!"

后来,我们在中国文联开会时经常见面。他把一本厚厚的自传体专著《戏剧人生》签上"送前宽老弟留念"送给我。这册书是他几十年从事戏剧艺术的总结,也是我学习的宝贵资料。

在第九届全国政协会议上,我们有幸分在同一个文艺组。那些年,我们有更多的机会在一起。在不同场合,他总像大哥一样热情地待我,还不时夸我几句:"前宽人好又有才,勤奋向上,干什么事都有股子锲而不舍的劲儿,这样的人不成功才怪呢!"一次,他当着儿子的面说:"多少年前,我就说前宽是好样的,这些年眼瞅着他一步步成为电影界的大导演,要向这样人的学习。"

2005 年,在纪念中国电影百年华诞之际,李默然和我都被授予"国家有突出贡献的电影艺术家"称号。他曾说:"演员最大的安慰、最高的奖赏是他所创造的形象活在观众心里,活在观众心里的形象必然是一朵永不枯谢的花,一棵耐寒的松柏。"

六十多年来,李默然在戏剧舞台与电影银幕上,以才华、热情和努力,践行着他的承诺和追求。他就是一朵永远不会枯谢的鲜花,一棵永远挺立的松柏。

2012 年 12 月

大演员的品格与魅力

——陈强老师印象

　　一个好演员能成为观众喜欢的著名表演艺术家,必然具备高尚的做人品格和独特的艺术魅力,德高艺也高,陈强老师正是这样的著名表演艺术家。

　　我第一次看电影《白毛女》时,喜儿令我同情难忘,恶霸地主黄世仁坏得让我咬牙切齿,后来得知,由于演恶霸地主太逼真了,陈强老师还差点儿送了命。那是1948年在河北一次慰问部队的演出中,台下一小战士见台上的黄世仁太坏,气得开了枪。

　　60年代,谢晋导演的《红色娘子军》中南霸天一角儿非他饰演不可,当时他正在《魔术师的奇遇》中担纲主角。《红色娘子军》荣获首届大众电影百花奖最佳故事片奖,谢晋获得最佳导演奖,陈强老师获得最佳男配角奖。在中国"二十二大电影明星"中,陈强先生是唯一一个扮演"坏蛋"却深受广大观众喜爱的明星。

　　陈强先生是新中国电影事业的开掘者之一。1945 年抗战胜利后, 延安电影团舒群、田方、袁牧之、陈波儿、吴印咸等同志奉命到长春接收"满映"后, 在东北战场的硝烟中, 率全厂大撤退至黑龙江兴山, 建立了东北电影制片厂。陈强与东北文工团等来到兴山, 开始了新中国电影事业的创建工作, 并在第一部长故事片《桥》和第一部短故事片《留下他打老蒋吧》中扮演重要角色。《留下他打老蒋吧》是 1947 年陈强与东影主创干部下农村亲身体验土改工作后创作的短故事片, 在解放战争中起到了鼓舞群众参军支前的作用。陈强在片中扮演一个北方农民, 于洋演他的儿子。这两部电影拍摄在战争年代, 条件很差, 但它却载入了新中国电影史册, 是新中国电影"七个第一"中的两部。不久, 他又在王滨导演的电影《白毛女》中成功地扮演了恶霸地主黄世仁。

　　陈强调入北京电影制片厂后, 拍摄了许多电影, 塑造了正反不同身份的人物, 不论戏多戏少, 他都践行一个演员的职责, 认真投入角色创造中, 在业界有很好的口碑。

　　陈强在银幕上扮演了许多"坏蛋", 也在喜剧表演上创造了令人瞩目的成就, 尤其与儿子陈佩斯共同出演了多部喜剧电影, 如《瞧这一家子》《父与子》《二子开店》《爷儿俩开歌厅》和《父子老爷车》等, 形成了父子"二子"系列。

　　从银幕"坏蛋"到喜剧演员, 反差很大, 难度也很大, 观众容易先入为主。要想彻底改变观众的观赏习惯实属不易，必须靠演员扎实的艺术功力，通过塑造真实可信的人物形象来征服人心。

我未与陈强老师在影片创作中合作过，但对这位新中国电影摇篮的开掘者充满敬意。进入 90 年代，在北京电影界的重大活动中我们多有见面与合作。他是一位谦和善良、待人热情的老艺术家，身上没有丝毫大演员的架子，尤其对业界年轻人更是热情有加，大家十分敬重这位可爱的"坏老头"。

我担任中国电影基金会会长后，中国影坛许多公益活动常常由我组织策划，每每有活动，他都热情参加，作为一位有影响力的老艺术家，他身上有榜样的力量。

在纪念中国电影诞生 90 周年和中国电影百年华诞时，我策划执导了《国歌组合》的节目，由老电影艺术家们演唱电影《风云儿女》中插曲《义勇军进行曲》，常常能将晚会推向高潮。我还排练了"坏蛋"组合——陈强、方化、陈述、葛存壮和刘江演唱《游击队之歌》的节目，很出彩，观众十分喜欢。

1991 年 8 月，华东地区遭遇百年不遇的特大洪灾，举国上下一片声援，"挺起脊梁，重建家园""血浓于水""团结奋战，战胜洪灾""同舟共济，抗洪救灾"，体现了中华民族团结一致的精神。

由中国电影家协会组织策划，全国各制片单位参加的"中国电影界赈灾大义演"在北京工人体育馆打算做三场公益演出，代表中国电影界计划募集两千万元善款，支援灾区人民重建家园。我是导演组导演,还参加最后的压轴主题节目《摄影棚内》的演出。《摄影棚内》由北影厂、八一厂和中国话剧院等多家艺术单位参加,李雪健扮演村支部书记、陈强扮演农村老大爷、卢桂兰扮演大嫂、侯冠群扮演解放军连长等。北影厂和八一厂出演摄制组主创人员:摄影师、照明师、录音师等,并出摄影机、移动道、吊杆、录音及照明设备等,即把北京工人体育馆变成摄影棚,拍摄灾后重建家园的电影场景。我扮演导演,北影导演夏刚扮演副导演,这是代表中国电影界五十万电影人向灾区人民献爱心之举。

从开始演出到中间环节都很顺利且很精彩,中国电影乐团的电影管弦乐演奏托底,朱明瑛、陈冲、张瑜专程从美国赶来献唱,台湾的"小虎队"和光头主持人凌峰首次来大陆亮相,姜文和巩俐唱《红高粱》插曲,谢添老导演与小金铭一老一小联唱,中间还穿插了捐款环节。

不料想中间发生了新情况,香港演员专机误点,他们的节目不得不往后面顺延,延到压轴之前。

女主持人先把从香港来的曾志伟、梅艳芳、邝美云和谭咏麟等一一给全场观众做了介绍,还特别说明香港"四大天王"也来到了现场。可香港演员在机场多等了五个多小时,又飞行四个小时,人困马乏,非常劳累,所以没化妆也没换演出服,集体穿运动服唱了一首英国乡村歌曲《忧愁河》后就下场休息了。观众不知内情,还都期盼着天王级歌星的演出呢。

　　压轴节目的主持人正是大名鼎鼎的演员孙道临,他着白西装帅气地报幕:"下一个节目,也是今晚最后一个节目《摄影棚内》……"

　　此话一出,全场突然爆发出一片呐喊声:"呜!呜!"有的喊:"梅艳芳……"有的喊"谭咏麟……"整个体育馆出现了节奏强烈的起哄声,观众用脚踏地板,发出整齐的"嗡嗡"声,很是瘆人。

　　素有绅士风度的孙道临哪里见过这般情景,满头大汗,用颤抖的声音说:"观众同志们,你们这是怎么啦?……是什么意思呀?"

　　全场"嗡"声依旧,且越来越大,有许多愤怒的观众开始往舞台中心扔饮料瓶子,齐喊:"四大天王,快出来!"

　　我带《摄影棚内》的演员正准备上场,碰到这个场面,大家万分着急却又无可奈何。孙道临还在舞台上不知所措。

　　我对两个通道的候场摄制组人员和演员说:"大家不要急!沉住气,演出照旧,一切听我口令!"同时对夏刚和陈强、卢桂兰、李雪健、侯冠群等交代:"不管出现什么情况,现场听我指挥,应变而行!我上场先把孙道临接下来再说!"说着我不经介绍就跑到孙道临跟前,"孙老师,请您赶紧到后台!"同时把他手中的话筒接过来做了一个"请"的手势,孙老师擦着头上的汗走下舞台。

　　我拿起话筒,礼貌而热情地对四周看台上的观众说:"亲爱的观众朋友们,大家好!今天这里不是一般的演出,而是为华东受灾同胞献爱心的演出,中国电影界和在座的观众朋友们与灾区人民心连心,我们共同参与一场非同寻常的赈灾义演,血浓于水,情系灾区同胞是中华民族的美德……"在我说话的时候,四周看台上的观众呐喊声和跺脚声丝毫未减弱,依然有瓶子和各种杂物飞向舞台中间。

　　我丝毫不受影响,继续报幕:"观众朋友们,下面我们把《摄影棚内》节目奉献给在座各位!"我转身对候场的剧组主创人员和演员们说:"《摄影棚内》的演职人员,现在进场准备实拍!"一声令下,大家由两个通道口登上舞台,两组摄影师扛着摄影机分别站到指定机位,助理把移动道在台口铺就,照明师把四五盏聚光灯按角度布好,大家忙而有序地就位。

　　此时,喊声依旧,"嗵嗵"的跺脚声一浪高过一浪,似乎有意与我们过不去似的。我不予理睬,心想你喊你的,我有自信,话筒在我手里。潜意识告诉我,要在演出中见机行事,无论如何不能让事态继续发展下去,否则第二、三场演出无法继续。我大声向剧组发问:"各部门准备好了吗?"大家齐声回答:"准备好啦!""演员准备好了吗?""导演,准备好了!"

　　看大家都准备好了,我发令:"重建家园二场冀家庄大堤上,准备开拍! 预备——开始!"只见,陈强扮演的灾区老大爷在一青年的搀扶下登上舞台,一边走着一边哭喊着:"我那房子呀冲垮了,这日子我可咋办呀……"说着就哭起来,表演得很动情。

　　看台上的观众仍在发泄不满情绪,叫喊声、跺脚声没有丝毫减弱的势头。我突然向陈强大喊:"停!"并从摄影机前走到舞台中心的陈强老师跟前,以导演的口气责怪说:"陈强,你演的情绪不对!"我把手扶在他肩上,他穿了件北方农村单布马夹,大半个肩膀露在外面,我突感他身上很热,应该是发烧了,我虽然很心疼,但此时也顾不上了。我继续"批评"陈强老师:"您是冀家庄德高望重的老爷子,乡亲们在您身上要看到战胜洪灾的信心,您这样悲悲切切的,怎么起带头作用。您看今天观众的情绪多高涨呀!"我扶着陈强老师面向观众,陈老师现场应变力极强,他感到在排练时没这个词呀,立即明白我是在因势利导。于是,他双手抱拳向观众致意:"我向观众同志们学习,向你们致敬啦!"陈强努力配合导演扭转现场局面。

　　观众依旧在发泄着愤怒的情绪。这时,我突发奇想来了灵感。这灵感是在与陈强老师互动中产生的,只有在这一特殊情势下才能激发出来。

　　我对陈强老师说:"我们今天不是在电影厂的摄影棚,而是在北京工人体育馆与这么多观众在一起,通过演戏与互动向灾区同胞表达爱心,我们应该把今天观众高昂的情绪与我们的演出记录在胶片上,让观众朋友跟我们呈现在同一个镜头中。"

　　陈强老师的话跟得很紧:"太好啦,这么多热情的观众参与咱们的演出,真是太好啦!导演咱就这么个演法,就这么拍吧!"

我向剧组主创说道:"大家听到吗?"回答声也是洪亮的:"听到了,导演!"

我说:"摄影师、照明师,我指向那里,你们把镜头聚焦到哪里,照明师把光位也跟着镜头调向哪里,把我们今天与观众共同的演出拍进同一镜头里,都听到了吗?"回答是"听到了!"剧组主创也清楚我即兴发挥的意图,十分配合。

我扶着陈强老师转向东看台,并把手势指向东区观众,照明师立即把聚光灯转向东区看台。东区照亮了,陈强老师双手合十道:"我向东看台观众致敬啦!"奇迹发生了:当摄影机把镜头调向东区看台时,东看台的观众在明亮的光照下仿佛定了格,突然由呐喊、扔瓶子变成热烈鼓掌。我清楚地看到他们的脸,由愤怒变成满脸带笑,直到此时我心中一块石头才算落地。

接着我与陈强又转向南区看台,照明灯同时调向那里,南看台的观众也以热情的掌声取代了刚才的发泄声。我们又走向西边看台,当灯光转向他们时,很多观众站起来招手并鼓掌。陈强走向台边:"我向西看台的观众致敬啦!谢谢你们的合作!"

当我们的机位和照明灯转到最后的北看台时,摄影机还未到位,那里的观众已效仿前面三个看台,早已站起来用掌声表达了热情。此刻我感到欣喜,更为陈强老师顶着高烧在现场履行一个演员的职责而感动,我俩在极特殊的情况下，事先没有一点预演，现场即兴配合得这样默契，好像我们早已排熟练的重头戏。

我向大家宣布："各部门注意，下面正式拍摄《摄影棚内》，让观众也参与演出，全体演员与现场观众各就各位，《摄影棚内》正式开拍。"

全场奇迹般地安静下来，与刚刚的混乱无序形成鲜明对照，此刻整个体育馆静得就连掉地上一根针也能听得见，我这个《摄影棚内》的导演终于下令："预备——开始！"

全体演员在陈强老师的情绪带动下，以昂扬的状态投入新的演出，不论李雪健扮演的村支书，还是卢桂兰扮演的大嫂，还是侯冠群扮演的连长都积极与观众们互动交流。最终，这场演出让表演者与观众达到了真正的共鸣。

演出结束后，我在舞台中心指挥演员与现场一万五千多名观众合唱《团结就是力量》，舞台周围十六面大鼓一起敲响，赈灾演出圆满收尾。

送走了观众，在主席台就座的电影局和中国影协的领导们来到全体演职人员中表示慰问，有的演员流下了激动的热泪。我让制片部门赶紧扶陈强老师回去看医生，并嘱咐他休息。我告诉大家老爷子今天是发着高烧在舞台上坚持演出的，大家都被他的敬业精神感动。

第二天上午，时任影协党组书记的著名导演郭维代表影协党组到驻地向我表示慰问，说："昨晚的赈灾演出在最后的危急时刻，是你李前宽主动跳上舞台，用智慧和胆识,力挽狂澜,把危机场面拉了回来,谢谢你!"

我说:"陈强老师在舞台上与我配合得特好,老爷子带着高烧挺下来,让我感动。"

郭维说:"我刚从陈强那里来,昨天夜里在医院打了吊瓶,现在体温下来了,正休息,放心吧。咱们电影界的同志们,在关键时候都是能冲得上去的,都是好样的。"

陈强是人民喜爱的表演艺术大家,他对艺术创作的执着令人敬佩,他在生活中的和蔼可亲,令人敬仰。

在中国影协《忆王滨》的座谈会上,请来了很多与王滨导演在《桥》《白毛女》《画中人》等影片中有合作的老同志:陈强、田华、鲁非、于洋、白德彰、孙羽等,王滨的女儿也来了。陈强刚落座,正跟大家热情地打招呼,突然背后一双手把老爷子的眼睛给蒙上了,大家看得很清楚,只有老爷子蒙在鼓里,众人见状起哄:"猜猜是谁,猜不出就这样蒙着。"陈强笑道:"谁敢在老朽头上动土呢?""猜!猜猜谁敢,除非你老伴。"此话引出一阵笑声。

陈强不紧不慢地说:"真是世道不同了,旧社会的白毛女只有在新社会才敢在黄世仁脑袋上拉屎!你个田华还不快快把手拿下来,把我眼睛都给捂疼了。"田华忙放下手向老爷子请安,全场又是笑声一片。

座谈会上,陈强回忆了自己六十年前在东北极其艰苦的条件下,跟王滨导演拍电影的过程,为大家讲述了王滨导演的工作作风和艺术才情,同时与当下的好时代对比,生动地畅谈了一个电影老战士的心得,令在场人受益匪浅。

当陈强见到王滨导演的女儿——东方歌舞团编导王子菲时,不无感慨地说:"抗战胜利时你还在妈妈怀里,跟着父母跋山涉水到东北接收'满映',到兴山后东影拍的第一部纪录片《东影保育院》,小不点儿的你还是主要小演员哩,不过你这个主要演员的名字也没有上字幕,没台词,只会哭或者笑。转眼六十多年过去,你都当奶奶了吧?你传承了爸爸王滨导演和妈妈李莫愁音乐方面的基因,当上歌舞编导,真为你高兴呀!"陈强在会上这段动情的发言让王子菲热泪盈眶。

其他几位老同志也都讲述了当年与王滨导演一起拍戏的往事,与年轻朋友分享了战争年代里老一辈的不易与坚守。

2012年陈强老前辈谢世,我正在境外,内心无限悲痛。这位在影坛奋斗终生,为中国电影做出卓著贡献的表演艺术家的心脏停止了跳动,但他在银幕上留下的艺术形象,永远活在观众心中,永远留在中国电影的艺术画廊。

2019年,我主抓一部电影《东方欲晓》,讲述了长影的前身东影从1945年发轫到1949年迁回长春期间所发生的时代故事。围绕接收"株式会社满洲映画协会(简称满映)"、建立电影基地、拍摄新中国电影"七个第一"等相关事件展开宏大叙事。"七个第一"的影片中,陈强在《留下他打老蒋吧》里扮演农村大爷,在《桥》里也扮演了重要角色,在新中国电影史册上留下了闪亮的一页。我在想,

《东方欲晓》这部影片中年轻时的陈强这一角色应由他的儿子陈佩斯来扮演才贴切,以此体现后辈对老人家的深切缅怀。

2013 年 1 月

老实做人、认真演戏的 "鬼子王"方化

中国电影艺术研究中心要为方化先生出书,他女儿方苓娟从长春打来电话,要我为该书写序。写序不敢当,写篇小文,借以表达对影坛前辈的缅怀之情。

方化先生是长影的老同志,我们又是大连老乡,是我学生时代十分赞赏的好演员。他参演的电影不多,一部《平原游击队》让他家喻户晓。这部电影塑造了两个深入人心的形象,一个是郭振清扮演的李向阳,另一个即是方化扮演的日本鬼子松井。一晃六十多年过去了,当年方化的"粉丝",现在已成为一名电影导演。六十多年来,中国拍摄的反映抗日战争的影视作品何止千百部,但仍没有一个扮演日本鬼子的人物形象超过方化先生扮演的松井,他把阴险凶残的日本鬼子表现得形神兼备,入木三分,达到了无与伦比的艺术水准,被称为"鬼子王"。

　　方化,1925 年生于辽宁大连,1944 年进入长春"满映"录音科当勤杂工。青少年时,他便遭受日本人的辱骂鞭打,对日本人的仇恨,早已深深铭刻在心中。1945 年日本投降,电影艺术家金山接管"满映"后要拍摄电影《松花江上》,他伯乐识马,选中勤杂工方化扮演影片中日本鬼子伍长,他首次上银幕就把配角日本鬼子演得活灵活现。在金山先生的鼓励下,他开启了与日本鬼子的不解之缘,正式走上表演艺术的道路。接着,方化在影片《哈尔滨之夜》中扮演日本特务松田,在《内蒙古人民的胜利》《赵一曼》《儿女亲事》《无穷的潜力》《甲午风云》《三进山城》《马》和《两家人》等影片中扮演了不同的人物形象。风华正茂的他,表演才能得到了展示与发挥,赢得了导演们的赏识,也得到了广大观众的认可。

　　一个角色在演员的演绎下取得成功,原因有很多,好剧本、好角色和好导演都不可缺少,而演员自身的天赋加努力更是关键因素。方化是既有天赋又很刻苦,他在表演艺术上取得成功是必然的。他把目睹的日本鬼子的罪恶行径和凶残面孔,画成画贴在墙上,逐一揣摩,对人物分析后写了"角色传记"。他还买来一只老鹰和一只老猴子,天天观摩它们的举止,观察它们在攫取食物时的眼神,并结合自己塑造的人物进行练习。他把日本鬼子松井的外形定位在"铁青色的脸,像饿鹰一样的眼睛,眼里布满血丝,总像要吃人一样的神情"。围绕剧本提示,他研读了大量日军侵华的历史资料,从深层挖掘松井的复杂心理,同时把他小时候学习的日语恰到好处地融入台词中,加之入木三分的表演,达到了出神入化的艺术境界。方化先生严肃细腻、一丝不苟地把握人物内心变化的做法值得今天年轻演员借鉴。

事业上的成功并不意味着会赢得人生的荣誉,在"反右"和"文革"中,方化受到了不公正对待。

"文革"后期,我参与采访了两个人,一个是刘国权导演,一个就是演员方化。方化谈吐谦和,老老实实,从不夸夸其谈,尤其令我佩服的是他脸上有戏,全身上下透着艺术家的气质。

七十年代末八十年代初,长影许多同志调往四川峨眉电影制片厂、广西电影制片厂、天津电影制片厂、南京电影制片厂和广东珠江电影制片厂。我与方化同住长春红旗街和光胡同,一天方化找到我,用一种探寻的口气表达希望我能到珠影厂工作。严重的气管炎病痛长期折磨着方化,他说已决定南下去珠影,还说我们都是大连人,到那里你前宽年轻有为是会有大发展的。对于他的善意和信任我很感激,但我还是表示自己是北方人,到南方生活不习惯。后来还有一些老同志动员我到广东,我始终没有同意,辜负了人家一片好意,回想起来,总有些歉意。90年代初,方化应姜文导演之邀在《阳光灿烂的日子》里出镜,扮演一位老将军,算是为他的演艺生涯画上了一个圆满的句号。1994年8月7日,年仅69岁的方化离开了他钟爱的电影事业而去,令人悲痛。他没有看到今天中国电影大发展的好时光，更没有享受到在充满阳光的氛围下进入拍摄现场的那种感觉，一个演员永远失掉了进入创作状态的幸福感，这是不能弥补的遗憾。

在方化先生辞世二十年后的今天，中国变得令人欣喜，党和国家高度关心和重视中国电影事业的发展，重视人才，关心和尊重老艺术家，倘若方化先生能看到今天该多好呀。

今天为他出书是件大好事，方化先生是中国电影界优秀的表演艺术家，这本书连同他塑造的角色和参与的电影都是中国电影的财富，能让更多的业界同仁和观众记住他——一位认认真真做人、老老实实演戏的电影人。

2014 年 2 月 24 日于北京

"绝代佳人"夏梦

夏梦是香港长城电影公司的当家花旦,主演了四十多部影片,与石慧、陈思思一起被称为"长城三公主"。作为一位电影明星,她擅演擅唱,不论古装刀马旦,还是时装戏、戏曲电影,皆能胜任,是国语片中罕见的全能演员。在老一辈影迷心中,夏梦是香港唯一一位可与国际巨星奥黛丽·赫本和费雯丽相媲美的华人女明星。她华美端庄、清新优雅的相貌和在银幕上塑造的各类女性形象,深深地印在几代观众的心中。

记得在20世纪50年代初,我是大连二中校文体委员,负责与市内几个电影院联络包场看电影。在看完香港电影《绝代佳人》后,全校同学都醉了,纷纷赞美女主角夏梦的美丽。有的同学还买来夏梦的黑白照片,夹在书本里,以便不时欣赏"绝代佳人"。

后来,我又相继看了夏梦主演的电影《新寡》《三看御妹刘金定》《王老虎抢亲》《故园春梦》和《抢新郎》等。那个年代看电影是件很奢侈的事,但影院门前买票的人仍排着长长的队,可见夏梦的影响力之大,大大小小的影迷都为她倾倒。

60年代,北京电影学院每周两次集中观摩中外电影,学生们看电影,议电影,常常还要把电影中精彩的蒙太奇画面追记下来,品味电影语言的魅力。对于女演员,也不是单纯去看她的美丽,而是欣赏其表演艺术,这是课堂之外的延伸。意大利影片《卡比丽娅之夜》是描写底层妓女生涯的冷喜剧。女主演长得并不漂亮,但以精湛的表演塑造了令人折服的银幕形象,让世界观众为之赞叹,并一举获得威尼斯等多个国际电影节的最佳女演员。

我们在电影学院欣赏了夏梦主演的《董小宛》和《抢新郎》等影片。她有着很高的表演天赋和对艺术的执着追求,因此能细致入微地表达不同人物的思想情感,表演节奏把握得恰到好处,分寸也拿捏得十分到位,特别是她那双聪慧而会"说话"的眼睛,彻底征服了观众。

1962年9月,新学期开始之际,正值夏梦来北京参加全国电影会议,她走进了北京电影学院。同学们早早在学院门前的花坛旁等候,以便一睹其芳容。从银幕上走下来的夏梦更有魅力,气质高雅,穿着得体,她微笑着与同学们亲切地打招呼。

改革开放后,在参加内地中国金鸡百花电影节和香港电影界的活动时,我有幸多次与夏梦见面,并进一步了解了她遇到的波折。香港的电影制片公司"凤凰""长城"在

"文革"中也受到冲击,无奈之下,她只好远渡重洋到加拿大生活。一个痴情于电影的人,本可以为她的影迷们拍出更多的好电影,却"闲置"在异国他乡,这段时光是让人感到煎熬的。"文革"后不久,夏梦即回到她生活和工作的故地香港,亲自创办了香港青鸟电影制片有限公司,并策划出品了电影《投奔怒海》和《似水流年》。这两部影片分别在1982年和1984年获得第二届和第四届香港电影金像奖最佳影片奖和最佳导演奖。

1995年国庆前夕,北京市委领导和《七七事变》剧组代表赴香港参加影片首映式和国庆活动,香港电影界同仁应邀出席。当时,香港尚未回归,活动由新华社驻香港分社副社长张俊生主持。在招待会上,我们再次与夏梦女士相会,她依然那么美丽端庄、热情大方,谈话中体现出淳朴和真诚,像和蔼可亲的大姐。她说:"中国的电影业要靠你们年富力强的人去做啦!"我和肖桂云表达了对她的喜爱和敬重。她谦虚地连连摇头道:"不够啦!不够啦!太过奖啦!"我们在中华人民共和国国徽前合影留念,时间是1995年9月30日。

2009年春,在北京举行的中国电影界纪念改革开放三十周年文艺晚会上,香港特区影坛代表夏梦女士应邀出席,在前排与秦怡老师并肩而坐。于洋、谢芳、我、陈凯歌和章子怡结合个人的创作经历与祖国电影事业的发展,以诗朗诵的形式串连起整台文艺晚会。我从舞台上走到这两位美丽的女神面前,向她们表示问候和祝福。当时,我心想,这对秀外慧中的表演艺术家,能在改革开放的新时期一起亮相,真是难得,由衷地祝福她们永远健康、美丽。

2014年4月第三届北京国际电影节期间,"夏梦从影65周年纪念会"在北京贵宾楼饭店举行。92岁高龄的著名电影表演艺术家于蓝大姐以及陶玉玲大姐及众多演员和影迷来到现场。我和肖桂云应邀参加,并由我代表中国电影家协会发言。香港著名电影导演许鞍华女士专程从香港赶来发表祝辞。影迷特意制作了镶有夏梦靓照的硕大瓷盘送给她。德高望重的于蓝大姐专门把一幅周恩来总理与众多女明星们的合照送给夏梦。夏梦看到自己在1962年参加全国电影工作会议时与内地明星和周总理一起的合影,兴奋不已。两位大姐在台上历数周恩来总理身边的明星们:白杨、秦怡、沙莉、孙景璐、黎莉莉、张圆、田华、王晓棠、金迪、王丹凤等,而夏梦和于蓝两位大姐则靠在一起站在总理身边。那时,她们风华正茂,正是为中国电影事业做贡献的时候!五十多年过去了,她们在耄耋之年仍与时俱进,令人感慨万千!此时此景,这张珍贵的照片不能不令夏梦动容,台下的年轻电影演员们也为之感动。两位电影表演艺术家虽然年事已高,但她们的辉煌永远留存于中国电影史册。

纪念会现场的气氛十分活跃。我发言时没有重复主持人和业界对夏梦大姐的赞美,而是即兴变换了一种表达方式——讲述了一个鲜为人知的故事,向夏梦大姐表达美好的祝福。这个故事就是著名词作家乔羽创作的家喻户晓的名作《思念》，歌词中写道："你从哪里来，我的朋友，好像一只蝴蝶飞进我的窗口，为何你一去便无消息，只把思念积压在我心头……"这首歌曲的创作灵感，正是"乔老爷"1979年在第四次文代会上见到夏梦，被她深深吸引而写成的。我还说，2013年除夕，我们与乔老爷夫妇相聚，共进晚餐。我为他们二人各画了一幅肖像。看着眼前的二老，我突然心生一种凄凉感。乔老爷苍老了许多，眼神也不及当年，这是因为不久前他夫人得了一场大病，把乔老爷也吓病了，这对老夫妻相濡以沫，是有心灵感应的。当时，我当着乔老爷夫妇的面说了这件事，也想当面确认《思念》创作来源的真伪。两位老人开心地笑了，乔老爷连连点头道："当时还真有这么回事，俺那《思念》是有生活依据的。美丽有无穷的力量呀，人家夏梦长得就是美呀！俺对美特有感觉，美能激发创作灵感。"

听了我的讲述，夏梦大姐乐呵呵地说："这事我一点儿也不知道呀！《思念》这首歌我听过，好好听呀，原来跟我还有关系呀！请您替我向乔羽夫妇表示问候！祝他们健康！"

这次会上，我还把由我主编的《光影彩墨——第二届中国电影家与美术家作品邀请展》献给了夏梦大姐。画集中收录了中国诸多电影艺术家的书画作品，其中有于蓝、秦怡的字与画，有汤晓丹、刘琼、新凤霞、吴祖光、凌子风、田华、王铁成、许还山、张金玲以及我和肖桂云的画作。更重要的是还有夏梦的书法作品，这是她在香港回归时为中国电影基金会题写的,字迹端庄隽秀,上联是:银幕看尘寰尽是悲欢聚散,下联是:明珠归祖国尤增闪耀光辉。

　　"绝代佳人"夏梦女士在中国电影画廊里,有着光照青史的美丽篇章。

2014 年 11 月

演戏如命，一丝不苟

——记表演艺术家项堃

在中国电影诞生 110 周年之际，举办著名电影表演艺术家项堃先生百年诞辰的纪念会，是件很有意义的事。百年来，中国电影的辉煌，是一代又一代电影人共同创造的。数十年来，项堃在舞台和银幕上塑造的诸多艺术形象，是镶嵌在中国电影画廊里闪光的标记，他是我国影坛优秀的表演艺术家。

50 年代，我在读中学时看他在电影《南征北战》中扮演的国民党张军长，其一言一行，乃至戏中的重要台词，都深深地刻在我脑子里，彻底征服了我这个影迷。

60 年代，我进入北京电影学院，由爱看电影的观众，成为学习电影的学子。业务实习课是到北影厂观摩正在拍摄的电影《停战以后》和《在烈火中永生》，现场目睹了项堃在镜头前演戏的情景，那是他扮演国民党代表李国卿与演员张平扮演的顾青争论的一场戏。根据成荫导演的要求，项堃一遍又一遍在调度中默戏，揣摩人物在规定情景里的心理活动，以便用更加准确的语言和肢体动作表现人物，这让我们见识到项堃一丝不苟的创作态度。

80年代，我和肖桂云筹备电影《佩剑将军》，在物色剧中主要人物时，都觉得表面人称"杀人魔王"实际是我地下党员的严军一角，非项堃莫属。当时，他已66岁高龄，但凭他的气质和演技，扮演淮海战场上45岁的历史人物是没问题的。我专程登门拜访并征求意见，他得知后兴奋得像个大顽童，欣然接受邀请并如期进组，开始了我们难忘的合作。他成功地塑造了严军地下党员的形象，在全国有很大反响，创造了保持三年的票房纪录，这部作品也是项堃在改革开放后有影响的代表作。

项堃在剧组年龄最大，大家称他项老，但他从不提额外特殊要求。剧组演员均是来自全国各大剧团的资深演员，如青艺的台柱子王尚信，辽艺的台柱子赫海泉、王守全，长春话剧院的台柱子姜长华、史宪富，南京前线、江苏省话的台柱子申良，河南话剧院的颜彼得等，可谓是名家荟萃。长影剧组从制片主任到主创干部均为老同志，唯有两个导演最年轻。

影片《佩剑将军》是长影重点片，该片是表现淮海战役序幕的大戏，人物众多，场面浩大。从八月份接受任务到年底完成送审，不足五个月时间，这在长影拍片历史上是前所未有的挑战。我们在厂领导面前立下军令状，一定在年内完成。全厂上下都为我们担心，在拍摄中常常两个导演各带一条线,兵分两路,加班加点地拍摄。

项老在影片中戏份最多,但他自始至终都保持着良好的创作状态,即使生病,也坚持拍摄。

在拍摄高潮戏——严军率部起义的大场面时,有大调度和大段台词,项老后背长了一个"瘩背",四周红肿,中间长出一个脓包,昼夜疼痛不已,只能以止痛药加消炎针处置。项老知道拍摄计划已安排好,部队和群众演员均已准备好,临时改变计划很困难。我看望他时,未等我开口,他抢先把话说了:"前宽导演,拍摄日程安排不要变,我能行!"说着还忍痛在地上来回走了两步,以示不会有问题,我很感动。他还说:"吃演员这碗饭,就得把演戏视为命,戏是演员的命呀!"

项老在汽车里候场时,还哼呀哼呀的,站到镜头前,立即入戏,完全是另外一副样子,眼神凶煞而自信,步履轻盈,他半身入画,扔下雪茄,从副官手中接过冲锋枪,朝着试图反扑的参谋长一梭子弹射去,潇洒地扔出冲锋枪,然后疾步走向高台阶。从近景推、拉、摇、移、升镜头,项老只试了一次焦点就实拍,一气呵成,全场响起一片掌声,向项老致意!

项老进现场前案头工作做得充分细致。他的分镜头台本上密密麻麻写下对台词的解释和人物潜台词,以及台词的节奏。他很讲究形体设计,认为肢体语言对人物的塑造是不可忽略的重要元素。他曾对年轻演员说:"做一个好演员对中国的艺术都应研究,民族戏剧瑰宝里的好东西，要学习，要运用，例如戏曲中的'手势''眼神'等都是重要的表现元素，'手'是第二只眼睛，手的表演和处理，对于表现人物十分有益。"戏中他训话时，从摘下白色手套到训话，巧妙地将手势动作与肢体语言有机结合，很有造型意识和表现力。

80年代初拍摄条件很差，全片投资不足50万元，吃、住全在南京下关区体育馆，一屋上下铺共三十张床位。十一月末天气阴湿寒冷，加之劳累，项堃与另外几位年纪较大的主创干部都感冒发烧了，这令剧组十分紧张。我去看他，他半躺在床上，用军毯围着，头上围着一条长围巾，床头是暖瓶、水杯之类，像坐月子似的。我既心痛又着急，暗下决心搬家，宁可多花床板费也不能让主创人员病倒。

他明白我的来意，对我说："前宽导演，你的压力够大的了，按正常拍摄我的戏，没事的。"

扮演贺坚将军的是青艺演员王尚信，他与项堃有多场对手戏，也是全片挑大梁的主要人物。他有喝酒的嗜好，特别是见到好酒，喝起来不要命，每次都喝得酩酊大醉，剧组和我多次就喝酒的事说他，他认错态度很好，但见到酒就身不由己。项老在王尚信屋里指责他时被我撞见，项老来回踱步，推心置腹地说："你也这把年纪了，在舞台上、银幕里塑造了那么多好角色，你还要为观众送上好形象啊，你就忍心倒在酒杯前，把命搭在酒里吗？你就忍心甩下年轻的夫人和可爱的小女儿吗？你也太自私、太不讲良心了。"项老并没有因为我的出现而平息怒火，一口气把肚子里的话都抖落出来,说得王尚信低头红脸,连连点头称是。我在场既不能添油加醋,也不好为王尚信解释,只是会意地笑了笑,起身走了。老哥俩彻夜长谈,后来王尚信对我说:"老哥说得句句在理,要不是咱这张嘴没出息,哪能容得他像训孩子似的批我,项哥不拿我当外人呀,他气粗理正,骂得我服。"在南京杀青时,一些演员把盛满好酒的酒杯送到王尚信眼前,他谢绝了! 大家愕然,只见项老一双眼睛看着他,憨憨地笑着接过,递到王尚信面前:"喝口吧,兄弟,这些日子闷得难受了,今天是杀青的日子,酒是有度的,自己掌握'度'就没有事!"

改革开放后,项堃焕发出极大的创作热情,他连续在电影、电视和戏剧舞台间跑场。1983 年夏,我拍完电影《黄河之滨》后回大连,突然接到厂里的通知说,辽宁电视台急着找我去救场。原来辽宁电视台正在大连造船厂拍一部电视剧,组内乱成一锅粥,停机了。项堃在这部剧里担任主演,他说只有长影的李前宽来执导才能解局,辽宁电视台听说我是《佩剑将军》的导演,当即陪项老到我家中拜访。

我从北京青艺调来的新演员与老班底的演员很快进入拍戏状态。

项老在剧中扮演老工程师,我到化妆室,见他一个人对着镜子把头发染成绿色。我问:"老爷子,您这是演的哪一出戏?"他不好意思地笑道:"我想与众不同,满头银发既显老又一般,黄发又像外国人,用绿发试试看。"我说："您试验的结果，觉得怎么样呀？"他说："请导演定夺！"我说："您这满头绿发，我只想乐。"这时化妆组的姑娘们进屋，见状直呼"妈呀！"化妆师道："这是哪一场的造型，谁给老爷子整成这样的，吓死人啦。"我解释道："项老要对艺术探索，不断创新。"大家大笑。

1986年深秋，已七十岁高龄的项堃与中央戏剧学院演员同台演出阳翰笙的名著《天国春秋》。这部戏抗战时期在重庆演出过，他在戏中扮演老谋深算、内心复杂的人物韦昌辉。此次中戏特邀项老加盟，既有向老艺术家学习的意图，也希望当年的老演员在今天的舞台上与年轻演员一起再放光彩。我和肖桂云应项老之邀来观摩他在《天国春秋》中的精彩表演。40年代，他在陪都的舞台上叱咤风云，深得观众喜爱，也得到周恩来的赞赏。他曾要求去延安参加革命，周恩来说在大后方演戏，也是参加革命的一种方式。项堃在抗日民族统一战线的大旗下，组织抗战演出队到新加坡、马来西亚等地演戏募捐钱物，然后购买药品支援抗战，并得到爱国华侨陈嘉庚先生的鼎力支持，为抗战做出了贡献。

我在银幕上没少看他的表演，首次看项老的舞台表演，心情格外激动。舞台上演戏与拍电影不同，电影是一个镜头一个镜头地拍，转换场景时可以休息，而在舞台上，上台就是一台戏，要一气呵成不间断地演下来，这不仅要台词功力，还要体力。我真担心项老的体力能否支撑全剧。结果，项老在三幕五场话剧中，张弛有度，台词处理得恰到好处,节奏也很讲究,一招一式无不体现出老艺术家全面的艺术修养和功底,令观众折服。在后台卸妆时,他满头大汗,但劳累也掩饰不住他内心的喜悦和满足,听到我们的赞许之词,他谦和地说:"过奖啦,毕竟是上了年纪,我能把这个人物满场撑下来,令观众满意,就算与年轻人一起把这台戏的生命力传承下来了。"

人生是追梦的过程,项堃在舞台和银幕上塑造了一个又一个鲜活生动的人物形象,不论遇到多少坎坷,他始终不动摇自己的志向,体现了老艺术家的本色,是为演艺事业无私奉献的人。

2015 年 1 月 10 日于台湾高雄

电影音乐是升华影片灵魂的重要元素

——兼谈与作曲家施万春的合作

今年是世界电影诞生 120 周年，中国电影也已 110 岁了。电影是年轻的艺术门类，却最具影响力。电影音乐是电影中极其重要的一个环节，即使是默片时代，也会有钢琴师即兴伴奏或放留声机。如今科技的发展和电影艺术的进步，电影音乐愈来愈成为影片中不可或缺的元素。经典电影音乐，无论何时何地都能唤醒人们记忆的神经，电影画面随之浮现于眼前。

青少年时，我看过电影《白毛女》和苏联影片《夏伯阳》，音乐主旋律至今不能忘怀。20 世纪 30 年代初，美国拍摄的《翠堤春晓》，圆舞曲之父约翰·施特劳斯的《蓝色多瑙河》《维也纳森林的故事》和《春之声》等不朽音乐不绝于耳。光影与音乐同步呈现，旋律在耳畔回荡，难以分清是光影成就了音乐，还是音乐提升了电影。完美的影片中，电影音乐起着升华情感的作用。

　　苏联描写俄国音乐家格林卡的传记电影《格林卡》中,思念祖国"回家"一段气韵生动的声画至今令我记忆犹新。格林卡离开威尼斯狂欢之夜回到住处,叠化出俄罗斯的田园风光,马车在回家的路上疾驰,采用了主人公代表作《鲁斯兰与柳德米拉》音乐,伴随运动镜头闪现人文风情、田野、牛鸣、鸡叫、繁荣的集市以及山岗上人们拉牵式地移动整座教堂,伴随劳动者的号子,格林卡欣喜若狂,车轮在飞驰,马儿在狂奔……在国境线的栅栏前,马车停下,音乐戛然而止。格林卡跳下马车快速踏上祖国土地,他激动地匍匐着拥抱大地,抓起一把泥土,说道:"祖国,我回来了!"这时,从山坡上走来一位担水的少女,把水瓢递给干渴的格林卡,格林卡正要喝水时,突然怔住了,原来远处传来比水更美的歌声——俄罗斯三百年前的民歌《田野静悄悄》,镜头顺着他的视角摇向一个大全景:美丽的伏尔加河,远远飘来一个偌大的木排,木排边上露出四只脚丫,优美的歌声正是从那里传出,古老的民歌纯朴悦耳,观众听得如痴如醉。主人公回到宁静安全的祖国,被家乡的美景打动,景美音乐更美,音乐升华了影片的主题。

　　在中华民族生死存亡的危险时刻,电影《风雪太行山》中冼星海作曲的《在太行山上》成为激励中华民族全民抗日的战歌。1935年拍摄的电影《风云儿女》插曲《义勇军进行曲》是国人奋勇抗战的战斗号角:"起来,不愿做奴隶的人们……冒着敌人的炮火前进!前进!……"慷慨激昂的歌曲成为我们的国歌。当年创作这部影片的袁牧之和田汉、聂耳同是烽火硝烟年代诞生的艺术家,有着相同的革命志向。时代造就了艺术家,艺术家又赋予电影不朽的音乐。

作曲家施万春是在中原大地上诞生的农民之子,从小对音乐情有独钟,是个音乐天才。1972年冬天,重拍电影《青松岭》,我是场记,导演让我到长影小白楼招待所看望他。北方的寒夜,在一盏昏暗的油灯下,施万春一身黑色中式棉袄,肥肥大大,头戴一顶狗皮帽子,两侧的护耳半耷拉着,那张方方正正、憨厚得不能再憨厚的脸红红的,一笑起来双眼眯成一条线。这哪像作曲家,倒是与剧中赶车的钱广挺像。我和他谈起《青松岭》的音乐,他从对剧本主题、人物的理解,到音乐段落的铺排,说得头头是道,令我刮目相看。拍《青松岭》时,他走进河北农村与农民一起劳动,交朋友,一起感受丰收的喜悦,创作出了有地域泥土芳香的电影音乐。

剧中大虎和秀梅赶车时同唱"沿着社会主义大道奔前方"的镜头是老导演刘国权让我去完成的,在先期录音的伴奏下拍的每个镜头,均有行进式的节奏感和河北地域特色。只有有生活底蕴的作曲家才能写出这种既有画面感,又有行进感的旋律。在选歌唱演员时,施万春坚持用当时在吉林森林警察文工团的二十几岁的青年蒋大为,此举成就了蒋大为在乐坛的歌唱家地位。施万春不拘一格,在影片《红盖头》里启用中国音乐学院大一学生吴碧霞。

有缘千里来相聚,无缘对面不相识。四十多年来,我们没有间断艺术创作上的合作,心心相印,结下了深厚的情谊。影片《黄河之滨》反映鲁北地区农民在浮夸年代的命运。这部电影中凄凉而深沉的音乐旋律富有鲁北地域特色,有关主人公命运的曲调变奏荡气回肠,催人泪下。1988年,《开国大典》这部历史长卷从东北战场到平津战役、淮海决战,再到百万雄师过大江,直至盛大的开国大典,人物众多,场面宏大,在一千二百多个镜头中,还有多处历史纪录片镜头,以纪实性与表现性相结合的手法来处理。面对这部鸿篇巨制,电影音乐的创作难度很大,是个大工程。

万春为影片注入了"人民万岁"的强大音乐能量,调动多元手段达到绚丽多彩的声画魅力,动人心魄。金色黄昏的西柏坡山岗上,归家的牛羊群画面体现了河北的地域特色,温馨的管弦乐、甜美的双簧管,取代北方唢呐,恰到好处地表现了解放区的和谐景象。篝火晚会上,孩子们欢快的"霸王鞭"、农民汉子将大鼓擂得震天响,百姓尽情地欢呼跳跃。

影片中诸多的重大战役场面摒弃了平铺直叙,既有烘托,又有渲染。

"辽沈决战"用凝重的油画式镜头:白雪皑皑的战场,尸横遍野,硝烟弥漫,山岗上一战马嘶鸣,万春只用小号在军鼓的伴奏下发出凄凉而嘶哑的声音,国军士兵在火烧的战旗下,挣扎着爬起又缓慢倒下,音乐与画面十分贴合。"百万解放大军渡江"则调动管弦乐的强大表现力,前进式的排山倒海的战斗交响,配合画面中的万船齐发,战士们冒着炮火勇往直前。当前方指挥粟裕将军率部登上长江南岸时,北京双清别墅里叶子龙手拿着电文急匆匆走进毛主席办公室,音乐戛然而止,寓意深远。只见毛主席坐在军用作战地图前酣睡,产生了强大的艺术张力。《开国大典》电影的音乐震撼人心,激情四射,与片中画面叠加,让人不禁热泪盈眶。

施万春演奏这段旋律时,泪水洒在琴键上,我听得心潮澎湃,泪水横流。创作者只有让自己感动,才能创作出感动观众的音乐,这是不变的规律。施万春以他的才华写出了感人肺腑的乐章。

影片《七七事变》的音乐蕴含着中华民族奋起抗战的力量。"宁做战死鬼,不做亡国奴"是当时国人的呐喊。雪白的芦苇荡里布满黑色棺材,二十九军在卢沟桥血战后,战士忍痛离开防区,倒退着撤出卢沟桥与百姓泪别。在深厚悲怆的交响乐中,有节奏的定音鼓敲击着国人的心,从此拉开中国全面抗战的帷幕。

我们与施万春几十年的合作中,有和谐,也有不同看法和争论,呈现在银幕上的都是我们激情争论的结晶。记得在《决战之后》影片合成时,我坚持尾声的旁白出现音乐作为衬托,万春坚持删掉旁白,强化音乐。有一天一进混录棚,他突然向我发问:"前宽,你是要老婆还是要旁白?"

"既要老婆又要旁白。"

"不行,要老婆就不能要旁白,只能二选一。"

我在纳闷,他葫芦里装的什么药,只见桂云笑而不语,原来他们俩已经达成"统一战线",向我攻击。桂云和他向我解释,旁白虽然精彩,但全片已表达出创作理念,不必再重复,索性保留音乐的单纯和完整性。最后还是我妥协了。

影片《重庆谈判》中,毛主席、周恩来离开延安飞往重庆时,人们担心毛主席的安危,于是作静场处理。当飞机划过山岗时,有一牧羊老汉唱信天游,直到混录时,万春也没找到合适人选,他建议我来唱,我坚决拒绝。可是混录结束,送审在即,怎么办?万春说:"你先录个备用,以后补录。"此时已是后半夜,我身心疲惫,嗓子嘶哑。我是赶鸭子上架,被逼唱了一段,结果电影局领导说唱得有味道,还询问歌唱者的名字呢!当下,中国电影发展迅猛,票房也在攀升,数量也不断增加,但广大观众期盼多出精品,希望有更多优秀的作曲家们在电影中发挥更大的才华,为电影增光添彩。

施万春在诸多电影音乐创作中,凸显了音乐大家的艺术风范。凭借电影《孙中山》的音乐创作,万春赢得了中国电影金鸡奖最佳音乐奖。他与黄健中合作的电影《如意》《良家妇女》中委婉、苍凉的乐章,分明是用旋律在为中国女人呐喊。

四十余年里,施万春成了我的良师益友。每次合作,他对电影音乐创作的理解与表现都使我们惊喜,他有天分和良好的音乐才情,他的刻苦和努力令人尊重。

　　他参与的交响乐《沙家浜》和整理的冼星海的《黄河大合唱》,至今仍广为流传。电影胶片上记录了更多他的才情,让他的创作成为永恒。在艺术上,他永葆青春活力,他的激情和学而不倦的精神,值得大家学习。

　　我从看他用铅笔在五线谱上画"豆芽菜",到他熟练地在电脑上创作;从见证他在京郊办学育人,到他成为一位著名音乐园丁,一路走来都是奇迹。

　　他从大地走来,身上始终有泥土的气息,他的作品接地气,是真正具有"中国风格"的音乐。

　　当年,他穿着板服,蹬着自行车,驮着我满大街跑,如今他老了,胖了,腰也弯了,但依然喷涌着音乐创作的激情。

　　前不久,我们又凑在一起,在他的琴房里倾听他的新作,那天籁般的和声又一次把我带进情境中,让我在他浪漫的音乐中遨游。

　　他用音乐向人民表达了深沉的爱,人民理所当然地把他视为人民的音乐家,人民的认同比任何奖赏都宝贵,是对他在音乐事业上所做的卓越贡献的肯定。

2015 年 5 月 20 日

银河里一颗明亮的星

——谢铁骊导演印象

谢铁骊导演是中国影坛德高望重的长者,才华横溢的导演艺术家,第三代导演的代表人物,中国电影家协会第六届主席。他是银河里一颗明亮的星。

影坛有"二谢"之说:南有谢晋,北有谢铁骊。谢铁骊导演的影片《暴风骤雨》和《早春二月》是我们学习的经典教材。其中《早春二月》被誉为"中国最美丽的电影"(摄影师:李文化,美术师:池宁,主演:谢芳、孙道临、上官云珠),可与美国经典电影《魂断蓝桥》相媲美。此片(原著:柔石,改编:夏衍)充分运用电影语言,细腻地刻画了人物,展现出谢铁骊成熟的导演艺术,业界专家和观众的好口碑使这部影片成为中国电影史上的经典之作。

"文革"后期,谢铁骊执导了样板戏京剧《智取威虎山》《龙江颂》《红灯记》《杜鹃山》和芭蕾舞剧《红色娘子军》。

1972 年,长影准备拍革命样板戏,军宣队驻长影李指导员带我到北影取经,我们在北京东方饭店拜见了导演谢铁骊和摄影师李文化。谢导个子不高,戴一副黑框眼镜,说话细声慢语,充满了智慧。他言语不多,除了礼貌性地说几句客套话外,很少谈创作。李文化倒很热情,主要讲技术上的创作心得。

80 年代初,谢导进入创作的活跃期,他先拍摄了李准编剧的《大河奔流》,影片中第一次出现毛主席在黄河岸边的形象,毛主席由北京人艺于是之扮演。之后几乎年年有作品,如《今夜星光灿烂》《知音》《包氏父子》《清水湾,淡水湾》《海霞》《古墓荒斋》《金秋桂花迟》《聊斋·席方平》等。

谢导于 1989 年将中国四大名著之一《红楼梦》,拍摄成六部八集的历史巨片。他以沉稳持重的艺术手段,刻画了新颖脱俗的红楼人物形象,给人以诗画般的感受。此片荣获第十届中国电影金鸡奖最佳导演奖。有幸的是,我与肖桂云联合导演的电影《开国大典》与谢导一并获此殊荣。

谢铁骊导演从事电影艺术工作六十余年,有对国家、民族的深厚感情,有传承中华传统文化的自觉,自始至终都把镜头聚焦在人民的身上。

1998 年,谢铁骊导演当选为中国电影家协会第六届主席,我被选为副主席。谢铁骊主席之后,由吴贻弓接替,而我又接替吴主席成为中国影协第八届主席。

　　中国电影家协会传承优良的传统,每年举办金鸡百花电影节,有自己的专业刊物,举办与电影人相关的活动。2003年,中国电影家协会举办了中国电影第四代导演研讨会,并出版了一套关于第四代导演的丛书。第四代导演毕业于"文革"前,起着承上启下的作用,这一代导演群体包括吴贻弓、丁荫楠、李前宽、肖桂云、黄蜀芹、谢飞、吴天明、张暖忻、翟俊杰、郑洞天、韦廉、于本正、黄建中、胡炳榴、陆小雅等。他们的代表作有《城南旧事》《孙中山》《周恩来》《决战之后》《开国大典》《重庆谈判》《青春万岁》《本命年》《人生》《血战台儿庄》《大决战》《乡音》《日出》《青春祭》《小花》《红衣少女》等。谢铁骊作为第三代导演中的代表人物,以老一辈艺术家的身份对第四代导演的价值给予了充分肯定,他在会上说道:"时代造就导演的价值,时代造就一部作品的气质和风采,你们遇上了改革开放的好时代,有着对重大革命历史题材的政策性支持,这个时期可以在银幕上形象地表现领袖人物,这是你们这一代的幸运,由此出现了一批讴歌领袖们的好作品,像《孙中山》《开国大典》,都拍得非常好。第四代导演为中国电影的繁荣发展发挥了巨大作用,做出了重大贡献。是撑起中国电影脊梁的一代。"

　　2005年,纪念谢铁骊导演从影55周年活动在南京举行,由我和翟俊杰主持,江苏省委宣传部、文联和电影界的同仁欢聚一堂,致贺词,演节目,十分欢乐。谢导的夫人王遐老师与谢导可谓青梅竹马,二人年少时是新四军文工团的战友。这次活动中，王遐有备而来，特意找来琴师、鼓师，演唱了京剧，很有水平。掌声过后，我请谢导为夫人点赞，谢导却揭了老伴的底牌："人家唱戏能挣钱，她唱戏要搭钱。她要掏腰包请琴师、鼓师，人家也得按劳取酬不是。她是干唱干搭，买个乐呗！"这揭底词逗得大家哈哈大笑。

我说："谢导对老伴儿事事处处来干的、捞实的，一次赵部长请吃饭，谢导吃不了，就端着碗汤面送给对桌的老伴吃。眼瞅着碗里的热汤都抖没啦，送到老伴手里已成干面了。"然后，我突发奇想，说道："我们让主角谢导讲一个自己的段子，必须把大家逗乐，不然就没完。"

谢导听后不紧不慢地说："前宽常拿我'开涮'，前不久我们一起检查身体，我拿着一叠单子，觉得还有一项没检查，就问他应该去哪个诊室。他顺手一指，我走到走廊尽头一看，原来是检查妇科的诊室。"大家听后笑得前仰后合。

谢导接着说："这也就罢了，前宽不是外人，可内科小女护士也拿我'开涮'，在检查单子上用连笔写'谢铁骊'三个字，结果'骊'字右半边的'丽'写成了户口的'户'，她还高门大嗓地喊：'下一位，谢铁驴！'我就坐在她跟前，没言声，要是答应了，不就成'谢铁驴'啦！又过了一阵子，她又高喊：'谢铁驴！'这时，前宽走过去说：'他是大导演谢铁骊，你怎么给变成"谢铁驴"啦！哪怕叫"谢铁牛""谢铁马"也比你这个驴受听呀。'"大家笑成一锅粥。谢导见状道："既然大家都乐了，我也算出节目了。"然而，大家却不答应。

我接着说："去年在北京展览馆举办一场颁奖典礼，谢导和老伴坐在大厅一侧的长凳上，看着一些明星从眼前走过，十分高兴。这时，导演冯小刚刚好从二老面前走过。谢导忙喊道：'小刚！'小刚见是老爷子，忙上前打招呼！'谢主席您好啊！'谢导演说：'小刚呀！这些年我是看你的电影长大的！'此话一出，可把小刚给吓着了：'妈耶！您这是折杀俺呀！'立马给老爷子来了一个单腿跪。周围人都笑了。王阿姨在一旁解释道：'他的意思是，看你这些年电影拍得好，特高兴……'"谢导还是一本正经地补充道："我想说我是看着你的电影入党的，后来一想，我入党时间在你出生之前，就改词了。"周围人大笑。谢导却一本正经，脸上没表情。这就是谢导的特色幽默。

谢导八十大寿时，我画了一幅大寿桃相赠，并带领中国电影基金会的同志端着生日蛋糕，捧着鲜花到谢导府上祝寿。寿星老见状十分高兴，说前宽画的大寿桃真喜庆，要挂在客厅。

时隔两年，一次聚会时，谢导就拿我"开涮"了："这两年我家的客人都夸你画的苹果好，说前宽画的苹果很鲜亮，真想拿下来吃一口。"我顿时愣住了："嘿嘿，谢大导，您等等，我什么时候给您画苹果啦？"他一本正经地说："给我祝寿时呀！""祝寿是送寿桃，哪有送苹果的。我明白了，您是拿我'开涮'找乐呀！"他还是三分笑七分严肃地说:"大家都说你的苹果画得好……"这种冷幽默的风格,一般人还真学不来。

　　谢铁骊是电影界级别最高的人,他是第八届全国人大常委、教科文卫委员,还是夏衍电影学会会长。他代表中国电影界参政议政,把中国电影界的声音传递到国家层面。我是第八届全国人大代表,后来成为第九至十一届全国政协委员。每年两会期间,我们都有见面的机会,常常一起交流或为中国电影事业发声。

　　1998年8月8日,由我牵头,联合了中国电影界部分人大代表和政协委员向江泽民总书记写了一封信,内容是呼吁在北京建立一座中国电影博物馆。在各方努力下,2005年中国电影百年华诞时,中国电影博物馆在北京正式开馆。这件事在落实过程中,谢铁骊作为全国人大常委、教科文卫委员起到了有力的推动作用。

　　90年代中,我策划为北京电影学院我的恩师田风老师出一本书,希望谢铁骊导演能够题词。他欣然接受,并用毛笔很规矩地题写道:"田风同志是我国杰出的电影教育家,他把全部精力和才华无私地奉献给新中国的电影教育事业,为国家培养了一大批优秀的电影导演人才,他为中国电影事业的繁荣发展做出了卓越的贡献。"

　　回顾谢铁骊导演的一生,他15岁就参加了新四军,成为一名文艺战士;1942年加入中国共产党,当时正是中国人民抗战的严峻时期。他在新四军文工团当过戏剧教员,在第三野战军第三十军文工团任过团长。新中国成立之初,他在中央电影局表演艺术研究所任教,在袁牧之、陈波儿的领导下,为新中国电影事业贡献了力量。谢铁骊导演是一位有阅历、有实践经验和卓著成就的电影艺术家,在第14届中国金鸡百花电影节荣获终身成就奖。

2015 年 10 月

中国电影史学大家程季华

他是一位少言寡语、默默躲在胶片背后认真做学问的人,他是中国影坛研究电影史的大家,他是深受中国影人尊重的一位长者,他就是曾在北京电影学院教授中国电影史的程季华。

他一生都在为中国电影事业忙碌。2015 年 12 月 14 日,他的心脏停止了跳动,享年 94 岁。

20 世纪 60 年代,我在中国电影史大课堂上认识了程季华。他中等个子,一身学者气质,慈祥谦和,始终面带微笑,一双不大却很智慧的眼睛,一口地道的湖北口音,讲课生动而有魅力。中国电影史大课设在电影学院小剧场,每次他授课,全院师生都一起来听,座无虚席。讲台上设一张桌子,桌上放一个麦克风、一杯茶,程先生一讲就是半天。程先生对中国电影史中作品诞生的背景、影片的内容及人物、作品编导及演员经历乃至作品的艺术风格都了如指掌,他就是中国电影史的一部活字典。

　　程季华在 1937 年国难当头时投身革命,并在同年加入中国共产党。他曾在移动演剧队、抗敌演剧五队从事抗日救国宣传活动,后任中国歌舞剧艺社监事会监事长、新加坡中华艺术专科学校教师。新中国建立后,历任文化部电影局艺术处业务秘书兼演员科科长、艺术研究室主任,中国电影出版社副社长兼总编辑,中国影协第二至五届理事等。他主编了《中国电影发展史》(第一、二卷),这部电影史学巨著在中国电影界影响深远。他还创办了《电影艺术译丛》、《中国电影》杂志(《电影艺术》前身)和中国电影出版社。

　　程季华始终坚持在幕后做学问,以严肃认真的态度进入中国电影的历史时空,挖掘并解开电影史上的诸多密码,创造出丰硕的研究成果。

　　程季华住在安定门桥北中国文联的高楼内,与长影老厂长苏云住同一栋楼。1991 年夏天的一个周日,我去苏云家拜访,恰巧程季华也在,两位先生见我都不约而同地乐了,原来两位前辈正在谈我们刚刚完成的影片《决战之后》。苏云说:“正在说你和小肖的新作《决战之后》,你就进来了,快坐下喝茶。”苏云的妻子向隽殊老师热情地为我沏上茶。苏云说:“前天我去看《决战之后》双片,回家时可苦了,因为是后半夜回来的,电梯关了,害得我爬到十七层。”程季华笑道:“你这样胖的身体要比我付出双倍力气。”我愧疚地说:“都怪我们双片老出错才拖到后半夜,也怪我心粗,应亲自送苏厂长回家才对,发现电梯停了,我该就近送厂长到宾馆住下,怪我,真对不住苏厂长。”

程季华边喝着茶边兴奋地说："前宽和小肖是梅开二度呀，《开国大典》在中国电影史上是部立得住的经典大片，在重大革命历史题材的电影作品中可谓领衔之作，是部很厚重的电影，以崭新的电影语言艺术地再现了共和国诞生这段历史，达到了一个新的高度。在塑造毛泽东与蒋介石这两个近现代中国历史上最典型的人物上，有重大突破，没有神化毛泽东，也没有鬼化蒋介石，这一点做得很深刻，为你们高兴呀。"我说："谢谢程老师的鼓励，我们的作品能得到您的夸奖是件幸事。"

程季华对苏云说："长影为中国电影拿出了不少好作品，出了不少优秀的电影艺术家。80年代初的《苦恋》，电影叫《太阳和人》，在艺术上是一部很前卫、很有追求的影片。那个导演叫彭宁吧？很有才气。长影不愧是电影摇篮呀，电影《开国大典》可谓扛鼎之作，很有分量，拍得讲究。电影画面也有追求，有绘画性。"苏云接着说："彭宁这部电影如果不是夭折，应该是改革开放后在艺术上很有突破的影片。本来这部作品是双片送审的，有什么问题就修改嘛，结果把一部正在送审征求意见的双片硬当成自由化的典型予以批判。刚刚有一点艺术春天的气息，又笼罩上无名的阴云。有的评论家说，我们文艺创作的生态环境还没有真正迎来开放的春天。后来这个很有才气的彭宁弃影从商到香港发展了。"程季华说："可惜了一个人才呀！"苏云接着说："前宽是学画的，小肖才是学导演的，两个人珠联璧合。"

程季华说："老苏呀，你刚才赞赏的他们的新作《决战之后》，我还没有看呢，听影协的人说，这是一部很难驾驭的戏，全片没有一个女性，清一色的战犯在封闭的监狱里改造思想，还要人各有貌，有个性特点。他们说，电影的深刻之处，在于镜头聚焦一群国民党高级将领的改造过程，折射出共产党在无硝烟战场上的光辉。这可是考验导演艺术功力的，我要看看这部戏。"

苏云说："确实是一部值得看的好戏。"

程季华老师问我："两部大戏连中二元，下面还有什么打算呀？"

我说："这正是我要向老厂长报告的，我们已接到电影局的正式通知，五年前长影与峨影厂题材撞车的《重庆谈判》，现在领导决定仍然由我俩来执导，这是重大革命历史题材创作领导小组建议，丁峤、陈播和石方禹极力促成，田聪明部长拍板的。他们当时决定让峨影来完成，但五年过去也没拿出来，现在看由峨影拍确实有困难。"

苏云说："当时前宽为这个戏花费了好大精力，还带着主创和主要演员到重庆深入生活，正要启动开拍，人家四川省出面把这个题材要了去，理由是《重庆谈判》发生在四川。这事可把这两口子给气着了，听说前宽为这事还病了一场，因为他们投入了很大精力，产生了感情。现在好了，最终还是花落你家。"

程季华说："没听过发生在哪里的题材就该由哪个厂来拍的道理，电影《战上海》是八一厂拍摄的，并不是上影拍的呀，《开国大典》在北京，也不是北影拍的而是长影拍摄的,这是个托词而已。"

苏云说:"那时没拍现在看不是坏事,你们拍了《开国大典》和《决战之后》,回过头来再拍《重庆谈判》可不是当时那个样子了,能更上一层楼。"

我感激地说:"苏厂长说得对,那个本子是多年前我与四川人艺一位作者共同写的,现在又发现一些新的历史资料,这回要与时俱进了,《决战之后》的作者黄济人把他刚出版的小说《重庆谈判》送给我,表示可以随便用,我们打算请张笑天重新编剧。"

苏云连连点头道:"好,好,张笑天在人物语言和结构方面能力很强,又是快手,你们的想法很好,这部戏重新回到你们手上,一定会再出一部佳作。"

两位电影前辈对晚辈的期待令我们感动,但压力也同在。

中国电影博物馆布展期间,每次召集专家开会,程季华都认真地建言献策。在北安河国家环保中心会议室开会时,他老人家刚好坐在离我不远处,他全神贯注地听刘建中发言时的神态,让我产生了记录的冲动,立即拿出笔在一张会议日程背面速写了程老的头像,画作形神兼备,我也很满意,还信笔在画旁写下:"为电影史学大家程季华造像。"在一旁的同志都说这幅画像好,应送给程老。会后我把这幅速写恭敬地送给程老时,他捧着画像高兴地说:"哎呀,这是送我的呀?! 太好了! 前宽真有两下子,好厉害呀,我要弄个框子镶起来挂家里。"散会时,他双手还紧紧地捧着那幅画像。

2009年春,我去影协开会,在一楼大厅遇到程先生,他热情地握着我的手说:"前宽呀,你被选为影协主席我很高兴,你的担子又加重了。"我说:"谢谢您,我这个主席只是挂个名而已,日常工作有影协书记干。"不料这句话惹得程老一脸严肃,他正色道:"不能这么说,中国影协主席是全国会员大会选举产生的,就这么一个,是一面旗帜呀,可不能太不在意这个主席呀,咱影协比共和国建立的时间还早。第一届主席是阳翰笙,后来是蔡楚生导演,德高望重的夏公和谢铁骊导演,再后就是吴贻弓和你,都是共和国培养出的优秀电影艺术家,由你来接这个旗帜,既是光荣,又是使命呀!"

我歉意地说:"程老您说得对,我会努力的,中国影协这座大楼都是夏公和您这些前辈经过努力让领导批下来的,中国影协如同一棵大树,前辈是栽树的人,我们则是乘凉的,在你们打下的坚实基础上,我们一定努力传承下去。"

我送程老上了汽车,人随车去,他的话语却在耳畔回荡。

令我们十分高兴的是,2014年在第23届中国金鸡百花电影节上,程老荣获终身成就奖,这是对他毕生为中国电影事业无私奉献的最高奖赏。

2016年1月

笑对苍天　华彩人生

——深切缅怀挚友张笑天

公元 2016 年 2 月 23 日黄昏,宝岛台湾的高雄不见以往的落日彩霞,而是被浓浓的阴云笼罩,仿佛有一种不祥的征兆。果然,桂云的手机响了,笑天的儿子张夷非说:"父亲因病抢救无效,于下午 5 时 45 分在北京逝世。"

噩耗传来,如五雷轰顶,令人悲恸欲绝。此刻,苍天为之动容,窗外突现雨丝,好像苍天在哭泣。我和桂云脸上布满泪珠,仿佛窗外绵绵的雨滴……

近两年,我因病须定时到高雄医治。这些日子里,笑天的形象时时浮现在眼前,他慈祥的脸上始终挂着自信谦和的微笑。有着丰富生活阅历和经验的他,无论面对何种题材,总能轻松把握,创作出优秀的作品。

笑天与黑土地有着天然的联系,他出生在长白山脚下,刚降临世间便仰天大笑,全家人十分惊喜,爷爷给他起名笑天。从此,苍天赐予他灵性,大地给了他智慧。

命运让他在关东大地上汲取无穷的营养,也赋予他坚强的意志和无尽的力量。白山黑水之间有他取之不尽、用之不竭的创作源泉,他有一双永不停歇的在纸上爬格子的手,那俊俏秀丽的文字,清泉流水似的落在纸面,呈现出大千世界的灿烂,描绘出人世间的华彩,风流人物尽收眼底。仿佛上苍让笑天来到人间就是为了讴歌大地的主人——他是为礼赞人民而来到这个世界的。

笑天非凡的文学生涯,恰似他的名字——笑对苍天,活得精彩。他是位多产的作家,又不是一个专门写作某种文学题材的作家。他创作了短篇、中篇、长篇小说,电影剧本,电视连续剧,以及杂文、评述、散文等等,仅目录清单就像中篇小说一样厚。这需要怎样的才思和勤奋呀。他的作品具有广阔的视野、丰富的思想和撼人的艺术魅力,这正是他人生价值的体现。

去年九月中旬,在吉林市参加金鸡百花电影节期间,我和桂云专程到长春笑天家拜访。老友相见,免不了一通海聊神侃。他非要请我们到饭店撮一顿,我说不要浪费那工夫,聊天比吃饭更重要。于是我们到后院摘下他亲自种的柿子、茄子和豆角等,笑天夫妇不一会就弄了满桌的东北菜,夫人杨净还给我们煮了东北小米粥,临别时还让我们拿些房前院后的"特产"。

我们每次相聚都是开心而有内容的,而这次相聚聊得内容格外丰富,就像那满桌子丰盛的家宴。我们谈到往日合作中的乐事、趣事、憾事和不平事,也谈到王霆钧为我和肖桂云的艺术人生写了一部著作,拟请笑天写序,他欣然答应,自得地说:"凭几十年我对你们两口子的了解,我是最有资格写的。"我说:"那是当然,而且肯定深刻精彩,我们的主要创作大都是你的作品,共同经历了酸、甜、苦、辣,有艰辛也有收获。"谈到兴奋处,他拿出一套设计图,是家乡敦化市政府为他建的一座"张笑天文学馆",著名作家王蒙先生题写馆名。我们由衷地为他高兴。笑天说:"馆建初具规模,届时你们的画作不论大小都应挂在显眼的地方,你们是我合作年头最久、友谊最深、成绩最出众的知名导演,老哥的馆岂能没有你们的画作!"我们欣然同意。

交谈中,我还向他提及近年自己在台湾治病的情况,在良好的医疗条件下我得到了康复。他听后既吃惊又为我庆幸。我还说,现在是各种疾病入侵的阶段,要把老年人的健康提到日程上来。他点头称是,说要安排疗养之事。

如今,笑天走了,我们的合作永远地画上了句号。我们曾经的承诺和打算也成为永远的遗憾。没想到那次在吉林拜访笑天,竟成为最后的诀别。想到这里,我便痛心疾首,泪流成行。

回想 1975 年,笑天的第一部成名之作小说《雁鸣湖畔》被长影搬上银幕,肖桂云恰是这部戏的副导演。很快,他由吉林敦化县调入长影,开启了我们的艺术合作之旅。同在吉林黑土地,是电影让我们走到一起。几十年来,我们合作的电影有《佩剑将军》、《黄河之滨》、《开国大典》(上、下集)、《重庆谈判》(上、下集)、《金戈铁马》、《世纪之梦》,电视剧有《传奇皇帝——朱元璋》(50集)、《明月出天山》(16集)、《抗美援朝》(33集),共同商讨准备拍摄的电影有《武汉会战》《国家阴谋》等。

创作中,我们一起深入生活,一起采访,一起到拍摄现场,甚至后期制作合成时也请他到工作现场,这在一般剧组是不曾有的。因为按常理,剧本通过后进入拍摄阶段,编剧就不再参与了。而我们把笑天请到现场,对还不尽如人意的戏反复研讨,以求少留遗憾。这在中国影坛是罕见的。

笑天是大作家,在中国文坛很有知名度,却从不以名作家自居。他谦虚、随和、勤奋、包容,随身带着一个小本子,走到哪里记到哪里,真正做到了笔不离手。他常说"好记性,不如烂笔头"。

几天不见,他就出本书,时间长了,我也见怪不怪了。有人说笑天"长篇不过月,中篇不过周,短篇不过天",这个形容不无道理。别人写作是手指头磨茧子,而他是右胳膊肘一片茧子,这是何等的勤奋和有毅力呀。在他身上验证了一句话:成就是天才加勤奋换来的。

张笑天是东北汉子,祖籍却在山东潍坊,与我们都是闯关东的后代,都具有豪侠憨直的性格。我们之间编与导的结合可谓"一见钟情"。20世纪70年代,我们初次相见,笑天对肖桂云的评价是内秀、美丽、聪慧;第一眼见到我就对人说:"这小子将来定能成大器。"而我对笑天的评价是:"乍一看似农村干部,仔细琢磨是大作家的厚重相,那张憨厚得不能再憨厚的脸,深藏着看不完的内容。"我们几十年风雨同舟,一起拼搏,成为挚交,硕果累累。

1976年,笑天刚从敦化调到长影,一家三代人住在厂对面建工学校的一间教室里,用从敦化带来的家具、木料隔成三间房。当时来长影拍戏的外请演员和工作人员都住在这座四层的教学楼里,走廊里声音十分嘈杂,又经常停电。在这种环境下,笑天旁若无人,常在煤油灯下伏案疾书,写下了百万字的长篇小说《永宁碑》和多部电影文学剧本,电影剧本《佩剑将军》也是在这样的环境下写成的。

张笑天在写《佩剑将军》时,即想到这个题材很适合我来执导。按当时厂里不成文的规矩,独立导戏的副导演必须有老导演"传帮带",此时肖桂云已独立拍过两部戏,于是笑天向厂里极力推荐我。

我和肖桂云不负众望,《佩剑将军》这部反映淮海战役序幕的军事大片,全部实景拍摄,仅用52个工作日便提前完成拍摄任务,在厂里和北京获得了高度评价和良好反响,创下当年全国票房最好成绩。从此,开启了张、李、肖"铁三角"组合,我们合作时间之长、友情之深在业界有口皆碑。我们之间既相互欣赏,又为创作争论不休,而灵感的火花正是在争执中产生,呈现在银幕上的是我们都认可的艺术结晶。

笑天的品格令我们尊敬,其文学天赋令我们惊叹,他的勤奋令我们折服,他的善良与包容令我们钦佩……他是我们的良师益友,是我们尊敬的兄长、学习的楷模。

1983年,为拍摄电影《黄河之滨》,我们来到山东省惠民县深入生活。在此之前,笑天已多次来到这里,与当地干部、群众结下了深厚友谊。这次我们主创人员来这里体验生活,笑天便有了当地主人的感觉,与干部、群众一起安排我们的采访事宜。难怪他笔下的人物有着浓浓的乡土气息。他曾自豪地说:"咱本来就是农民的儿子。"

一次,在黄河河滩上拍戏,天气突变,阴雨将至。张笑天也在现场,我调侃这是笑天带来的阴雨天,影响了拍戏,笑天应该在黄河边"笑天"一次,向老天爷叩头,一准能驱散阴雨。不料,笑天真的一本正经地跑进黄河滩,向着滚滚的黄河和苍天,连叩三个头。果然,奇迹出现了,在大家的笑声和掌声中,乌云散去,露出了太阳,剧组迅速抢拍。后来组里议论这件事,我说笑天真是个"半仙"。时隔多年,我与他谈起这段小插曲,他哈哈一笑说:"苍天理解咱拍电影不易呀。"

张笑天是性情中人,敢做敢当,责任感强。他担任长影副厂长时,热情帮助很多青年作家和业余作者,常常把自己积累的素材和生活细节,乃至文章结构框架毫无保留地贡献出来,帮助年轻作者顺利完成剧本的创作。这种爱心之举也体现了一位文艺大家的自信。他以君子之心对待生活,活得真切,童心不泯。

一天,我与肖桂云接受中共新疆维吾尔自治区党委的邀请,拟拍建国前夕彭德怀、王震将军率一野进军新疆的电影和电视剧。我提出希望请电影《开国大典》的编剧张笑天一同来新疆。不久,长影厂接到省委指示,中共新疆维吾尔自治区党委正式来函给中共吉林省委,邀请长影著名导演李前宽、肖桂云和著名作家张笑天去新疆,完成歌颂老一辈无产阶级革命家的影视作品。

来到新疆,张笑天深入生活,不断采访,很快完成了电影文学剧本《金戈铁马》和电视剧《明月出天山》。新疆维吾尔自治区党委十分高兴,党委书记王恩茂夸笑天是有革命情怀和责任感的好作家。

在天山脚下深入生活时,我不慎患了感冒,这可把张笑天急坏了,他联系医生,又是送药,又是张罗打针。肖桂云对张笑天说:"别把前宽弄得像伺候'月子'似的。"我想,人与人之间的友情不是从天上掉下来的,更不是用金钱买来的,而是在风雨同舟中形成的信任和感情。

这里有一件关于张笑天儿子张夷非从电影学院导演班毕业回到长影厂工作的事值得一说。

那时,广电部和重大革命历史题材影视创作领导小组希望《重庆谈判》仍由我和肖桂云执导,电影局通知了长影,厂长主动到我家说:"厂里很赞同这个戏由你们来导演,希望尽快推进。"我痛快地答道:"可以,只是几年前我参与编剧的那个本子有点儿过时了,我打算请笑天重新编剧,这对提高影片质量很重要,时间紧迫,我希望编剧与导演部门的筹备工作同步启动,不必按部就班地走程序。厂里下生产令,我立即行动。"

厂长说:"有道理,同意。"

我继续说:"拍这部大戏,我想带带年轻人,这个人就是刚刚从电影学院毕业来厂的张夷非。"

"做你的场记吗?"厂长问。

我说:"场记已有了。"

"副导演?"厂长继续问。

我明确说:"既然培养年轻人,就要大胆使用,让张夷非与我们联合执导《重庆谈判》,名字排在我与桂云之后。"

厂长听了半天没言声。

我又说:"如果厂里同意这个建议,我保证按时把片子拿出来,不然,另请高明。"

厂长知道我的脾气,点头同意了。

最终,影片《重庆谈判》既获得社会效益,又获得经济效益,获得了"百花奖""华表奖""金鸡奖",被评为上海"永乐杯"最佳影片,还获得了最佳导演奖。我把这个奖杯送给张夷非,作为他结婚的贺礼。

张夷非也很争气,此后他独立导演了许多部影视作品,成为优秀的青年导演。

1990年深秋,张笑天应邀赴加拿大创作一部反映19世纪华工修建铁路的电影,他建议投资方让导演早些介入剧本的创作,这对拍摄有益。笑天到达加拿大半个月后,我也赶到加拿大中部的卡尔加里。这是一座现代石油城市,举办过冬季奥运会,城市不大却很美丽。我们同住在华侨公寓。笑天几乎跑遍了当地的博物馆、图书馆和大学,访问了许多当年修铁路华工的后裔,记了很多笔记。

我们还一起参观了加拿大北部印地安人居住地和纪念馆,参观了19世纪太平洋铁路纪念馆,以及美国好莱坞影片《与狼共舞》中震撼人心的野牛狂奔场面的外景地。

后来,我们又到了加拿大东部的多伦多,一起到世界上最高的电视塔鸟瞰安大略湖,到世界最大的尼亚加拉大瀑布参观,到美丽的"情人公园"感受西方男女在草坪上举办婚礼时的浪漫。我们俩不胜酒力,居然也坐在古老的乡间小酒馆,体会异国情调。我们白天一起游览,夜晚他便伏案疾书,笔头像充了电似的在稿纸上写下密密麻麻的文字。离开加拿大时,电影文学剧本《枫叶的故乡》上下集已完成。

我们回国途经日本东京时,会见了日本著名编导新滕兼人,他年近九旬,但精力充沛。在笑天老友日本作家国弘卫雄夫妇的陪同下,我们共同探讨了中日电影合作事宜。新滕的电影公司拟与长影厂合拍一部电影,这是继中日合拍《未下完的一盘棋》后的再度合作。这部新电影以中国末代皇帝溥仪为对象,表现他在日本军国主义的扶持下建立"伪满洲国",最后以战俘身份被押送到苏联的故事。新滕兼人还说,电影中的许多场景都在中国长春、大连、沈阳和通化等地,所以长影是最佳的合作厂家。我们初步敲定:中日双方共同编剧、导演,启用中日两国优秀演员,影片也由双方共同投资、发行,并相约第二年春天在东京正式签约。

翌年,我们再次赴东京会面时,这位新滕先生突然改变了初衷,提出要中方买下他的剧本,由中方独家投资,他的公司作为日方的总代理。这与先前商定的中日合拍完全是两码事。我心想,这部影片是中国的题材,现在由中国出资,又在中国拍,我们有现成的人马,特别是有中国的大编剧张笑天,为什么还要买你的剧本,让你来做总代理!张笑天十分有修养,笑而不语。我平静地向新滕先生说道:"请问阁下的剧本什么价? 已写就了吗?"这位日本编导想了想,认真地说了一段日语。与我们一起参加会谈的翻译是一直从事中日友好文化交流事业的森川和代,她听完新滕的话,算了算说:"他提的日本价钱合人民币一百五十万元左右。还说目前只有剧本的提纲,如同意签署合作协议,会很快完成剧本。"我想,当时中国一部剧本的稿酬不过几万块钱,于是说道:"谢谢,待我们回国后商量再定!"

走出新滕兼人会所,森川和代气愤地说:"他怎么可以出尔反尔,上次他与中国朋友承诺的和今天说的完全两个样子,我真替他脸红。"

2000 年,我们在美国好莱坞拍摄电视剧《抗美援朝》,拍摄之余,笑天得意地告诉我们,90 年代初他受美国邀请,以访问学者的身份来到美国,然后惊奇地发现,关于他的资料、作品在美国国家图书馆均有完整的展陈。我说你老兄太牛了,原来著作早已走出国门。他说,我们在美国好莱坞拍摄反击美军的《抗美援朝》电影,还受到美国同行的支持和合作,这才叫走出国门,这才叫"牛"。一编一导相互吹捧打趣,自得其乐。

2003年,我和笑天一同到南美三国访问,在巴西、智利和阿根廷共同度过了一段难忘的美好时光。

在巴西,我们俩买了件罗纳尔多的9号球衣,按照这位球王出场的路线也跑进里约热内卢最大的足球场。我们还参观了世界第二大瀑布——依瓜苏大瀑布。在阿根廷的布宜诺斯艾利斯,我们观赏了世界顶级的拉丁舞表演,体会到了南美人民的热情与好客。尤其是在美丽的海滨小镇,那满山坡五颜六色的住宅,是以个人渔船的颜色绘制而成的,远远看去如同儿童玩的积木,独具特色。采访当地渔民时,笑天用小本记,我则拿出速写本来画。同去的人见此景无不感叹道:"还得是作家、艺术家啊! 咱们看完就完了,瞧人家,不白看,将来在他们的作品里又能艺术地再现出来,分享给更多人。"

每每与笑天深入生活、出国访问或一起讨论剧本、拍戏,都是令人难忘的,开心而有收获。他让我们认识到一个有成就作家的与众不同和勤奋努力。笑天出版的作品摞起来比他的个子还要高出许多,这是他耕耘的结果,他像勤奋的蜜蜂一样不停地在百花园里采撷花粉,酿成蜂蜜,让人品赏,给人以滋养;他如同一头不知疲倦的老黄牛,在田里不停地耕耘,留下了深深的足迹。从他的文字中,我们看到了其内心的大美世界和艺术人生。

张笑天的可贵之处是始终能够保持平常人的心态。七八十年代,大家的生活都很拮据,他频频出书,收入自然比一般人高。他手头宽裕后也不忘亲朋好友,夫妻二人经常慷慨解囊,助人为乐。80 年代初,他刚刚从深圳买来一套高档毛料西装,见我没像样的西装,便以穿着不合适为由送给我,许多重要场合我穿的那套灰色西装正是他老兄的。肖桂云住院,他让夫人杨净送饭时总提醒她把我的那份也做出来,因为他知道我不会做饭。

回顾张笑天的一生,从 20 世纪 50 年代末发表作品开始,至 70 年代初,是他创作生涯的起步阶段,主要以创作小说、散文为主。从 1976 年调入长影工作到 90 年代,是他步入影坛后的腾飞阶段,这二十多年,他进入创作的高峰期,成为影坛编剧中的佼佼者。自 90 年代调到吉林省作协、省文联担任领导后,他逐渐变得成熟,既有作家以文字服务于社会的本色,又有做文艺团体领军人物的职责。这期间,他始终没有停止创作,推出了一部部电影和电视剧本,还有小说与散文,一如既往地履行着一个作家的职责;同时,他又以一个文艺团体主要负责人的身份扛起了吉林省文学艺术的大旗,带领并推动吉林省文艺团队走向繁荣和发展。

事实证明,笑天是一位意志坚强的爱国者,是一位成就卓著的文艺家,也是一位德艺双馨的文学家。他一生光明磊落,无私奉献,笔耕不辍,成就卓著,在中国文坛和影坛都留下了光辉的形象。

张笑天啊,张笑天,你一生华彩,笑对苍天。

2016 年 3 月 10 日于台湾高雄

配音艺术家向隽殊

苏云与向隽殊两位前辈,都是新中国电影事业的开拓者,也是创建新中国电影摇篮的有功之臣。改革开放时期,我们在长影得益于他们的支持与帮助,后来,彼此间的友谊日益加深,两位前辈也成为我们的良师益友。

向隽殊在中国翻译片领域可谓大名鼎鼎,才情四射,是配音界公认的佼佼者。从二十世纪五六十年代至改革开放,国外诸多经典电影和有影响的外国电视剧的主角,均由向隽殊配音,受到广大观众的喜欢,也赢得业界的赞誉。

半个多世纪以来,她先后参加配音的电影作品有三百多部,如《流浪者》《复活》《忠诚》《人证》《舞台生涯》等,也参加了《虎穴追踪》《大小伙子》《暗礁》等影片和《雷雨》《钗头凤》《青年一代》等话剧的演出,至于参加的朗诵和广播剧更是数不胜数。

向隽殊创作态度严谨,每接到一个角色,都会认真研究。她嗓音优美甜润，吐字清晰准确，语调自然而有变化，能驾轻就熟、栩栩如生地表现大千世界里形形色色的人物。

70年代末，朝鲜影片《卖花姑娘》征服了全国观众，其中起重要作用的是向隽殊为影片主人公花妮的语言进行二次创造所取得的巨大成功。影片中的花妮是一个十二岁的纯洁少女，而向隽殊此时已五十多岁。她反复研究、琢磨人物的个性和特殊境遇，练习时不知哭了多少次，完全沉浸在角色中。孩子被她的哭声惊醒，惶恐地抱住妈妈问发生了什么事。她流着眼泪对孩子说："妈妈在练戏呢！"最终她以清脆、稚嫩、充满活力的语言，刻画了一个天真纯情的少女形象，让亿万观众为之倾倒。

对于不同影片中不同人物的配音，向隽殊均能把握得恰到好处，如印度电影《流浪者》中的丽达，希区柯克电影《蝴蝶梦》中的德文特夫人，日本影片《人证》中的八杉恭子，苏联经典影片肖洛霍夫笔下《静静的顿河》中的阿克西尼亚，列夫·托尔斯泰《战争与和平》中的娜塔莎等。因此，观众评论其配音艺术，认为："这些反差极大的人物在她的声音中复活了。"

向隽殊认为，声音也是可以"化妆"的，只有准确无误地理解角色，体悟角色内心感情的变化，才能捕捉人物语言的个性化特征，从而塑造出立体丰满的艺术形象。她坚守艺术源于生活的创作理念，并将其转化为艺术实践，体现了一个艺术家的个性和造诣。

　　我们拍摄的影片《甜女》，扮演阿妈妮的演员是朝鲜族，于是请向隽殊为其配音。影片中有大段台词是边哭边诉衷肠，节奏、语气和情境要求都很高。向老师默读了两遍台词，对过一次口型后就要求实录。实录时，她把阿妈妮心中的苦楚与委屈一口气全倒了出来，诉说中的哭腔和气息都十分准确。朝鲜族演员全静子看着画面，听着向隽殊配音中所传达出的情感，泣不成声，泪流满面。录完后，向隽殊走进监录室问导演："可以吗?"导演回答："OK!"赶紧递上一杯茶，让向隽殊坐下平复一下心情。全静子被向老师的语言表现力折服。

　　我还见过向隽殊老师在北京首都体育馆万人观众面前朗诵。那是 80 年代末，巴西电视剧《女奴》在全国播放不久，她应邀在首体表演《女奴》中伊佐拉的一大段读白。起初我还真为她担心，一个人上场，全凭语言功夫，把万人征服，谈何容易。结果何老师赢得了全场的喝彩，我更是激动不已。

　　向隽殊老师凭借为《舞台生涯》和《永恒的爱情》中女主角的配音而获得文化部颁发的优秀译制大奖。1981 年5 月，在首届中国电影金鸡奖颁奖典礼上，她被授予特别奖，评语是："为表彰译制片演员向隽殊同志多年来对译制片的贡献及其出色的配音艺术，特授予特别奖。"

　　2011 年，向隽殊荣获中国金鸡百花电影节"终身成就奖"，这是中国电影界的最高荣誉，是由中国电影家协会主席团提名，报请中国文联和中宣部审批的含金量很高的大奖。作为那一届中国电影家协会主席,我为向隽殊老师投下了庄严的一票。这是对向隽殊老师毕生为中国电影配音事业所做贡献的最大奖励。在颁奖大会上,向隽殊因健康原因未能到场,由她的爱女苏欢上台代领。在致颁奖词时,现场电影界代表全体起立,向这位人民的艺术家致以崇高的敬意!我站在台下,双眼湿润了,我为向大姐能够获得中国影坛如此殊荣而感到高兴。

　　向隽殊在中国电影配音界是令人折服的著名艺术家,而在苏云厂长面前,则是一位通晓事理的贤内助,是一位好妻子。在苏云厂长的墓碑上,我为之题写"这里长眠的是一位为中国电影做出卓著贡献的人——苏云"。现在,墓穴里又多了一位同样为中国电影做出卓著贡献的人——向隽殊。他们一生相伴,将与绿水青山同在……

　　　　　　　　　　　　　　　　　　2016 年 5 月

"向我开炮……"

——刘世龙印象

"向我开炮……"是电影《英雄儿女》主人公王成在影片高潮戏中的一句震撼人心的台词，它让多少观众看到这里禁不住流下激动的泪水，王成以自己的血肉之躯，通过步话机向自己的战友宣告："为了胜利，向我开炮！"此刻他坚守的阵地已被敌人占领，他自己将与敌人同归于尽。这是何等崇高的人生境界啊，一个战士恪尽职守，用生命为祖国谱写了一首气壮山河的赞歌。

扮演王成的演员正是我国著名电影表演艺术家刘世龙，他曾多次参加由我组织的电影界公益活动，为汶川赈灾大义演，为贫困山区孩子们送去爱国主义教育电影的"万映计划"以及电影界许多重大活动等，只要一声招呼，他必按时赶来，认真参加演出。走出银幕的刘世龙在舞台上与台下观众互动，"向我开炮"这一即兴但又充满激情的表演产生出强烈的效果，甚至台下的年轻观众也被感染，跟着一起高喊"向我开炮！"这是艺术的感染力，更是艺术家走进生活与广大群众相融的共振。

我与刘世龙初次相识合作是1965年长影拍摄的电影《战洪图》，他这部电影由河北话剧院原班人马出演，长影演员只有刘世龙一个，扮演戏里农村青年丁胜河一角，导演是长影著名导演苏里和袁乃晨，摄制组是长影整套人马，我是美术师王兴文的助理。

北方的十月，寒气逼人，我进剧组时穿着小棉袄，来到长春郊区农安县水库，影片中被洪水淹没的冀家庄已搭建在农安太平池水库里。全村房屋泡在水面上，看到参差不齐的房屋顶和露出水面的半拉树头，真就是洪水淹没的河北农村，在大堤上搭建的无数临时窝棚是全村逃生后的暂时住地，这便是影片《战洪图》的主景地。美术助理的主要工作是在美术师的指导下，对影片中的造型，包括取景的设计、制作、加工以及拍摄现场的道具陈设等，按镜头要求做到典型的规定情景为人物服务。这份工作在剧组里是连踢带打、无所不能的勤杂事务，得有"眼力见儿"，眼睛里得有活。

在拍摄丁胜河游到村里扶老携幼，扛着行李出村的镜头时，背后的树头像是刚好插在人物头上，为了人物在水中的安全，只能将背景的树头移动。我脱下披在身上的棉袄，一个猛子扎进水中，游到背景处，与置景工人一起按镜头要求将树头移动到合适的位置，导演和摄影师连连称赞我好样的。在搭建被淹的冀家庄时，我与冀家庄的乡亲们在水中一起参与这场戏的拍摄。刘世龙到我跟前，拍了我肩膀一下,还溅起湖中的水花,亲切地问:"你从电影学院刚来的?"我点了点头。他面带笑容地说:"行呀!电影学院的同学,按辈分论你是我学弟,我是北京电影学校时的学生。"说完又继续演戏去了。从此以后,每每见面他都以老学长的热情对待我这个新学弟。

入冬后在长影第四摄影棚搭建了被洪水冲决的大堤,拍摄巨浪涌向正在抢修大堤的村民情景。当时棚外零下30度,棚内零上30度,温差60度,要求水池里的水与高架上水槽中冲下的水都要保持30度。否则,水池凉了人下不去,热了又会冒水汽,拍出来虚假。这场的特殊效果要求很复杂。戏的规定情景是:夜,风雨交加,水位上涨,突然在电闪雷鸣中,一巨浪冲向大堤,盖住大堤前的"人墙",直冲向大堤上打桩的人们。

刘世龙扮演的丁胜河与乡亲们是打桩的人,被汹涌的巨浪撞倒又坚持站起来,继续把木桩扎稳,确保大堤安全。为拍得真实感人,拍了一次又一次,演员就要一次又一次受到冲击,在风雨交加中认真进戏。刘世龙一次又一次地认真进入角色,直到导演满意。两位导演都是抗日战争时期参加过革命的老同志,不约而同赞赏地说:"世龙演戏十分投入,演什么像什么,人长得俊美又朴实。他在电影《刘三姐》扮演的阿牛就很让观众喜爱,是个好演员。"

其实,刘世龙也是一位很早参加抗日革命的老同志,父亲、母亲、姐姐,一家人都是抗日游击队的地下党,他是九岁随父当兵的小八路,抗日战争期间为部队送过信,解放战争时剿过匪。1949年任二野十六军四十八师戏剧队队长,文工团团长。新中国成立后,组织选送他到电影局表演培训班(北京电影学院前身)学习,毕业后到长影当演员。他从红小鬼到战士,由文工团团长到表演艺术家,是从党的文艺队伍中走出来,有着一身正气的电影工作者。

　　1973年拍摄《战洪图》时,刘世龙正谈恋爱,他追求的对象是吉林省歌舞团舞蹈家莽双英,大家都说这一对很般配,年龄也相当。刘世龙的热情众所周知,好助人为乐,处处学雷锋办好事,当然也办傻事,因为他生活中是个"马大哈",一根筋还健忘,常常惹出笑话。

　　我们结束河北外景地拍摄经北京返回长春时,北京正是鲜桃上市的季节,他买了一帆布提包的大水蜜桃,准备回长春送给心爱的人。为了陪大家逛商店,他把帆布提包先送到北京火车站前小包存放处。刘世龙热情地陪大家到商店买这买那,帮大家提东西,登上火车回到了长春。二十来天后,长春桃子也上市了,他与莽双英走在长春红旗街,满大街都是刚刚下来的水蜜桃,他还煞有介事地说,东北的水蜜桃子可比北京的差多了,我还为你买了一大兜子京城大水蜜……桃子……这时他才突然想起在北京买过一大帆布提包的水蜜桃,还存放在北京站前的小包存放处呢,双英哭笑不得地说:"你下次去北京取桃子酱吧。"

　　他们结婚后住长影和光胡同宿舍,是日式旧房子,门锁要在外面上锁,那时胡同口有个传达室,一个老头守着一台公共电话,每每刘世龙上班忘了锁门,传达室老头就打电话通知厂里让他回家锁门。这天老头正巧遇上世龙说:"我再提个醒,你再忘锁门我可不再打电话了。记住了,我可不是戏言,丢了东西别找我。"

世龙很认真,怕忘了还在手背画了个锁,第二天上班后刘世龙又接到传达室老头电话,这次刘世龙拿起电话先讲话:"怎么又来电话,今天我可把门锁上啦!"老头说:"你是锁上了,把你老婆给锁屋里了,她上不了班迟到啦,快回来开锁!"

长影老同志常以刘世龙"马大哈",好人办傻事取乐开涮,剧团演员张冲霄是说段子高手,刘世龙就是他的素材来源,更可笑的是刘世龙在场也跟着大家一起乐弯了腰,仿佛说的不是他。

1976年《熊迹》在我的家乡大连开拍,导演是赵心水,我是执行导演,刘世龙扮演一名公安侦察员,跟在李默然公安局长身边,是一个大配角。他在剧组没戏时协助副导演做群众演员工作。一次在大连中山广场一侧拍完戏撤离时,几个大连小青年见到刘世龙就像发现新大陆似的,边指边叫:"就是他!"不远处几个小青年也往这跑,刘世龙见状不知何故便往驻地跑,小青年在后面紧追,刘世龙哪跑得过他们。小伙子们超过刘世龙,脱下鞋,刘世龙见状以为要打他便躲闪。谁知这几个小青年向他来了个单腿跪,并拿起自己的鞋对着大喊:"向我开炮! 为了胜利向我开炮!"受到惊吓的刘世龙恍然大悟,连忙上前一个个扶起:"快起来,别在这大街上演戏了。"

在吉林省陶来昭拍外景时,天特别热,午休时大家就到河套游泳。大家都脱光了,用皮带把衣裤一捆放在河边的草丛旁,刘世龙也如此照办。他水性很好,但姿势就是"狗刨",在水中手脚齐刨,水花四溅。不一会儿他顺河游到河套路叉处,正遇一老汉赶车误入河中,老汉见有人在河里,便喊他帮忙把大车拉出。刘世龙便到河边草丛找衣服,草丛都长一个模样,去哪儿找他的衣裤。情急之下他拔出几把草扭成草围子掩住私密处,赶忙就跑到大车前拽拉帮套的大灰驴。中午时分,驴也饿了,突见眼前送来的青草,张嘴就朝着刘世龙腰下的草裙咬去。刘世龙见状迅速躲闪。就这样,人与驴开始了"吃草"与"躲闪"的战斗,老汉的大车更不稳了,险些翻在河滩中。只见老汉一长鞭抽在驴身上,吆喝着帮忙的刘世龙:"您快离开吧,再帮会儿忙,我这车都要翻啦!"

70年代入冬时节,北方人每家都买冬储菜,天天排着长长的队伍,热闹而有序,突然一个流里流气的人大摇大摆地插队,根本没把排队的人放在眼里,大家都敢怒不敢言。刘世龙一个箭步冲到这个人前大呼道:"买菜按序排队,去!到后面排队去。"那家伙握住刘世龙的一根食指,附耳低声说:"大哥,别不开面,兄弟也着急不是,我知道你是王成,不识抬举咱就换个地方去'向你开炮!'""少来这一套!你着急办事!就改日来买吧,出列!"刘世龙好像长官下命令,只见那小子朝他冷笑一声威胁道:"好!王成,回见!"排队买菜的人都为刘世龙此举鼓掌致意,我突然觉得仿佛银幕上的英雄在现实生活中再现了。

2008年,我在江西省吉安县排了一台大型实景演出《井冈山》,由六百多位当地农民参演,在演出地建立一座红军剧场,定在农历九月九日重阳节敬老日拉开首演帷幕,并邀请国内近百位艺术家和领导光临首演礼。许多从长影走出的老艺术家,像于洋、杨静、田华、张良、张笑天、葛存壮等都来了,还特别邀请了刘世龙。那天除北京、上海、长春的老、中、青艺术家外,老首长李铁映夫妇专门从北京赶到井冈山,我和桂云与郭法曾、孔祥玉、祝希娟、刘世龙以及“二妹子”陶玉玲等艺术家前去迎接。

演出十分隆重,在以井冈山为背景的实景舞台上,形象地再现了“血色序幕”“朱毛会师”“八角楼之光”“军民鱼水情”“黄洋界保卫战”“十送红军”等。这是真正的井冈儿女在井冈山这块红色土地上,再现父辈们的辉煌,演员们演得质朴而真实,情真意切,多次让观众感动得流泪。演出最后,举着火把的井冈儿女走向长征路,走进观众席,伴随唢呐吹奏出的“十送红军”旋律,一直把观众送出红军剧场。

在专家座谈会上,大家充分肯定了这台风格独特的大型实景演出,刘世龙握着我的手激动地说:“前宽兄弟,你真行啊,这台戏让我含着热泪看完的,太棒了!你和小肖拍的电影叫好又叫座,今天又看了你导演的这台《井冈山》实景演出,用井冈儿女再造井冈山革命前辈的壮举。原来还能以这样方式表现主旋律啊,真了不起,老哥真的为你这些年来的成就骄傲,你们两口子是长影的骄傲,牛大了!希望你们再继续牛下去! 再为观众拿出特牛的作品。"

　　在送别的宴会上,我们吃着红军当年吃的红米饭,捧着大碗的红军米酒,刘世龙深情地说:"谢谢前宽老弟!""不谢! 您是我在长影尊敬的兄长,在您身上我们感受到老同志的独特魅力,一直激励着我,向您致谢!"2017 年 9 月 16 日在内蒙古呼和浩特举行的第 26 届金鸡百花电影节闭幕式上,刘世龙获得"终身成就奖",这是中国电影家协会为在中国电影事业做出重大贡献的电影艺术家授予的崇高奖项。刘世龙把毕生的才华和热情贡献给了人民的电影事业,在银幕上为广大观众塑造了那么多难忘的艺术形象:《鸿雁》里的优秀邮递员李云飞,《刘三姐》中纯朴善良的阿牛哥,《战洪图》里热情能干的农民丁胜河,《英雄儿女》里视死如归用生命捍卫祖国的王成,《熊迹》里机警的侦察员等,为中国电影画廊留下了永远的艺术形象。

　　刘世龙缺席颁奖大会是一件遗憾的事,可不料半个月后他竟永远地离开了我们。惊悉噩耗,悲痛万分,这是中国电影无法挽回的损失,我们失去了一位优秀的电影表演艺术家和好兄长。他声名显赫地在影坛奋战一生,如今默默地走了……然而他的音容笑貌永远留在人间。

　　回首我们的曾经,那次井冈山之夜"红军米酒"的海碗对喝,竟是我们的最后诀别……然而,他洪亮而极富激情的呐喊"为了胜利,向我开炮!"却始终在耳畔回响……

2017 年冬月于高雄

好领导田聪明

今年冬至,酷寒无雪,京城格外寒冷。

我们乘车前往天津,完成戏剧电影《韩玉娘》的后期制作。京津大地一片阴云,汽车刚刚驶入京津高速,肖桂云告诉我:"田聪明部长走了。""什么?田部长他……"也许怕我受到惊吓,桂云用轻微的语气说:"田部长已于昨夜(2017年12月26日18时40分)去世。"我顿感目眩,突如其来的噩耗,让我内心异常悲痛。这怎么可能!前些日子,他还让袁小平转告我说想念前宽和桂云了。当时我们正在广州参加国际儿童电影节,我当即给田部长家拨通了电话,他像往常一样,话未说先笑出声来,调侃我道:"前宽,是集体活动,还是单独活动?"这是我们多年来通电话的开头语,然后便是一阵对笑。田部长觉得有肖桂云在我身边是集体活动,大家就放心了,好像"单独"活动,我就会犯错误似的。寒暄之后我们还聊了正题,最后约定返京后相聚。亲切的话语还在耳畔回响,我们还未及欢聚,却听到他离世的噩耗,这怎么不叫人痛心疾首。我和桂云悲痛万分,相互看着对方,流下眼泪。车窗外一棵棵树木划过,远处光秃的山丘变幻着天地间的轮廓,我们曾经的美好时刻,如电影镜头一样叠化在眼前。

田聪明20世纪90年代初到广电部任领导,有一张始终挂着微笑的质朴面孔,很有亲和力。但在工作中,他又给人一种严肃认真的冷峻感,让人紧张害怕。田部长的胃病有历史了,脸色也因此缺乏红润,即使是炎热的夏天,他的胃部也贴着一块"狗皮"。

田部长出生在西北黄土地,家境贫寒,自幼饱受饥寒,胃病由此而生。他那双稚嫩而充满希望的双眼,让母亲在绝境中不忍弃他而去。苦命的孩子最能摸透母亲的心,艰辛的岁月磨炼了他刚毅的性格。他刻苦上进,大学毕业后一步一个脚印,走向人生的辉煌,成为党的宣传战线上的领导者。他以党的事业为己任,干一行爱一行,干一行学一行,以文化自觉和身体力行团结广大文艺工作者、新闻工作者,以带头人的角色带领大家团结奋进。他广交朋友,即便由领导岗位退下来,仍然与下属以友相待,十分难能可贵。

1991年,田聪明刚调到广电部,便陪同孙家正部长深入《决战之后》剧组。我和肖桂云正在进行后期制作,两位领导在剪辑室观看剪定的样片,中午在北影大走廊里与我们一同吃盒饭,谈工作,满满的温暖,给剧组极大的鼓舞。

　　1992 年 1 月，田部长参加在香港举行的两岸三地导演会，这是三地电影界导演们的首次团聚，共商中国电影合作与交流事宜。大陆派出第三代、第四代和第五代导演代表，有谢铁骊、谢晋、吴贻弓、我、谢飞、吴子牛、黄建新等二十几人，台湾地区有李行、王童、白景瑞等，香港地区是吴思远、徐克、李翰祥、张彻、成龙等，共一百多位知名艺术家。田部长毫无官架子，他的亲切、热情和随和，给与会的导演、艺术家们留下了很好的印象。在联欢宴会上，两岸三地各派一个代表比赛喝酒，香港派出的是徐克，台湾派出一个女生，而大陆不知怎么把我推出来了，其实我不胜酒力，我团的"酒仙"是谢晋大导，可能担心他年龄大，才没有选他作代表。酒桌上，艺术家的"胡闹"往往是不讲理的，田部长既不能出节目也不能喝酒，就跟着三地电影导演们起哄。我喝了多少已记不清，反正左一杯右一杯，最后喝得脸像关公，腿脚发飘。台湾代表喝了一晚上像没事人似的，是有名的"百杯不倒"，酒精对她似乎不起作用。最惨的是徐克导演，把脸喝灰了，像一摊稀泥似的瘫倒在夫人怀里。田部长看我喝得双腿打晃，关切地问："前宽，没事吧？"我硬撑着，逞能说："没事的，这点小意思！"

　　1992 年夏，他到新中国电影的摇篮——长春电影制片厂视察，其间突然提出要到我家看望，并对赵实说："不能告诉他们，我要真实地看看导演之家。"快到我家时，赵实还是偷偷地告诉了肖桂云："田部长马上要到你家啦，快快准备!"赵实知道我们家肯定是乱糟糟的,打个招呼以免太狼狈。当时,我正在重庆采外景。

田部长刚到广电部,得知长影和峨影(峨眉电影制片厂)都要拍"重庆谈判"的题材,而峨影迟迟拿不出来,便以快刀斩乱麻的工作作风明确指示,让我和肖桂云来执导。1994年,青影(青年电影制片厂)对《七七事变》的拍摄感到为难而放弃,田部长决定也交由我俩来完成。

《七七事变》剧组在卢沟桥举行新闻发布会和开机仪式,田部长与众多前辈和有关领导亲临现场,发表讲话,并提醒"抗日民族统一战线"在影片中的重要意义。他知道创作的难度,唯恐任务紧迫影响艺术质量,声明:"不要为抢拍赶进度而影响艺术水平,年底完成即可。"他充分尊重电影创作规律,给我们减压。我们理解田部长的心意,他何尝不希望在纪念抗战胜利50周年时拿出影片来啊。他的理解激励了我们,一定要在1995年7月6日前完成拍摄任务。最终我们不负众望,该片在香港首映时引起巨大轰动。田部长不无感慨地对人讲:"拍大型史诗性的电影交给李前宽、肖桂云很放心,分寸把握与艺术质量最令人满意,总能按时或提前完成任务。"

1994年,我在北京电影学院为恩师田风举办大型座谈会。田部长在百忙之中赶到学院,面对学院师生和众多嘉宾,他满含深情地说:"才华横溢的田风老教授,为新中国培养了那么多优秀导演人才,这样的人我们不能忘却,历史曾经对他不公平,今天应还他以公正,他教育出的这么多第四代导演回到母校纪念他,为他著书立传,弘扬人间正气,这说明一个优秀的教师给学生留下了人间真情。我参加这个纪念会深受感动。"在场的电影学院师生被田部长情深意切的发言所打动。

田部长在工作中也极有担当。1993年在北京海军招待所举行全国电影工作会议,当时的电影发展处于低谷,正是电视剧比电影"火"的时候。时任中宣部部长的丁关根在会上严厉地批评了电影界负责人不作为、不努力。坐在一旁的田部长当即真诚地说:"关根同志不要批评下面的同志。当前电影形势不理想是多方面因素造成的,我是主管电影的部长,主要责任在我,要批评就先批评我吧,为了更好地改变现状,我可以辞职。"此话一出震惊众人,田部长敢于担当,以真情保护了电影厂的领导们。参加会议的电影界代表个个心中为之感动。

1998年8月,在中国电影家协会第六届全国代表大会期间,田部长说起早在1958年周总理提议在北京建立"中国电影宫"的事,但他担心当前中央出台的"反对建立楼堂馆所"的文件精神会把这事拖黄,幸好主管文艺的李铁映建议不要灭掉此项目,暂时先"挂"起来,待日后有条件时再提出。田部长感慨地说:"这一'挂'又不知'挂'到何年了。"我说:"办法总比困难多,不妨换一个提法,不叫电影宫,而叫博物馆。眼下知名电影人都云集在京,我以电影人的名义向国家领导人写封信,反映一下电影界的呼声,也许能行。"田部长看了看我,笑而不语。作为政府主管部门的领导,他不能与中央文件精神相逆,但在北京建立一座国家级的电影博物馆,何乐而不为呢。

我连夜给国家主席江泽民写了封信,说明在北京建立一座"中国电影博物馆"的历史缘由与当下国家发展的文化需求,并希望这件事能得到江主席的关心和支持,落款处我与桂云都签了字。代表们集中住在中国科技会堂,我逐一找到电影界前辈张瑞芳、谢铁骊、秦怡、孙道临、于蓝、于洋、苏里、李法曾、于彦夫、张良、滕进贤、章柏青、吕志昌、冯小宁、苏云、胡健、孟广钧、祝希娟、潘虹、吴贻弓、王立平、舒适、李准、王铁成、尹爱群、许还山、丁荫楠等人,他们都在我写的信上签了字,这一天是 1998 年 8 月 8 日。几天后,江主席见到此信,并在信上做了批示"请关根同志研处,结果望告。江泽民,八月廿一日"。田部长来电,要我立即到他办公室,我刚一进门,他就满面笑容地说:"前宽,你给江主席的信转到我这里,有批示了。"说着亲切地拍了一下我肩膀,把桌上有江泽民批示的信拿到我眼前,信上不仅有关根同志圈阅,还有许多领导人的印章。田部长高兴地说:"有总书记和中央领导们的关心和支持,在北京建立中国电影博物馆前景有望,你前宽可是立大功的人啊。"在随后的日子里,赵实副部长具体抓落实,并组织部里相关部门开座谈会,进一步研究选址问题,以及与电影局有关部门协调相关事宜。电影局让我担任"电影博物馆筹备领导小组组长",两位电影局副局长鲍林岳与陆兆亨、中国市长协会副会长鲁善昭、建设部总工程师及在高教部指挥施工的一位专家均为该组成员,大有准备打硬仗之势。北京市几个区的领导带着本区的规划局长拿着地图热情主动地找我谈,希望中国电影博物馆项目落在自己辖区。忙碌了小半年,后来该项目交由北京市相关部门与广电总局合作。2005年12月26日,中国电影博物馆在北京大山子举行了隆重的开馆典礼。这是田聪明和赵实关心努力的结果。

2000年是我国加入世贸组织的前一年,这一年5月在美国举行的"世界娱乐组织年会"邀请中国参加。田部长率"中国广播电影电视代表团"首次参加了世界娱乐组织年会,会上他代表中国政府做了主旨演讲,阐述了中国经济发展与文化繁荣的状况,并表达了中国人民在人类文明的百花园里与世界人民共同参与、互利共赢的美好愿望,赢得了与会电影界大咖及媒体的广泛赞誉。会议期间,世界传媒大王、新闻集团总裁默多克先生邀请田部长到他办公室会面。我作为代表团成员,陪同田部长参加了这次小范围的会见,默多克向田部长表达了他对中国的喜爱之情。大会上,我代表中国导演作了题为《同在蓝天下,电影让我们走到一起》的演讲,并回答了媒体记者的提问。《世界日报》载文说,中国代表团带来了东方文明的信息,也让我们看到了中国文化娱乐的文明心态;世界娱乐园地增添了中国文化之花,将会更加绚丽夺目。

年会圆满结束后,全团在美国聚会,我为了活跃气氛,先请中影董事长杨步亭来了一段"学田部长讲英语",逗得大家哈哈大笑。接着我来了一段"天津人爱吹牛",大家更是笑声不断。我对央视赵台长说:"听说你在央视里是七段位的笑话专家,也来一段?"他看了一眼圆桌对面的田部长说:"不能,别让我一时过了嘴瘾而毁了我后半生的职业生涯。"此话又引出一片笑声。我向田部长将了一军:"田部长,您在广电大楼里的严肃给下属带来如此巨大的威慑力,您的部下连个笑话都不敢说……"未等我说完,田部长便冲赵台长大声喊道:"你说嘛,说嘛。"赵台长见他如此说,更不敢说了。田部长见状说:"你说不说,你不说我说。"田部长讲了一个笑话,讲完自己哈哈大笑。大家没听明白,也笑不出来,你看看我,我看看你,我反倒觉得这个场面十分好笑。我说:"说笑话的人自己乐出泪水,而听的人却一个也没笑,这就是田部长带头说笑话的特色,我建议大家一起笑一笑,笑话嘛,大家不笑怎么成笑话。"于是大家一起朝田部长大笑。田部长说:"我是不会说笑话的,今天是他给我逼出来的。"饭桌上又是一片笑声。这笑是真诚的笑,坐在一起的美籍华人演员卢燕女士也笑得掏出手绢直擦眼睛。

田部长任职期间,正是我国全面深化改革,推进广播、电影、电视繁荣发展的攻坚阶段,他亲自抓了全国"村村通"——全国各边远农村都要听到中央的声音,都要看到祖国的发展变化,都要享受到现代传媒给人民带来的方便和好处。他抓电影事业发展,关注人才与干部的任用,他放手让基层改革,求变求新,他实事求是,工作务实,集中精力抓重点项目和重点人才,由此出现了一大批优秀电影作品,极大地繁荣了电影市场。在他的努力下,2002年我国电影事业正式步入市场经济,与世界接轨。之后,我国电影市场逐年加速发展,票房和银幕块数每年的增长速度令世界瞩目。这是尊重电影市场规律的体现。

田部长在工作上严肃认真,一丝不苟,他与艺术家在一起时,又显出一个西北汉子的淳朴。他身上体现着多元的性格特质,是一个既真实又可爱的领导,一个既朴实又热情的朋友。

如今他走了,带着清醒和遗憾走了,他得知自己将不久于人世时,冷静地告诉家人,丧事从简,无须打扰他人。他大声呐喊着来到这个世界,在人间无私奉献了一生,就这样静悄悄地走了,有多少事他想做却没来得及做,留下了终生的遗憾。他多么想去边远山村,到"村村通"的乡亲们家中,在炕头上与乡亲们喝着大碗热茶,看着精彩的电视剧,多么想再到电影的拍摄现场与艺术家畅谈,还有他那未讲完的"笑话段子"……我们还要与老部长聚聚哩,还要在一起集体活动哩。

2018年1月3日,是为田聪明部长举行告别仪式的日子,肖桂云在天津做戏剧电影《韩玉娘》的后期合成,我专程跑回北京。北京医院不大的告别室,里里外外挤满了来向田部长告别的人,有国家领导及各部委的负责同志,亲朋好友,影视界、文艺界以及新闻界的同事。大家不约而同前来送别这位一生对党的事业忠心耿耿、无私忘我的好同志。

　　我直奔田部长夫人和孩子处,看到一生与他相依为命的伴侣和孩子,再也控制不住泪水。在党和国家领导人及各界送的花圈前,一面党旗盖在田部长身上,这是无上的荣誉,是党和人民对他毕生贡献的肯定。

　　我回首仰望灵堂正中上方田部长端庄的照片,他一直在笑着看我们,笑得那么真诚,他的笑容永远定格在中国广播电影电视及新闻事业的发展大业中,永远定格在天地间。

　　　　　　　　　　　　　　　　　　　2018 年 1 月 18 日

"漫威之父"斯坦·李

公元 2018 年 11 月 13 日,新闻播出令全世界影迷悲痛的消息——美国好莱坞著名漫威大师斯坦·李于前一天在洛杉矶仙逝,享年 95 岁。

闻名于世的漫威大师斯坦·李是美国好莱坞重量级艺术大师,他创造了无数个深受观众喜欢的角色,改变了超级英雄流派的版图。被誉为"老顽童"的他,善于把肥皂剧、幽默、道德困局和政治糅进漫画作品,以实现其追求的"现实感"影片,为好莱坞赢得了一百五十多亿美元的票房,获得了世界观众的青睐。

他的才华和浪漫是超越常人的,他是好莱坞一棵不倒的常青树,是一位令人敬爱的漫威创意大师、漫画英雄之父,他的艺术成就已成为美国文化中重要的一部分。

斯坦·李自幼家贫,一家人经常搬家,因此他经常转学。艰难的日子里,他靠阅读缓解困苦。其后,他开始以童年为蓝本写短篇小说,其中的人物成为他早期创造的漫画人物的原型。1939 年,16 岁的斯坦·李加入叔父的时代出版公司。1941 年,他完成了第一部作品《美国队长》系列漫画三部曲。1961 年,在漫画家杰克·科比的协助下,他开始了《神奇四侠》等创作。

看了他的作品,我产生一种仰慕之情,希望能够与他合作。多年来,我的愿望是中美合作拍摄《西游记》。我们通过杨步亭与斯坦·李取得联络,他得知此事十分高兴,希望能够尽快见面,并期待早日看到英文版的《西游记》,以便对著作有更详细的了解,进入前期构思阶段。

2014 年春暖花开之时,我和肖桂云在杨步亭和美国翻译的陪同下来到好莱坞比弗利山庄斯坦·李工作室。他的办公室不大,充满了美式现代文化气息和好莱坞电影文化元素,从墙壁装饰到室内陈设,朴素淡雅,墙上挂着他部分作品的海报,如《蜘蛛侠》《X 战警》,周围各种书籍堆积如山,还摆放着"小蜘蛛侠"玩具等周边产品。

我们虽初次见面,却像老朋友一样无拘无束。他对中国电影人的光临感到很兴奋,拍着我的肩膀说:"你坐在这里,离我最近,我们可以看着对方的眼睛说话。"说着指了一下他眼前的座椅。

我们的谈话开门见山,没有一点儿客套。他说:"中国的孙悟空有全能的中国功夫、超强的神魔力量,比我的几个孩子——钢铁侠、蜘蛛侠和 X 战警都厉害,如果我们能共同把威力无边的孙悟空打造出来,定会受到全世界观众的喜欢,这部电影很有挑战性,让我兴奋、开心!"由于我们离得很近,他说这段话时,我透过他的眼镜片,看到他那双眼睛放射出兴奋的光芒,仿佛他已见到超凡神勇的齐天大圣。

我说:"我们为'西游记'飞越太平洋,来到您这间独具特色的工作室,共同把东方神话加上西方手段,打造东西方观众都认可的'天地大英雄',这是个很好玩的梦工程。我想我们一定会玩得很开心,玩出一个银幕新形象,让世界观众喜欢!"

"OK!"他高兴得重重地拍了我一下说,"这是多么诱人的梦工程啊,就这么定下来,中国的矿产,好莱坞的冶炼,共同锻造出一个世间无比的超级齐天大圣。"

杨步亭把英文版《西游记》递到他手里时,他兴奋地说:"我会像恋人一样紧紧地拥抱她、爱她的,我会走进她的心里,牢牢地抓住她,让她伴随着我们一起走上银幕。"

我们围绕中美合作《西游记》以及中国电影的发展畅谈,一切是那么投缘。在欢声笑语中,并不年轻的电影人之间进行了一次具有童心的对话。

我拿出《中国影人画集》,在扉页上为他现场作画,用毛笔勾勒出他的脸庞:长长的脸上有一个长长的鼻子,上面架着一副黑框茶色大眼镜,显得格外睿智而有个性,他那张大嘴和长长的下巴,令人印象深刻,前额略秃,两侧生有白发。我用两分钟画完后,他急切地说:"这么慢!"逗得在场的人哈哈大笑。他却很严肃。

他高兴地看着画,说:"你怎么这么快就把我九十多年长成的脸给画完了，真不可思议。"他兴奋地拿着画像与我和桂云合影留念，并把《画集》摆放在书架上。

我看到"蜘蛛侠"与斯坦·李对视的招贴画后突发奇想，想让他站在招贴画中他的大头像前，我站在"蜘蛛侠"前，我俩对视，然后我们的脑门对撞，拍一张新的招贴画。这可是东西方两个智慧头脑的碰撞，愿这次碰撞能产生绚丽的火花，推动中美电影的合作与发展。

"埃克伸！"一声令下，斯坦·李的脑袋与前宽·李的撞在一起，同事按下相机快门，一张历史性的中美影人对脑门的照片便留了下来。斯坦·李高兴地说："李真是个大导演，他今天把我斯坦·李当道具用在镜头里了。"此话引起在场人的一片笑声。

当时，斯坦·李是91岁，我是73岁，加起来是164岁。但我们这对中美电影老人在谈艺术和电影时，却没有一点儿老人气，完全是一对活力四射、幽默感十足的大顽童。

有趣的是，我们在与斯坦·李会面之际，澳门金沙集团剧场与法国"红磨坊"解除了演出合同，并向世界公开招标，意在让新的演出剧目进驻澳门金沙剧场。美国斯坦·李携创意演出《阴阳界》与中国华严集团携大型演出秀《西游记》进行国际竞标，而定夺者是美国金沙博彩娱乐集团的掌门人爱德华·卓斯与艺术总监马克先生，他们都是斯坦·李的密友。然而，最后的结果是《西游记》竞标成功，可见美国人也希望澳门金沙剧场的演出具有东方文化元素。

　　大型演出秀《西游记》于 2017 年 1 月 15 日在澳门首演,作为这台演出艺术总监的我,邀请了内地、港、台艺术界、电影界的朋友们前来观摩。同时,我也向将要合作的朋友漫威大师斯坦·李发出了邀请,请他来中国澳门观摩指导,只可惜他因年迈体弱不宜长途跋涉未能前来。

　　2018 年夏,在上海国际电影节上,主办方专门为斯坦·李举办了作品展,我原以为老人家能来中国,结果却没有。

　　在比弗利山庄的会面,成为我们唯一也是最后一次会面。我们期待的中美合作——李前宽与斯坦·李合作拍摄《西游记》也成为永远的遗憾。

　　"漫威之父"斯坦·李去世的同年,东方一位制造大侠和英雄的"中国大佬"——金庸先生也离开了人世。这一东一西两位艺术家好像商量好似的到另一个世界去谈古论剑了。

　　斯坦·李通过漫威实现了自己的艺术追求。这位童心未泯的老爷子,经常以一个不大的角色出现在影片里。从 1989 年第一次在电视电影《无敌浩克的审判》中客串角色开始,此后的 30 年里,斯坦·李成为无数观众在影院里寻找的重要"彩蛋"。这颗银河里的星并未消失,他的形象依然出现在银幕上。美国好莱坞为斯坦·李举行了隆重的送别仪式。想见这位可敬可爱的艺术大师,就到他的影片中去寻找吧!

　　　　　2018 年 11 月 13 日于大连泰雅国际公寓

表演艺术的魅力

——谈卢燕女士

接到央视《向经典致敬》导演的通知，邀请我做美籍华人、著名表演艺术家卢燕女士的特邀嘉宾，我很激动。半个月前，我们刚从美国第 52 届休斯敦国际电影节分别，这次我专程从东北向卢燕女士致敬来了。

卢燕大姐妙龄九十有三，我习惯称她为大姐，这一亲切的称呼不仅拉近了距离，更表达了我对她的尊敬之情。

卢燕大姐是中外观众熟悉的著名电影、戏剧表演艺术家，还是优秀的制片人和热心推动中美文化交流的使者，也是太平洋国家之间电影交流与合作的搭桥人，她以杰出的艺术造诣和成就，荣获联合国国际和平艺术奖。美国同行称赞她："卢燕的艺术成就跨越太平洋，在美国和她的祖国——中国本土，有着十分卓越的表现。"半个多世纪以来，她在海内外获奖无数，成就卓著，是一位含金量很高的电影人。

卢燕大姐自幼与京剧大师梅兰芳先生一起生活在艺术氛围中,她后来半路改行从事电影与戏剧表演,早早地与诸多艺术大师学习、合作,并在表演艺术上取得辉煌成就,都与此有很大关系。

她得到京剧大师的亲传,与昆曲大师俞振飞先生同台献艺,与梅派传人梅葆玖先生同台表演,在好莱坞与奥斯卡影帝马龙·白兰度同演电影,与意大利名导贝托鲁奇在《末代皇帝》中合作,在香港名导李翰祥的电影《倾国倾城》中独挑大梁,与许鞍华导演合作电影《姨妈的后现代生活》,与谢晋导演合作电影《最后的贵族》等。她还参演了电影或舞台剧《喜福会》《瀛台泣血》《德龄与慈禧》《十四女英豪》《大班》《董夫人》《山路》《乾隆王朝》等。

卢燕的天赋与深厚学养是她成为好演员的先决条件。她在银幕与舞台上扮演了性格各异的角色,从多角度创造性地塑造了各种艺术形象,令中外观众折服。其中对慈禧老佛爷这一人物的塑造尤为生动、鲜活。

20世纪70年代初,受"文革"影响的电影拍摄还在遵循"三突出"原则。电影《倾国倾城》是曾学美术后来改行做导演的李翰祥的作品,他善于营造恢弘的宫廷场景,擅用大场面调度和长镜头处理,把宫廷里太后老佛爷、皇帝、众臣、嫔妃与奴才等各种人物,放在中日甲午战争的背景下集中刻画,突出慈禧老佛爷独断专行的人物形象。卢燕饰演的太后老佛爷形神兼备,准确到位。有几场戏让人印象尤为深刻。

　　开篇人物出场:卢燕背向镜头坐在梳妆台前照镜子,在自我欣赏中与前来觐见的小李子对话。她似看非看,似答非答,心不在焉。时而回眸的傲慢表情把太后老佛爷与李莲英的人物关系刻画得惟妙惟肖。光绪皇帝训斥李莲英,太后见状先是不耐烦地放话:"大清早就让我不得安生。"接着又训斥小李子,但语气截然不同,对皇帝是愤怒的训斥,对小李子则是含着霸气、轻松自傲的训斥,看似是在训斥,实则是为小李子开脱。同是训斥人,却把太后对皇帝与对小李子的不同态度恰当地展示出来。

　　在太后为皇帝选妃的一场戏中,由母性的体贴关心,到怒气冲天,再到当君臣提出要宣战时突然的大吼,一百八十度的大转变,完美地展示了慈禧太后独断专横、一言九鼎的霸气。

　　在光绪皇帝病榻前太后与众臣议事的情节是该片的重场戏。老佛爷在朝廷里撒得开收得住,软硬兼施,主宰朝政,全方位展示了她大清国霸主之势。卢燕的表演恰到好处。

　　在跌宕起伏的戏剧冲突中,以卢燕扮演的慈禧为核心的主要人物,把大清国气数已尽又垂死挣扎的历史氛围展现得淋漓尽致,对人物心态的把控,收放自如。在表演上从必然王国进入自由王国,是验证一个优秀演员的标尺,卢燕老师无疑是其中的佼佼者。她把慈禧太后塑造得真实、立体、生动,荣获金马奖最佳女主角也是必然。她先后三次夺得金马奖桂冠,足见她在表演艺术领域中的不断创新和努力追求。

　20 世纪 50 年代中叶,卢燕举家移居美国洛杉矶,开始在大学学习财务。或许是家庭渊源和艺术熏陶,在丈夫黄锡琳的鼓励下,她勇敢地进入美国加州帕萨迪纳戏剧学院学习表演,为日后走进好莱坞奠定了基础。在后来的艺术实践中,也验证了她在人生关键节点上的选择是正确的。

　60 年代初,她在第一部美国剧情长片《山路》中,成功地扮演了二次世界大战中一位热情而又命运多舛的遗孀,这是一个秀外慧中具有东方古典气质的女性艺术形象。卢燕与奥斯卡影帝詹姆斯·史都华珠联璧合,引起了美国好莱坞的关注。接着她应邀与另一位奥斯卡影帝马龙·白兰度在影片《独眼龙》中合作,后又参与了著名导演彼得·博格丹诺维奇的《圣徒杰克》以及意大利名导贝托鲁奇的《末代皇帝》的演出。

　与许多有成就的学院派表演艺术家一样,卢燕在步入中年时正值艺术的旺盛期,这与她生活的积累、丰富的经验分不开。与大导演的合作,让她面对任何角色都能得心应手。这个时期,卢燕除参演了许多影视作品外,还参与多部话剧与戏剧的演出,如《幸福会》《女勇士》《花鼓歌》《苏丝黄的世界》《花园畅想》以及《小狐狸》等。1978 年,她与俞振飞先生在香港同台演出昆曲《牡丹亭》,与归亚蕾等合作演出白先勇先生的舞台剧《游园惊梦》,特别值得一提的是她的青衣戏曾得到京剧大师梅兰芳先生的亲授,这使她在后来的戏剧表演中更加得心应手。在卢燕的表演艺术里，既蕴含中华传统艺术的营养根基，又具备东西方两种不同文化的融会贯通。

进入新世纪，卢燕大姐宝刀不老，凭借话剧《德龄与慈禧》《天下第一楼》，在内地与香港多次亮相，广受好评。2008年北京奥运期间，应文化部之邀，《德龄与慈禧》在北京国家大剧院第四度公演，足见卢燕演绎的慈禧是何等深入人心。

2006年，已过古稀之年的卢燕大姐在香港导演许鞍华的《姨妈的后现代生活》里扮演了一位没落贵族——水太太，其雍容的形象和傲慢的个性，被卢燕诠释得恰到好处。她与斯琴高娃扮演的姨妈的几场对手戏，更是入木三分地表现了中国当代都市老年人的孤独心态。

此外，作为一位电影人，卢燕大姐还以其丰厚的文化底蕴与文化自觉，承担起表演艺术之外的文化沟通，她不知疲倦地为中美文化交流搭建桥梁。

她积极地通过纪录片与现代媒体，向美国和西方主流社会介绍中国，既做制片人，又做解说、配音工作。通过纪录片《缝纫的女人》《中国：超越阴霾》和反映中国西藏人民生活的《失落的王国》等作品，向世界介绍了一个真实的东方文明国家。

由于在京剧表演艺术方面的造诣颇深，卢燕将多部中国传统戏曲翻译成英文介绍到西方，意在通过这一传统美学艺术，让世界了解中国文化。1980年以来，她先后翻译的京剧代表作品有《拾玉镯》《武家坡》《打渔杀家》《汾河湾》《蝴蝶梦》等,并在美国出版了《京剧选谈》。卢燕还大胆创新,创造性地用汉语演唱唱词,用英语说对白,辅以英文字幕,注明舞台表演提示,充分调动多元的表现手段,让美国人尽可能地了解并欣赏中国京剧,此举取得了很好的效果。

1977年,她将美国唐纳德·柯培恩的著名戏剧剧本《洋麻将》译成中文,并在北京人艺上演,于是之、童超等老艺术家均在这台戏中扮演重要角色;她还将尼尔·西蒙的著名喜剧《普莱飒大饭店》译成中文,并促成该剧在上海人艺演出。

卢燕大姐还促成了美国电影《音乐之声》、动画片《米老鼠和唐老鸭》等优秀电影的引进。她还担任《环球银幕》报道中国电影的特约记者,向美国电影界热情举荐章子怡等进入好莱坞。卢燕是受中国电影人尊敬的和蔼可亲的大姐。

前不久我们一起在美国参加第52届休斯敦国际电影节,在这次国际论坛上,卢燕大姐高雅的风采,令在场的中外嘉宾惊叹不已。当主持人邀请她发言时,端庄的卢燕大姐稳步走上台,仿佛有一股清气伴她而行。她身穿一件有白色印花的深蓝上衣,肩搭一条浅花纱巾,美丽大气的脸上带着微笑,满头银发,恰似姑射之仙。她的发言言简意赅,质朴亲切,舞台两侧的鲜花似乎都成了她的陪衬。此刻,台上的卢燕大姐,才是国色天香的牡丹花。

2019年6月

影坛老兵

——刘龙从艺七十年

人生进入耄耋之年，静下心来回想毕生走过的路，特别是历经新旧社会风云多变的岁月，那些不平凡的日日夜夜，那些鲜为人知的生活与创作篇章，记录下来，对后人是十分有益的。

不同时代、不同境遇，对于人的历练以及人的感受，是全然不同的。生活在阳光下的青年艺术工作者，从老一辈那里传承经验，得到感悟，是件快慰的事。于我个人而言，走进前辈心境，了解他们流金岁月里的艺术人生，是课堂上学不到的提高艺术创作的重要渠道。

当下演艺界有些老艺术家在出书，讲述自己的从艺之路，总结一生的实践心得，让更多人从中受益，这是件难能可贵的事。我很赞赏。老艺术家有着丰富的人生经历，他们的书内容不空泛，能让读者了解他们所经历的时代的特征，还能学习他们高尚的人格和美德。

　　刘龙老师是影坛老兵,在影坛默默耕耘一生,他参与的诸多影片,影响和教育了很多人。他精湛的表演为观众留下了一个又一个经典的银幕形象,魅力永存。

　　我们与刘龙老师合作了《开国大典》《决战之后》两部戏,结下了深厚的友谊。为纪念新中国成立四十周年拍摄的献礼片《开国大典》,他在其中扮演毛人凤,影片《决战之后》中他扮演战犯康泽,戏份虽不多,但都是很重要的人物。他凭借自己的表演才华和热情,准确地诠释了人物的特征。

　　刘龙对艺术创作严肃认真、一丝不苟的态度,给我们留下了深刻印象。当时,参与这两部戏的演员和主创人员来自全国各地,许多都是业界具有威望的表演艺术家。我们的工作习惯是不论时间多紧迫,都要提前排戏。刘龙总是拿着分镜头剧本提前到场,不管自己戏份多少,都事先做好功课。

　　影片《决战之后》开机后即在功德林监狱拍他扮演的康泽到管理所所长办公室请示报告一场戏。他一进现场就根据导演调度和要求从楼梯到办公室走来走去,反复默戏,在这一过程中找感觉,尽可能满足导演的要求,所以正式拍摄时,他便很快进入角色。

　　拍摄《开国大典》时,有一场戏是刘龙扮演的毛人凤向蒋介石报告在撤离大陆前暗杀人物的名单。实景拍摄时,刘龙准确把握了军统头子毛人凤的人物特点,在蒋介石面前既谦卑又不失身份的表演十分准确,当蒋介石提到哪些人要留下时,他几乎是提着气演下来的,因为这些人有的就在他的名单里。刘龙扮演的毛人凤在蒋介石面前不敢出一点声,坚持要出去打电话,可是蒋介石就让他在跟前打电话,他只好走到电话前,从兜里掏出手帕在脑门上擦了擦汗。这个细微的动作,足以显出那一刻他紧张的心情,这一细节处理得很到位。他通报沈醉"不要暗杀李宗仁,他的行情看涨,撤!"这场戏,调度不复杂,台词也很简练,但刘龙没有丝毫怠慢,用他的话说,越是词少越要珍惜,表达越要准确。这就是他多年来的创作作风。

1947年,刘龙在戏剧大师黄佐临先生指导下的上海"苦干剧团"工作;1950年,他响应国家号召,参军当兵,到昆明军区文工团工作,后来进入中国人民解放军八一电影制片厂工作至今。新中国成立后,他参加拍摄的影片主要有《勐垅沙》《南海风云》《猎字99号》以及《开国大典》《决战之后》等。他在这些影片中饰演的都不是惊天动地的大主角,却是主角周围不可缺少的"绿叶"。刘龙塑造的人物形象个个精彩,加之他天生长有一张"坏蛋"脸,即使演配角,也令人难忘。他在人群中常常被认出来:"嘿,这不是电影里的那个坏蛋吗?""角色无大小",刘龙的演绎道路很好地诠释了这句话。

刘龙参与的电影作品多为配角,但塑造的每一个人物都深入人心。他还把自己的儿子和女儿培养成为优秀的导演和演员。父母是孩子最好的老师,生活和工作中刘龙对孩子潜移默化的教育与影响是很重要的,儿子、女儿都成为活跃在影坛的年轻力量,这才是他最得意的"作品"。刘龙出版的《影坛老兵》一书中即可见其"作品"的风采。

刘龙是中国影坛一位名副其实的老兵,是银幕上默默耕耘的老战士,一个不图名利、很执着的电影表演艺术家。他七十年的从艺道路,给后来人留下了一件件宝贵而厚重的礼物。一滴水可以折射出大海,从《影坛老兵》一书中可以看见中国电影半个多世纪的发展,可以看见中国电影今天的繁荣,也可以看到中国电影美好的未来。

祝影坛老兵刘龙老师永葆艺术青春!

2020 年 3 月

影坛一朵圣洁的玉兰

——深切缅怀于蓝大姐

　　著名电影表演艺术家、中国儿童电影事业家于蓝德高望重，大家都尊称她大姐。她端庄大气，秀外慧中，是经得住端详的美丽。她长年深入生活，与人民有着深厚的情谊，塑造的形象真切生动，质朴无华，深受观众喜爱。她是中国影坛一朵圣洁的玉兰，纯美而富有魅力。

　　2018 年 3 月初，我们去中日友好医院看望于蓝老师，她正在睡觉，护士说，这些日子她头脑时而清晰时而模糊。当时，她在睡梦中，也许正与孩子们一起欣赏儿童电影，也许在渣滓洞同狱友一起缝制红旗，迎接新中国的曙光，也许在上海白色恐怖中，掩护同志们越过封锁线……

　　我们是看着于蓝老师的电影成长起来的，她的银幕形象影响了一代又一代观众。

　　青少年时，我在大连简陋的东明电影院里看到《白衣战士》中那个令人感动的战地护士，《翠岗红旗》中的妈妈,《革命家庭》中的母亲,《烈火中永生》里的江姐,于蓝大姐扮演的每一个角色都令我的思想受到洗礼。

我成为电影队伍中的一员后,有许多机会见到于蓝老师,也很荣幸能和自己崇拜的英雄在一起。后来,我有机会跟于蓝老师一起参加诸多电影界的公益活动,亲身感受了她的崇高品格和发自肺腑的真诚。

2000年,我担任中国电影基金会会长期间,组织了"万映计划",即在我国贫困山区万所学校推动"爱国主义电影"放映活动。于蓝老师总是满怀热情地积极参与,在她的影响下,电影界众多老、中、青演员也踊跃参加。我们携影片深入贵州山区,把放映大棚搭建在小学校的操场上,山里的孩子第一次看到大银幕,激动万分。学生代表还为于蓝奶奶系上了红领巾。

在河南郑州万人广场上,满头银发的于蓝老师头顶烈日,以老一辈电影艺术家的身份鼓励孩子们要"好好学习,天天向上",将来成为国家的栋梁之材。

每次深入山区,无论条件多差,她从不提任何特殊要求,严于律己,宽以待人。

于蓝老师17岁时从东北日寇的铁蹄下逃离,辗转来到北京。在抗日武装的协助下,又从北京走进太行山,奔赴革命圣地延安,从此确定了毕生为革命奋斗的目标。

经过在延安电影团和鲁艺的锻炼,她成了一个有革命意志的战士。在延河畔,她与既是大演员又是领导的田方相识、相伴。抗战胜利后,她奉党中央之命,随延安电影团长途跋涉来到东北接收"满映"。当蒋介石撕毁协议，挑起内战时，她参与了东北电影公司的战略大撤退。他们来到黑龙江兴山，在一所小学校里搭建厂房，建起了新中国第一个电影生产基地，1946 年 10 月 1 日，正式命名为"东北电影制片厂"（长影的前身）。在战争的硝烟中，于蓝协助舒群、袁牧之、陈波儿和田方实现了新中国电影史上的"七个第一"，即第一部纪录片《民主东北》，第一部科教片《预防鼠疫》，第一部木偶片《皇帝梦》，第一部短故事片《留下他打老蒋吧》，第一部长故事片《桥》，第一部译制片《普通一兵》，第一部动画片《瓮中捉鳖》。于蓝主演的影片《白衣战士》也是这个时期拍摄的。她是新中国电影摇篮的建设者之一。当时，田方任东北电影制片厂秘书长，于蓝老师是东北电影制片厂培训班的支部书记。一批又一批新中国电影人从这里走出去，奔赴全国各个战场，将镜头聚焦在为革命冲锋陷阵的战士身上。他们既是迎着炮火前进的战士，又是迎接黎明的电影人，他们为人民留下的带血的胶片，成为共和国宝贵的国家档案。

新中国成立前夕，于蓝在北京参加了第一届全国文代会和首届全国电影工作者联谊会。

新中国成立后，在于蓝的推荐下，陶承的《我的一家》拍成了电影《革命家庭》，她在其中扮演母亲一角。周恩来总理高度赞赏她扮演的革命母亲形象。

在电影《烈火中永生》里，于蓝扮演的江姐赢得了亿万观众的心。她深切体悟到一个共产党人的自觉，把江姐在敌人面前宁死不屈的形象真实地展现出来,令人折服。

生活中的于蓝谦和亲切,没有一点儿明星架子,有很强的个人魅力,深受他人尊敬。

于蓝大姐九十大寿时,我和桂云为她画了幅《国色天香》牡丹图,送到她在北影的宿舍。那是间很普通的房子,简朴到令人难以置信的程度。当时她正在泡脚,这是她长年坚持的习惯。大姐见到画后十分高兴。

2015年,我患癌症需要到台湾医治,我正要赴台治病时,突然接到央视《向经典致敬》栏目的来电,说要为于蓝做一期节目,她点名让我做嘉宾。我立即答应,能在于蓝大姐的节目中做嘉宾是我的荣幸。但在实际运作中,因场地安排有变往后延了一个月时间,又因于蓝大姐身体不便再次延期,后因专题导演患病又一次延期,我赴台治病的时间也只能一延再延。做节目那天,于蓝大姐和我都是坐轮椅到现场的,癌症已扩散至我的腿部与腰脊,疼痛不已,登台前我服了止痛药,桂云请陶玉玲大姐扶着我登场。我坐在嘉宾席上,一边按摩疼痛的腿部,一边乐乐呵呵地完成了嘉宾的任务。拍摄结束后,央视导演说我对于蓝老师的点评很到位,把握得很好。于蓝大姐满意地紧紧握着我的手表示感谢。此时她还不知我已身患癌症。

于蓝大姐对电影事业有着不一般的情怀,始终把自己视为人民的演员。临到退休年龄,组织上让她挑起建立中国儿童电影事业的重担。在一无所有的情况下,她义无反顾地投入中国儿童电影制片厂的筹建工作中。有人问她:

"你都这把年龄了,一不愁吃二不愁穿的,图个啥?"她笑道:"我除了是个演员外,还是个中共党员呀。"这淡淡的一句话,道出了她内心的真实想法:是党员就不讲条件,国家需要我,我就得义无反顾地去做。

在最初创建的艰难日子里,于蓝大姐老当益壮,迎难而上。在与大家一起劳动时她不慎砸断一根手指,但她毫不退缩。她四处奔波组建团队,每完成一部儿童片,她都兴奋得像孩子一样。

2021年是于蓝的百年诞辰,也是中国共产党成立一百周年。回顾中国共产党的百年历史,在不同时期的关键点上,于蓝大姐总是站在党的旗帜下奋勇向前,无愧是党的好女儿、党的文艺战士。从中华民族最危险的抗战岁月自觉投奔延安,到抗战胜利奉命赴东北建立新中国电影摇篮,从社会主义建设到改革开放,她由一名革命战士到党的电影工作者,由大明星到中国儿童电影事业的开创者,八十多年的革命历程,她初心不改,信念坚定,始终心系党和人民,以昂扬的热情践行着革命文艺战士的职责,耕耘不止,在中国电影发展的道路上留下了华美的篇章。

每每想起于蓝老师,她亲切热情的形象便浮现在眼前。她就是中国电影史上一本厚重的大书,是中国电影百花园里一朵圣洁的玉兰。

2021年6月

一幅永远美丽的画像

——秦怡大姐

在中华人民共和国成立七十周年之际，中国影坛著名表演艺术家秦怡大姐喜获"人民艺术家"国家荣誉称号，这是党和人民对她毕生为中国电影所做贡献的肯定，是对中国电影界的莫大鼓舞。

中国影坛有四位大姐：上海的瑞芳大姐和秦怡大姐、北京的于蓝大姐和田华大姐。这一亲切称呼，除了因为她们已是90岁高龄的前辈，为中国电影事业创下辉煌外，还在于她们德高望重，热衷于公益事业，永远充满活力。四位大姐当年都在中国"二十二大影星"之列，都荣获了中国电影金鸡奖终身成就奖。

电影界组织的诸多大型公益活动，秦怡大姐都积极参与。不论是中国电影九十周年和百年华诞庆典、中国电影界赈灾义演、汶川地震赈灾募捐演出、中国电影博物馆开馆典礼、中国电影界走基层活动，还是中国电影基金会举办的"世纪电影音乐盛典及颁奖活动"、"永远的春天——纪念毛主席《在延安文艺座谈会上的讲话》发表六十周年"演出活动,或是中国电影界名家走进大连、走进山东、走进武汉、走进河南、走进广东、走进海南等公益演出,以及中央电视台电影频道的诸多活动,都有秦怡大姐美丽的身影。她的一言一行成为电影人学习的榜样。

秦怡大姐于 20 世纪 30 年代出道,40 年代即在山城重庆的舞台上与白杨、张瑞芳、舒绣文并称为"四大女名星"。新中国成立以来,她在《女篮 5 号》《马兰花开》《林则徐》《北国江南》《铁道游击队》《摩雅傣》《青春之歌》《雷雨》《海外赤子》等影片中塑造了诸多令观众喜爱的人物形象。

年届九旬时,她还亲自参与编导和出演了反映地质战线的电影《青海湖畔》。当时,她身体有恙,但仍不惧危险,在缺氧的高山上拍摄,如不是对电影的挚爱,怎么会让她产生如此强大的能量?

六十年前,年轻的秦怡在青海高原与著名演员高博合演了一部反映地质工程师在那片艰苦的地方采矿的电影《马兰花开》,也许那时她就被地质工作者忘我的奉献精神所打动,心中埋下了愿望的种子——将来还要来美丽的青海湖拍摄。一个甲子过去了,她在耄耋之年重返青海湖畔,亲自提笔创作并演出,在中国影坛创造了奇迹。

银幕上的秦怡经历了丰富多彩的人生:时而是视死如归、大义凛然的革命者,时而是独立自主的新时代女性,时而是含辛茹苦、无怨无悔的母亲。秦怡以塑造端庄秀美、温柔贤淑的女性形象著称,她的美来自外表,更出于内心,她具有中国妇女的传统美德,有坚强的性格和坚定的信仰,身处逆境时从不灰心丧气,而是勇于面对苦难,从容不迫。每每与秦怡大姐会面,总感觉她具有母亲般的亲和力。她的稳重、大气、端庄,令电影人心生敬意。

1989 年 10 月,在庆祝新中国成立四十周年之际,影片《开国大典》剧组到上海举行宣传活动。秦怡大姐说:"你们这么年轻就导演了如此大作,不得了呀,真为你们高兴呀! 希望你们再接再厉,继续拿出好影片!"

1995 年,在纪念中国人民抗日战争暨世界反法西斯战争胜利 50 周年时,我们的电影《七七事变》在上海大华电影院举办首映式,秦怡大姐赶来祝贺:"你们马不停蹄地拍出几部大片,今天又把《七七事变》拿到上海来,真为你们取得的成就感到骄傲呀! 你们不愧是一对高产的好导演。"

2000 年,中国电影基金会在上海举办"中国影人书画大展",许多老、中、青电影人均以"光影彩墨"表达了对生活与事业的热爱之情。秦怡大姐画了一幅竹子的扇面,用笔清秀细腻,很是抢眼。大家都说秦怡老师人美画也美,她如同画上的青竹,挺拔,隽秀,美丽,永远向上。

上海是中国电影发祥地,电影界许多大型活动都会在此举办。每次活动,秦怡大姐都会成为电影界标志性的人物,她的参与是活动含金量的体现。一次,上海影人带我

们去上海城隍庙吃饭,席间,张瑞芳、秦怡两位大姐点名要
我现场演唱电影《重庆谈判》里的插曲《信天游》。瑞芳大
姐说:"前宽这首歌唱得特有陕北味道,我真的喜欢。"秦
怡大姐说:"一个导演为影片唱插曲还没有先例,前宽导
演能画又能唱,太少见了。"

2005 年,庆祝中国电影百年华诞晚会在京举行,由我
任总导演。其中重量级的节目是老一辈电影艺术家登台
演唱电影《风云儿女》的插曲《义勇军进行曲》,参演的均
是八十岁以上德高望重的电影艺术家:于蓝、秦怡、张瑞
芳、李仁堂、杨在葆、葛存壮、于洋、谢芳、田华、张良、陈强、
杨静、王晓棠、刘世龙等。演出时,演员分两组,由左、右台
口随着音乐前奏同时登台;演唱第二段时,全体演员向前
迈一步,手挽手、肩靠肩高歌,彰显老艺术家们的革命热
情。大家都觉得这熟悉的国歌无须彩排,上台就能唱,但
我仍坚持在后台排练一次。艺术家们个个都是"导演",
每人都有想法,有说先迈右脚的,有说先迈左脚的;有人觉
得向前一步站定位置后再携手并肩,有人认为应该先携手
再迈步,显得有力量;有的说站定后要目视远方,有的说眼
睛看台中间的领导席为好……真是"各显神通",但排练
出的效果却是乱七八糟。后来,秦怡大姐说:"咱们别发
表'高见'了,听前宽导演的统一指挥!"于蓝大姐也说:
"统一听前宽导演指挥!"众艺术家们乐哈哈地说:"对对,
听前宽导演的。"我说:"现在不是百花齐放时候,都听我
一个人的。大家从左、右台口出场时统一先迈左脚,站定

后,面向观众;第二段间奏起,大家统一先迈左脚,向前一步站定后再挽手,各位之间保持一个拳头的距离,视线在剧场最后一排,本节目无须与台下交流,要显得庄重、严肃,唱出饱满的情感即可! 我说清楚了吗?"艺术家们答道:"讲得太清楚了!"我说:"好! 那就按我的要求咱们练一次!"

他们不愧是久经沙场的老艺术家,我一说就立刻进入状态,动作统一,唱得也很好。演出过程中,艺术家们在向前一步后唱第二段时,全场观众起立鼓掌,向老一辈电影艺术家们致敬。

一次,秦怡大姐随中国电影基金会电影艺术家代表团走进内蒙古呼伦贝尔大草原,深入草原牧区与当地各族群众联谊、座谈并演出。她的到来让草原上的人激动不已,他们身着民族服装,手捧哈达相迎,并骑马跟随汽车相伴而行。

在蒙古包里,他们用蒙古族的礼仪,为秦怡大姐穿上漂亮的服装,戴上帽子,又将玫瑰色的长丝巾系在她的腰间。秦怡大姐身着鲜艳的民族服饰站在绿色的草原上,靓丽极了。在场的青年男女争相与女神合影留念。

座谈会后,我们来到一间偌大的蒙古包喝酒吃烤全羊。蒙古族的朋友们载歌载舞,秦怡大姐特别兴奋,喝了两盅美酒后便满面绯红。突然,秦怡大姐跟我说:"前宽,我要唱歌!"嘿! 秦怡大姐还是第一次主动要为大家唱歌。我站起来说秦怡大姐要为大家表演节目。在场的人听后十分兴奋。她演唱了电影《铁道游击队》的插曲，唱到最后，在场的电影人和蒙古族朋友都起身合唱。当时的秦怡大姐仿佛年轻了许多，在明亮的月光下显得更加美丽动人。

2009年11月底，上海电影界举办"秦怡同志从艺七十周年大会"，我应邀参加。在此之前，我已得知她儿子去世的消息。她还把自己积攒的二十万元人民币全部捐献给灾区人民，这件事在业界反响很大。大姐无私奉献的大爱之心，感动了所有人。我的两个朋友为向大姐表示敬意，提出要送礼物，请我转交；另一年轻朋友则表示："秦怡老师太让人敬佩了，我将请北京故宫的专家为她订制一方乾隆皇帝赐重臣的纯金'茶寿'玉玺，以表达晚辈对她向灾区捐款的崇敬之情。"

这场活动在上海影城大剧场举行，舞台上摆满了贺礼：秦怡的彩照、肖像油画、花篮、字画、对联和南方的双面绣工艺品等。当主持人宣布"中国文联、中国影协和中国电影基金会的代表李前宽主席登台致贺词"时，我首先代表北京相关单位和北京的朋友向秦怡大姐表示诚挚的祝贺，祝贺她七十年来以天赋、热情和一颗对电影表演的赤诚之心，为中国电影事业的发展所做的巨大贡献，接着感谢她塑造的诸多人物教育了一代又一代人，包括我自己也是看着秦怡老师的电影成长起来的。

当礼仪小姐把我与桂云画的《国色天香牡丹图》抬上舞台时，端坐在第一排中央的秦怡大姐笑容满面。秦怡大姐正是中国电影百花园中一束国色天香的牡丹花，那么美丽、大气和耀眼。在全场热烈的掌声中，秦怡大姐走上台，从我和桂云手中接过这幅画，欲下台时，我说："且慢！还有呐！"我从兜里掏出一个漂亮的表盒，说："这是您的老影迷在北京大雪纷飞中跑了几家表店专门为您选的一款女式手表，愿您喜欢。"我把手表亮出来，台下一片赞叹。秦怡大姐不好意思接，我说："拿着！这是影迷的心意，您得收下。"秦怡大姐在掌声中收下手表，准备回到座位时，我说："秦怡大姐请留步，北京年轻的影迷专门为您准备了一份礼物，请！"我一指台下，一位小兄弟捧着一个金黄丝绸裹着的神秘礼物走上台。他打开金色的绸布，露出景泰蓝盒子，说："秦怡阿姨，在北京听说了您的事迹，作为年轻的后辈特别感动，要表示一下对您的敬意。"说着打开盖子，露出一方金灿灿的印章，他说："这是北京故宫博物院专家一比一复制的乾隆皇帝赐给重臣的一方金印，上面刻着一个'茶'字，是为'茶寿'之意，即八十八（此时秦怡八十八岁）加上二十，共一百零八岁，祝福您老人家长寿，健康吉祥！"全场响起热烈的掌声。小兄弟双手将礼物递给秦怡大姐，她不敢接受如此贵重的礼物，我在一旁说："这是他专门请北京故宫博物院的专家订制的，又专程赶到这里亲自送上，请秦怡大姐笑纳！"全场再次响起热烈的掌声。

　　秦怡大姐在中国电影界声望很高。电影界的公益事业，不论大事小情，她从不拒绝，时常带患病的儿子"小弟"一起参加。秦怡的丈夫金焰常年卧病在床,她还有一个姐姐也需要照顾,生活的压力可想而知。然而,她始终乐观面对人生,脸上从未流露出一点儿愁云,永远以阳光的心态面对生活。大家每每谈及这些事,无不流露出敬佩之情。

我曾去上海秦怡大姐家中看望,她热情地把儿子"小弟"介绍给我,还说:"小弟呀,李前宽大导演可是画家呢!快把你画的画拿出来给李叔叔看看,听听李老师的指导。""小弟"立即把一大堆画作搬来,大都是水粉画,有风景有静物,画得很不错。我真诚地表扬了他,他听后十分高兴。

不久,我组织中国电影基金会的影人与画家们到杭州聋哑学校举办献画捐款爱心公益活动,秦怡大姐和她的儿子"小弟"也参加了。参与活动的还有王铁成、张金玲、肖桂云、尹力等。我们共同把卖画所得的几十万元捐给这所聋哑学校。后来,我还听说美国大明星施瓦辛格购买了"小弟"的画作,参与了公益事业。

2015 年在纪念中国电影诞生一百一十周年之际,中国电影博物馆举行了建馆十周年纪念活动,秦怡大姐专程赶来北京参加,大家见面后格外兴奋。秦怡大姐向我寻问赠她礼物又不留姓名的影迷,我安排了他们会面。我还在"中国电影人画册"的扉页为秦怡画了一幅肖像,并题:"永远的美丽——为秦怡大姐造像。"大姐见状十分高兴,接过笔来又题上端庄的大名"秦怡,2015 年 12 月 26 日"。

　　我在想，人这一生好像一幅偌大的自画像，是要自己一笔一笔画出来的，忽略了哪一笔都不可能完美。一次，我和桂云同秦怡大姐在香港、澳门参加电影展映活动，我们在澳门电视塔最高层旋转西餐厅用餐后，鸟瞰澳门繁华的市景。我对秦怡大姐说："几十年来家里家外有那么多事都要您一个人来照顾，有那么多困难和劳神的地方，但您做得那么优秀，真是不容易呀，实在令人敬佩。"秦怡大姐十分平淡地说："这算什么呀，妈妈都这样，在儿子面前我是母亲，在丈夫面前我是妻子，在老姐姐面前我是妹妹，我做的都是我应该做的呀，这有什么可值得敬佩的！"听大姐此言，我和桂云心中顿生敬意。秦怡大姐人美心更美，美得那么高尚，美得令我们仰视。那天，她端坐在紫红色的沙发上，身穿一件青花印染中式上衣，肩上搭了条白色围巾，衬托着美丽而端庄的脸庞，满头黄褐色的头发在落日的光辉下显得金光灿灿。这是一幅多么完美的东方女神肖像画啊！

2021 年 7 月

艺术要"绝"

——国画大师李苦禅印象

20世纪60年代,正值国家困难时期,但电影学院的艺术氛围很浓,经常邀请国内艺术大师来讲课,其中就有中央美术学院教授、国画大师李苦禅先生。他边画边讲,给我们留下了很深的印象。他特别强调"艺术要'绝',不'绝'不是艺术"。这一简明至深的理论,道出了老先生对艺术的感悟。他所言艺术要"绝",体现了生活与艺术之间的辩证关系,那就是艺术来源于生活,又要高于生活。他用一口地道的山东话说:大街上拉车的驴,没听说有人花钱买票去看的,可是人们愿意排队买票去动物园看长颈鹿,这是因为它的脖子比驴的脖子长五倍,这长出的部分就是"绝";王府井大街那么多男女老少、中外游客,没人会注意,如果有一个人倒立用两只手走路,大家就会来看,看的就是他倒立用手走路这一"绝"活儿。

他特别赞赏中国京剧,说中国人敢把大红、大黑、大白、大青、大紫往脸上抹,能把小脸给画大,把短脸给拉长。京剧中关云长的红脸,曹操的白脸,都体现了人物的个性。李老概括的艺术哲理令人信服,让学子们感悟颇深。

1974年初春,"四人帮"在美术界搞了个"批黑画"运动,对一些老先生的画作进行批判,其中就有李苦禅先生的画,说他画的八哥是反对八个样板戏。

我在北京闻此消息,心想怎么会出现这种事呢,对李苦禅先生有些担心。彭宁对李老很敬重,我决定与他一起去看望李老。

李老见两个青年人前来看望,十分高兴。我对老先生说:"'文革'前您在电影学院讲课,给大家留下了十分深刻的印象,十多年过去了,看您身板还这么硬朗,真是让人高兴。"

苦禅先生说:"'文化大革命'没把我放倒,因为我是从苦水里出来的人,经得住苦难。我年轻时拉过洋车,练过武术,有童子功。"说完哈哈大笑起来。

我接着提到"批黑画"的事,苦禅先生一听,两只眼睛瞪得圆圆的:"嘿,真是天地良心,什么黑画?!俺那国画就是用墨画的嘛,墨就是黑的嘛,要说这是'黑画',没问题!但要说俺反对社会主义,那是一派胡言。黄永玉画的猫头鹰睡觉时就是睁一只眼闭一只眼嘛,怎么跟仇视社会主义联系上了?还说我画的八哥是反对八个样板戏,我也不知样板戏有几个,也不知我画了几只八哥。人家说一只八哥代表一个样板戏,我想了又想,我那幅画上只画了六只半八哥呀！他们却说,你那一只半八哥藏在芭蕉叶子后面,真是岂有此理！”

我听后安慰道:“既然秀才遇上兵了,您也别动气。中国画千百年来就是这样发展过来的,谁也打不倒,批不倒。”

老先生不无感慨地说:“咱美术界确实有些人挑事生非,记住,这种人一准在业务上不灵,只能‘另辟蹊径’,无才更无德。好了,别说这些了,咱们说点别的,说说你们的电影。”

我说:“去年我参加了电影《青松岭》的拍摄,这部电影在全国挺火的,不知您看了没有。”

李老听后高兴起来:“看了,这片子真好,那个演张万山和钱广的演员真叫好,很真实,就为了个鞭子,‘夺’了一个半钟头,让我没看够,这就叫‘绝’,这就叫艺术。不然,你们拍一个人起床、洗脸、吃饭、上班、看报、下班、吃饭、睡觉,用不了半个小时,我一准儿睡着了,一点‘绝’玩意儿没有,谁看呀。电影也要‘绝’,不‘绝’不是艺术,也成就不了大家。”

小小屋子里,一老二小聊起艺术,如同开了闸门的江河,滔滔不绝,茶也越喝越有滋味。听李老谈艺术是一种享受,有一种别样的精彩。

苦禅先生聊得高兴,转身拿出一个用报纸封好的大轴,用剪子拆开,是一幅偌大的狂草书法,写着“黄河之水天上来,奔流到海不复回。太白诗句,癸丑夏月,苦禅”。

他边拆边说,这幅字"文革"前在日本展出过,今天亮给你们看看,说着用撑画杆把这幅字挂在了墙壁上。

"真有翻江倒海之势,笔墨风骨恰似狂风摇劲松,观之令人惊叹不已。"我情不自禁地叫了起来。

苦禅先生谦虚地说:"我不会写字,我是画字。要说狂草,那还得是毛主席写得好,他的字那才叫狂到了无法之境界。毛主席了不起,他的诗词境界高深,意蕴无穷,气势磅礴;他的字随意而行,走笔似蛟龙腾舞,行云流水,那才是真正的大家呀!"

他坐在字画前的藤椅上继续说着自己的往事:"年轻时,我与毛泽东是北大的同学,后来他当了国家主席,我教书当了画家。解放后,徐悲鸿院长让我到北京中央美术学院教书。那时生活不宽裕,一次山东老家的朋友来京看我,我怎么也得请老家朋友吃顿饭啊,可是没钱,我只好拿了件尚好的袍子到宝禅寺去当卖,但也没卖出价钱,只好拿回来了。当时我心里很不是滋味,当了教授,还请不起朋友一顿饭。怎么办?我想到了毛主席,我跟他是同学呀,于是就想给他写封信。我在写信前还喝了二两酒,为的是借着酒劲儿壮胆。我用狂草写道:毛主席,现在解放了,我应徐悲鸿院长之邀来中央美术学院当教授,我要多教些学生为新中国服务……写了半天也没入题。入啥题?生活困难,请毛主席帮忙呀!但这话就是张不开口,要知道,知识分子张口跟人要钱是件很不容易的事。于是我又二两酒下肚,趁着酒劲儿,终于写上了这样几句:教学事宜一切尚好,只是本人生活有些拮据。话说到此,下面不知如何写才好,于是草草收笔。最后写了敬祝毛主席健康之类的话,落上我的名字:北大老同学李苦禅敬上,以及年月日。封好后,我趁酒劲儿尚在就把信发走了。没过几天的一个下午,徐悲鸿院长叫我到他办公室,徐院长上下打量我半天,一脸严肃地说:'怎么搞的,给毛主席写信也不跟我打个招呼,看你给毛主席的信在这儿呢!'我一看,哟,我写给毛主席的那封信怎么放在徐院长桌子上了。我解释道:'我向老同学反映点个人的事,如果跟您打招呼说向毛泽东诉苦,您肯定不会让我写的。'徐院长说:'得,毛主席在你的信上有批示:请徐悲鸿院长帮助解决李苦禅的生活困难。'从那以后,我每月薪俸增加了 400 斤小米。"

一幅狂草引出了一段李老与毛主席之间同学情谊的故事。

李老讲得绘声绘色,我们听得津津有味,他高兴得似童心再现,一点看不出当时还是"批黑画"的对象。苦禅,苦禅!从苦禅过来的人,何惧"苦"字。

《松鹰图》是李苦禅先生的代表作,当年在电影学院李老用此画为我们作示范。他画的松和鹰苍劲有力,笔墨刚柔相济,气韵生动,画面气势磅礴,充满生机。

这次去看望李老,他把大幅《松鹰图》展开挂在墙上让我们欣赏。原本是去安慰老人家的,结果自己大饱眼福,得到如此热情的招待,真是平生难忘的幸事。

这幅八尺大画也在日本展出过。画中三只雄鹰站在山巅傲视远方，近处松柏交错，置于画的左下方。观之令人激动不已。我问道："李先生，画这么大的画，您是从哪一笔下手的，最后又是在哪儿收拾的？"

李老坐在藤椅上，喝着茶，目光透过镜片落在我身上，深邃又慈祥。我想，这片刻的停顿是苦禅先生在想如何以更好的表达方式来满足后生的求知欲吧。

他说道："一个画家在作画前，好比是一个大将军在指挥一场大的战争。你的胸中要有百万雄兵那般气势，当你站在高山顶上，骑着一匹高头大马俯视眼前这块地盘，即使方圆几十里，仍觉得太小。大画家要有大将军那样的博大心胸，这时再回头看这张画纸，你就会感到面积太小，似乎不够用。这时'气'就来了，画出的画才会有大的气度，画家的心境要大才行。"

李老没告诉我应该先从哪一笔画起，但他的话令我茅塞顿开。一个画家的心胸气度对一幅画的成功与否起着巨大的作用，这比由哪一笔下手更重要。他平和而朴实的讲述，恰恰告诉我在心灵中占据制高点的重要性。这对我后来从事电影创作，以及拍摄时处理千军万马的大场面均很有启迪。

李老还谈及画面中留白的重要性。他认为"白"是种境界，里面藏着更丰富的内容，空白能让人有无限的想象，有以一当十之效。在拍电影时也应当留有余地和空间，要有虚实对比，这如同画中留白。

我庆幸自己在后来的艺术道路上，能把对美术造型的领悟用于电影创作的实践中。譬如,我与肖桂云联合导演的《佩剑将军》,在处理最后的场面时,对美术师一开始选的几处场景都不满意,我认为影片尾声需要营造大场面,要有为淮海战役拉开序幕的宏大气势。于是我亲自采景,最后确定在距徐州一百多里的邳县的大沙河进行拍摄,还调动了一万五千人参与其中,拍出了波澜壮阔的历史场面,这正是李苦禅大师给我的启迪。后来,我们拍摄的多部重大革命历史题材影片,如《开国大典》《决战之后》《重庆谈判》《七七事变》等,也是按照苦禅大师的指点——要有大将军的气度与心胸来完成的。

那天,李老在谈得兴奋时,提笔画了一幅《秋味图》送给我,画中有两棵白菜、三只大蟹,题款写"秋味,前宽同志",并在落款"苦禅"二字后端端正正地盖上了一方印。我一再表示感谢,李老挥手道:"客气了,要说谢,我应该谢你们才是,眼下正是'批黑画'之时,谁敢来看望我,胆子也忒大了,我今天高兴呀……"

20 世纪 70 年代,我们一家三口住在长影仅有 9.6 平方米的斗室之中,就像火车卧铺一样,简陋而拥挤。斗室墙上端端正正地挂着李苦禅先生的《秋味图》,为这间小屋增色不少。来客看到我居然有苦禅大师的亲笔画作,甚为羡慕。如今,每每看到这幅画,都让我想到苦禅先生,想到他的教诲。

一天,吉林艺术学院美术系闫祝石老师来我家,见墙上挂着苦禅先生的大作,吃惊地说:"我们在美院寒窗苦读五年也没得到李先生的画作，你一个电影学院的学生竟有他亲笔相赠的大作，真够有福气的。"他接着说："前宽，如阁下不介意，我把苦禅这幅画拿回艺术学院，让专人装裱，条件是裱后挂在我那儿一个星期，让我和学生们也饱饱眼福，李苦禅可是我崇拜的大家呀！"我同意了。双方各取所需。

不论我在长春还是北京，这幅永远的"秋味"一直与我相伴。1983年，李苦禅先生仙逝，当时我正在山东黄河入海处拍摄《黄河之滨》。噩耗传来，我万分悲痛，中国画坛一颗巨星陨落，这是巨大的损失。他的追悼会是在全国政协礼堂举行的，党和国家领导人都去了，李苦禅先生卓越的艺术成就得到了党和人民的肯定。按李先生的遗嘱，其全部作品献给国家。山东家乡人民更为苦禅先生感到骄傲和自豪，斥巨资建立了李苦禅纪念馆，供后人观赏。这应了一个千古不变的真理——你心里装着人民，人民心中必然有你。李苦禅先生始终不忘自己是穷苦人，常为穷苦人打抱不平，在民族危难之时，他始终站在争取光明的前沿，成为革命的文化人，为民族解放贡献力量。他是大画家，却从不自傲，他心胸博大，具有人格魅力，令人敬仰。他的大作很"绝"，受到海内外的青睐。细想李苦禅先生不正是一位具有"绝"活儿的艺术大家吗？

1985年10月20日

从军统特务到政协委员

——沈醉印象

在很长时间里,沈醉这个名字总是与国民党军统特务头子戴笠联系在一起。他是戴笠手下的得力干将,想象中,这个人的形象应该与电影里那些心狠手辣的特务一样。

20世纪80年代末,拍摄电影《开国大典》和《决战之后》两部大片时,我查阅了大量关于沈醉的资料,后来又亲自接触沈醉,为的是在银幕上尽可能真实而立体地再现这个人物形象。

初次与沈醉先生相见,是全国政协安排的,地点在白塔寺全国政协后院一座普通的三层居民楼内。他看上去有七旬的样子,精神很好,高高的个子,戴一副银丝眼镜,一脸文人气,像个大学教授。我们的谈话开门见山,围绕我拍的影片展开,主要听他对国民党军统特务头子戴笠和毛人凤的介绍,包括1949年他奉军统局长毛人凤指派在南京企图暗杀李宗仁的有关历史。他一一做了介绍,内容与我此前看他写的《我所知道的戴笠》一书差不多。当然,对我所说的有违历史真实的内容,他也做了纠正:"1949年,老蒋还指望代总统李宗仁在面上支撑半壁江山呢,我接到的任务是让下属监视李宗仁的行踪,仅此而已。"我相信他的话是真实的。由于沈醉这个人物在影片《开国大典》中的戏份不多(只有一场戏),我们就没有多聊。

后来与沈醉频繁接触,是因为我们要拍摄《决战之后》,该片讲述新中国成立初期在北京功德林战犯管理所改造国民党高级战犯的事。沈醉是其中比较重要的人物,戏份很多,我们自然要了解更多关于他的历史。经过多次交谈,我对沈醉有了较全面的认识。

沈醉生于1914年,湖南湘潭人,与毛泽东是同乡。还有一位与沈醉同乡的是国民党陆军中将文强,他早期是中共党员,后来投靠了蒋介石,从此改变了人生道路。同是乡里乡亲,因人生道路不同,而导致截然不同的结局。1932年,沈醉由姐夫介绍加入国民党复兴社特务处。抗战前,长期在上海从事特务活动,深得军统局"戴老板"信任。他精明干练,在军统局有"年纪小、资格老"的干才之称,很快升为军统局总务处少将处长。1947年起,他先后任国防部保密局云南站站长、国防部少将专员、云南专员公署主任、中将游击司令。1949年12月,云南省主席卢汉宣布起义,沈醉书面号召所有在云南的部属服从卢汉的命令,停止一切特务活动,交出武器和通讯器材。1950 年 3 月,人民解放军进驻昆明后,卢汉把沈醉等当作要犯移交给昆明军管会。后来,沈醉被转移到北京战犯管理所,直至 1960 年 12 月 28 日获得特赦,是第二批特赦人员中唯一的军统要员。在周恩来总理的安排下,他与中华民国军政委员杜聿明、宋希濂、王耀武、陈长捷和末代皇帝爱新觉罗·溥仪一起任全国政协资料委员会文史专员。1980 年,经调查证实,沈醉当年在卢汉通电全国的起义书上签了字,是立过功的起义将领,从此他的身份由战犯变为起义有功的将领,享受副部级待遇。1981 年,在全国政协第五届常委会第六次会议上,沈醉被增补为全国政协委员,后历任第六、七、八届全国政协委员。

　　沈醉一生跌宕起伏,充满了传奇色彩,甚至还有很多"未解之谜"。他有一身好武功,行走各地总是拐杖不离身,根本用不着其他防身武器。步入晚年的他,吃核桃从不用锤子,用手一捏核桃就裂开了。他身为军统高层人物,却无官场恶习,不打牌,不喝酒,不抽烟,不玩女人,虽有将军职衔却没有官架子,气质儒雅,虽长期被关押在监狱,却看不出有沧桑和老迈之感。我在任何场合见到他,他都会热情地打招呼,言笑得体,是一个典型的内心情感丰厚、外表含而不露的人。

　　1991 年元月,由安全部主抓、西安电影制片厂出品的影片《决战之后》,在人民大会堂北大厅二楼《江山如此多娇》巨幅名画前举行了隆重的开机仪式。公安部、安全部主要领导凌云、贾春旺、胡绍普、王富中,广电部部长孙家正,副部长田聪明、赵实,国家电影局局长滕进贤等到场参加。摄制组全体主创人员和已化好妆的演员早已来到现场,最有意思的是,当年功德林战犯管理所所长姚云和他管理的战犯沈醉、文强也同时出现在现场。姚所长与沈、文两位先生多年未见,这次在人民大会堂相见,仿佛是老朋友久别后的相逢,显得格外亲热,相互致以问候。

我将扮演沈醉的演员介绍给沈醉,他端详了许久,拍了拍演员的肩膀说:"很帅气哟!"我又把扮演文强的演员葛优拉到文强面前,他笑道:"你可比我漂亮多了!"我笑言:"迄今为止,我还是第一次听人夸葛优漂亮,他哪一点比你漂亮呀? 葛优的优点是有特点,让人过目不忘。"在场的人都笑了,葛优摸着自己的光头笑而不语。

开机仪式上拍的戏是1960年周恩来总理、陈毅外长在人民大会堂会见并宴请二战时期英国名将蒙哥马利元帅,杜聿明以全国政协常委的身份作陪,并与陈毅、蒙哥马利有一场精彩对话。在场的人看了演员精彩的表演,都为之欣喜,大呼过瘾。

沈醉和文强为能在人民大会堂参加这个活动而格外高兴,他们一再向导演表示:"黄济人先生写的《将军决战岂止在战场》我们拜读过,影响很大,你们拍成电影将会让更多的观众在银幕上看到在那段岁月里,我们这些战犯的真实生活。你别看我们现在像个慈祥的老大爷,当初可是凶煞得很,看谁不顺眼,一个眼神过去,那个人就永远消失了……这些要是演出来，一定会很有意思很好看的，也会有教育意义。"

　　筹备《决战之后》这部电影时，我曾采访功德林战犯管理所所长姚云，他介绍了战犯们刚进管理所时的情景。当时，这些国民党高级战犯不服气，有怨气和抵触情绪，在劳动改造中，什么都不会做。这时他的儿子插话说："我们家住在功德林院里，一次沈醉、曾扩清、邱行湘那些战犯，拎着杀猪刀追赶一头猪，结果这头猪跑到我家院内，弄得人仰马翻，他们根本不会杀猪。"听到这里，我顿感这是一场好戏，形象且有情景。后来，拍摄影片时我就安排了类似的场景。在"功德林"里改造过的人看后赞不绝口，都说这戏演绝了，既好看，又真实地反映了当时的情况。

　　采访沈醉时，他坦诚地说，军统行动不在于大造声势，而是强调不声不响地进行。他说："我们平常都挺文雅，甚至还面带笑容，挺像君子的。但在执行任务时，只要认准谁，没有能活到第二天的，我带领的军统行动队就是干这个的。"他还介绍自己在"功德林"时每天在操场带领全体战犯做早操、跑步等事。这些素材，均在电影里得到体现。沈醉看后大呼"太像了"。

　　重庆歌乐山白公馆和渣滓洞对沈醉来说是很熟悉的，解放初，他和徐远举等国民党战犯被关押在这里。我们把国民党战犯徐远举深夜欲用凳子砸死沈醉的这场戏，安排在白公馆二楼北侧的屋子里，沈醉看后惊呼："天啊，我当时正是被关押在这间屋子，我的床正靠窗户，你们拍得太

真实了,好像你们亲眼看到徐远举怎么暗害我一样,你们
真是天才呀!"

　　正是因为在拍摄前做了大量的案头研究与采访工作,
我们才对《决战之后》有了更好的把握。

　　1991年,我去沈醉府上拜访,又聊起曾经的事,他深
有感触地说:"我这辈子干了许多对不起人民的事,关键
时刻我选择了投奔共产党。我在新中国的监狱里被关押
挺长时间,那是对我前半生的惩罚,是罪有应得,我心甘情
愿。我回到人民的队伍里,共产党待我不薄,把我当人看
待,特别是得到周恩来总理的关照,后来我还当了全国政
协委员参政议政,这是看得起咱,人得懂得知恩感恩,现在
我在北京生活得很好,这不,刚刚从郊外钓鱼回来,汽车是
孩子为我准备的,一大家子人很幸福。我沈醉在新中国成
了新人,过上了新生活,足矣!"

　　我说:"我要谢谢您几次向我介绍军统里的那么多故
事,也听了您的亲身经历,这对我们影片的创作十分有益。
许多细节都反映在影片里了,我要向您老表示诚挚的
感谢!"

　　沈醉特别为我和肖桂云写了一幅书法作品:"前折蟾
宫桂,云开天地宽。九一年秋沈醉题。"笔力苍劲挺拔,以
藏头诗的形式,把我们俩的名字放在其中,寓意夫妻珠联
璧合,相得益彰。见此绝妙而洒脱的题字,我十分高兴,对
他表示了谢意。

　　1996年3月18日,沈醉先生因肺癌医治无效,病逝

于北京，享年 82 岁。一个历尽人世沧桑、命运跌宕起伏的传奇人物走了，他的功过已有定论，他在政协资料库中留下了诸多文字，定会对后人多有启示和借鉴。

1996 年 5 月

《黄氏圈论》与黄传贵其人

一个人能力有大小之别,水平有高低之分,为社会、为国家和人民所做的贡献也有不同。三百六十行,行行出状元,各行各业的人凝聚在一起才能创造奇迹,推动人类文明发展。

黄传贵是我国民族民间医药学的开拓者,他在推动中国民族民间医药学发展,传承中国传统医药学方面有着开创性的贡献。多年来,他以一种难能可贵的执着精神,不断整理发掘黄家医圈理论,始终如一地坚持实践,使海内外四十余万名患者受益。他把中华民族传统医药学和现代医药学、东西方医学之精华相结合,并为此付出不懈努力。他精心培育出一批又一批民族民间医药工作者,黄家医圈的医疗门诊遍及全球,黄传贵本人的巡诊足迹也遍及华夏大地。他是一个为推广民族民间医药学痴情忘我的人。他付出的努力也换来无数光环,然而他从不满足,像一头永不疲倦的黄牛,一直砥砺前行。

　　我与黄传贵多日不见,这次在北京相聚,他又完成了一部新的医学理论专著《黄氏圈论》,用黄传贵自己的话说:"将这部世传的《黄氏圈论》中对现代社会有启迪的部分整理成文并公之于众,变家宝为国宝,变家传为国传,为中华民族的健康事业服务,是我终生的夙愿。"这高尚而伟大的情怀,是何等的境界!我注意到他在说《黄氏圈论》这部书时欣喜的神情,可想而知他为此耕耘了多少个日日夜夜,我真诚地向他表示祝贺。

　　我与黄传贵相识于1996年我和肖桂云应邀执导二十集电视连续剧《黄家医圈》。在云南昆明南疆医院新落成的大楼前,他给我的第一印象是地道的中国军人,全身仿佛有用不完的劲儿,豪爽热情,敢说敢为,从不畏惧。后来我们知道了他的身世和独特的人生经历。他是从大药山走出来的大山之子,上苍好像是特意让他来到这个世界,用大山里的草药造福于人的。他的母亲是民间医生,治愈了许多稀奇古怪的病,一生服务于乡亲,老人家去世时,赶来送行的人浩浩荡荡,蜿蜒在山间,像一条长龙,很是壮观。他自小在世代相传的黄家医圈家庭里受到启迪与熏陶,先辈的教导与其特有的天赋使他四岁时就能背诵上千个处方和秘诀。云南层峦叠嶂的大药山,不知生长着多少草药,那里的人被大山养育,得福于大山,真可谓"山灵人杰"。幼小的黄传贵正是在大药山感悟着为民谋福的真谛。他自幼能识山认草,能从万物丛生的大山里寻出瑰宝。大山铸就了他淳朴憨厚的性格,他是遇到任何风雨都不会倒下的硬汉子。

电视剧《黄家医圈》播出后，在社会上引起了广泛反响，不少观众为黄传贵民族民间医药传人的身份和人格魅力所感动。

作为从事文艺创作的人，我的思维更偏向于情感与个性，对医药专业的深层理论似懂非懂，可以说是医药学方面的门外汉。拍摄过程中，我真切地感受到黄传贵身上独特的魅力。他高明的医术和真诚的为人，赢得了千万患者的敬仰。

黄传贵是大孝子，他最大的孝是以超凡的毅力把祖辈世世代代的口传秘宝——"黄家医圈"传承下来，并发扬光大。"黄家医圈"传到他这一代时，正值国运昌盛，改革开放，民族与国家的发展呈现出空前的朝气与活力，这位大山之子也充满活力，朝气蓬勃，把医药送到大江南北、长城内外，把黄家先祖的智慧瑰宝送给自己的民族，同时也走出国门让世界了解中华民族民间医药的无穷魅力。这是大德大孝，想必黄家先人在天之灵也会因黄氏家族有这样一个好后生而感到欣慰。

我们拍电视剧《黄家医圈》时，结束在云南的拍摄后，转至泰国首都曼谷继续拍摄。刚走下飞机，闻名泰国的"帕他那雄"集团的"奔驰600"汽车已在停机坪等候，一位中年女老板把黄传贵和我们两位导演请上了车。

在接风的晚宴上，这位女老板主动而真诚地希望剧中她的这一角色不要找演员了，就请美丽而大气的肖桂云导演来扮演。黄传贵当即高兴地说:"由肖大姐来扮演,再合适不过了。"

在曼谷的拍摄是顺利的,天气比人们的热情还热。后来我们得知,集团的掌门人即女老板的先生患癌症后,让黄传贵治得很有成效,如按黄传贵的疗法,再有两三年即可治好,但他没有坚持用药,而是换了别的药剂,病情迅速恶化,在弥留之际他留下遗嘱:"让黄家医圈在泰国落户,让更多人受益。"于是,在曼谷建立了黄家医圈医疗机构,新、马、泰等国前来治病的人特别多。拍摄期间,我们真切地感受到了黄传贵在泰国的巨大影响。

黄传贵是全国政协委员,每年两会期间,我们必在人民大会堂相见,经过介绍,许多委员也向他求诊。他的手只要往手腕上一搭,片刻就能说出诊断结果,并给出治疗建议,常常把问诊的人惊得目瞪口呆。

一次黄传贵来北京,我正住在新疆驻京办事处,他来看我,同我在一起的还有中共新疆维吾尔自治区党委副书记栗寿山,此前我向栗书记介绍了黄传贵看病之神。栗书记笑道:"有这么神吗?"我请黄传贵为栗书记看看,他先为栗书记号脉,又看了看舌苔,片刻后面带微笑地说:"老首长的身体要注意几点:您的肝和肠胃有问题;您的腰背有硬伤且是陈旧型的,逢阴天下雨时您的腰患处会有反应,这无大碍,但您的肝问题不容小视呀。"话说到此,只见栗书记笑眯眯的双眼睁得很大:"哎呀,你真的神了!"说着站起来,把后背露出来,只见腰上有一巴掌大的伤疤,他激动地告诉我们："这是我在南疆当骑兵团团长时摔的,留下了伤残。您说的不假,我的肝有问题,正在陆军总医院治疗。"

黄传贵对我和肖桂云的健康状况十分关心,每次见面总要为我俩号脉,还希望我们到他家多住些时日。

在大千世界里,人与人有缘,天南海北也会在一起相聚,这是一种福分。

1998 年 5 月

与相声大师侯宝林的忘年交

年少时，我特喜欢听侯宝林的相声。那时，相声都要从"戏匣子"里听，每周六、日准有侯宝林和郭启儒的相声，还有马三立、刘宝瑞的单口相声。这些相声名家的段子令我着迷，像《夜行记》《买猴》《关公战秦琼》《戏剧与方言》等，我几乎能背下来。

我特别爱笑，也许是潜移默化中受侯宝林相声的影响吧。我还喜欢模仿，常把听到的精彩小段讲给周围的小朋友或者妈妈，把他们逗得哈哈大笑。妈妈性格爽直乐观，我讲《买猴》，妈妈"嘿嘿"地乐："我看你就像《买猴》里的那个马马虎虎、大大咧咧、嘻嘻哈哈的马大哈。"我从妈妈身上感受到许多美好的品格，乐观地面对困难就是其中之一。

我家子女挺多，妈妈对我多少有些偏爱，虽然生活拮据，只要我喜欢做的事，妈妈总是尽量满足，比如要几毛钱看戏、看电影，她宁可在别处省，也不会让我失望。记得我看大连话剧团演出的话剧《雷雨》后,把剧情讲给妈妈听,她直流眼泪,隔些日子想起来还难过不已,对我说:"你说鲁妈命多苦呀……"从那以后,我就不讲悲剧了,尽量讲让妈妈高兴的相声段子。

小时候我因模仿邻居家口吃的孩子落下个口吃的毛病,爸爸一个大嘴巴让我下决心改掉这个毛病。讲段子锻炼了我的记忆力和语言表达能力。1954年,我中学二年级时,便与班上同学一起说相声,还参加了学校组织的宣传爱国卫生教育活动,这是我第一次在大街上参加社会公益演出。

从说相声时的收放自如到在电影《方珍珠》里的表演,侯老都给我留下了极深的印象。他那双小小的眼睛,翘起的大鼻头,一张富有表现力的嘴,让人一看就想笑,真是天生一副喜剧演员的长相。

上学时,我就对绘画、音乐和表演十分感兴趣,乐于参加一些校外活动。我还是学校里的文艺骨干,常代表学校参加市里的文艺活动。市工人文化宫举办的文艺训练班、读书报告会、音乐欣赏会,哪一样也落不下我。

1959年金秋,我考上了北京电影学院。首都丰富的文化艺术生活给了我极大的滋养。一天,学院请相声大师侯宝林来为全院师生讲课,那天学院的小礼堂座无虚席。

电影学院学生和教员加起来不到五百人,往常听报告时,大家基本按系和班相对集中而坐,我常常坐在礼堂中后方的过道旁,这样进出比较方便。然而,这次听侯宝林讲座,我抢占了第一排中间的位置,希望能近距离目睹这位相声大师的风采。

侯宝林一上场就给大家逗乐了:"我小学还没上完,到大学来讲课,这不难为人吗?"一片笑声后,他开始进入正题:"我是穷苦人家的孩子,从小跟师傅学京剧,给师傅端尿壶,倒痰盂,早早起来到皇城根吊嗓子,吃的是粗茶淡饭,挨骂受气也得忍着,为的是从师傅那里学到技能。"侯宝林的语言风格是把看起来很平常的内容,表述得格外有意思,同时也令我感到大多有成就的艺术家都是在穷苦岁月中练就的,条件越差,越能激发人去拼搏,去努力,不付出艰苦的代价,绝换不来有益的成果。

侯宝林讲到穿衣戴帽的学问,说:"为什么您一看就知道我是大学教授? 因为我上衣兜里插着两支钢笔,多有学问呀! 如果我再插上两支,那就没学问了,变成修理钢笔的了。这就是分寸。分寸对艺术很重要,分寸过了,适得其反。"他深入浅出的讲解、精彩的比喻,让我们在笑声中悟出艺术的真谛。他结合发音、用气、表演,连说带唱地讲着对生活的观察、理解与表现,三小时的讲座令我受益颇多。

我与侯宝林大师有直接接触并合作是在 1974 年底,当时我参与筹备一部"反修"题材的故事片《熊迹》,我做第一副导演,导演是赵心水。然而,我在北京选演员时遇到了很多困难。当时,为纪念红军长征胜利 40 周年,总政话剧团演的《万水千山》轰动一时,我认为剧中扮演团长的老演员梁玉儒气质好，戏也好，是一位很棒的表演艺术家，很适合在《熊迹》中出演重要角色。但问题是，总政规定《万水千山》剧组的人与事要由将军作家陈其通决定。

那时，我住在北京火车站对面西总布胡同公安部的招待所。王所长对我说："解放初期，冯玉祥的夫人李德全住这个四合院，后来成为李济深的住宅，'文革'前李宗仁住在这儿，几年前改成了公安部招待所。1974年初抓捕的'苏修'间谍李洪枢被秘密关押在这里。现在为拍这部反映抓苏联间谍的电影，把你李前宽导演安排在这里。"我听后笑着说："嘿，不论什么时候，都是老李家的人住进来，这里应叫'李家会馆'才对呀。"我住的302房间，曾是李宗仁的卧室，很宽敞，大阳台，当时成了我选演员的工作室。

一天，上海戏剧学院一个叫陈咪咪的演员来找我，交谈中我得知她是陈其通将军的女儿。她谈到"文革"期间自己的父亲被打倒，整天闷闷不乐，只有侯宝林常与他来往，常常把老头儿逗得忘了自己是"黑帮"，开心得回家能多吃一碗米饭。后来家里人知道，只要陈将军食欲好，准是刚刚见到了侯宝林。如果食欲不佳时，陈将军妻子就要说："该见见侯宝林啦！"这时我想，如果能请侯宝林先生帮忙，让陈将军为梁玉儒开绿灯岂不更好。事也凑巧，《熊迹》选定的另一位老演员是江苏省话剧团的台柱子申良，他在1942年曾跟侯宝林在天津同台演话剧，二人是多年的艺友。

　　侯宝林住在离北海后门不远的一个大杂院内。那天，侯宝林夫妇热情地招待我们，品茶叙旧。侯宝林笑眯眯地看着我，真诚又热情。我说道："侯先生，您不认识我，但我认识您。'文革'前您在电影学院给我们上过大课，您精彩的演讲让全院师生深受启发，给大家的印象极深。"侯先生笑道："那是大家鼓励我，我心里清楚，我在电影学院师生面前能讲什么呢，就像在圣人面前卖《百家姓》，我更不懂电影，在电影最高学府授课，真是让你们见笑了……"

　　我听后说："'文革'期间您还常跟总政的陈其通将军一起逗乐。"

　　侯宝林回应道："嘿！我们这些'反动权威''黑帮分子'，也得找乐子，我爱说，他们爱听，然后大家都快乐，这也有利于身心健康。"

　　和我一起前去的申良忙说："我们导演相中了总政的老演员梁玉儒。"

　　侯宝林说："我看过他的戏，那可是好演员。"

　　我说："我们想让他在影片中扮演一个隐藏很深的大特务，是申良扮演的披着医生外衣的特务的上司。听说'借'他要一个人拍板，就是陈其通。我们想请您帮忙说句话。"

　　申良说："侯大哥，您跟陈其通有深交，劳驾您帮忙说一说，让梁玉儒参演，这也是对长影剧组的支持。"

　　侯宝林收起笑容，说："我很欣赏梁玉儒的戏，这个忙我帮。我先跟陈其通打个招呼，就说我与李前宽导演要去他家坐坐。你们等我话吧。"

一个周日的早上，申良来电话说侯宝林已与陈其通约好下午3点见面。我两点半提前赶到新街口外总政排练场的大牌子下。不久，侯宝林骑着一辆黑色自行车，穿着一件藏青色的中式制服来了。我见他骑着这辆"二八"老式旧自行车就乐了，说："侯老师，这辆就是您在《夜行记》里那辆除铃铛不响其他地方都响的自行车吧。"侯宝林也乐了："嘿，这不现在生活水平提高了，我骑的这辆车也得提高不是，这车特别听使唤，要停下来，我一伸腿就行，车座高度还没我腿长，安全可靠。只是没有车铃，但我骑得并不快，有情况我'嘿'这么一吆喝，比铃铛还管用。好，不研究车了，咱们去陈爷家。"

陈其通的住宅是个很讲究的四合院。侯宝林带我来到客厅，陈其通与夫人热情地迎接了我们。陈老将军满头白发，一口四川口音，粗声大嗓，与侯宝林见面后笑声连连。

侯宝林突然说："将军何时带兄弟去'万水千山'一趟？"陈其通说："去啥子'万水千山'啊，老子爬不动了。"侯宝林说："那什么时候兄弟陪您再看看您的《万水千山》？"陈其通醒悟过来，乐着说："要得啊，现在不演了，等演出时，想看戏那还不简单。"

侯宝林步入正题，说："在《万水千山》中扮演团长的老演员梁玉儒被长影相中了，准备让他参加一部'反修'

题材的电影叫《熊迹》。这位李前宽就是长影的青年导演,前宽同志您来说说。"

我还未开口,已敏锐地发现陈其通脸上立刻严肃起来,屋子里的气氛跟此前截然不同。在这个当口向他提出借人是不太好开口的,我心里已经明白了他对此事的态度,但事已至此,非说不行了。

我说道:"这次筹备的戏是周总理交给的任务……"我深知搞文艺的老同志,对周总理有特殊的情感,因此张口就先把这层关系说了出来。侯宝林还不时插话道:"人家长影也是大厂、老厂,听前宽说,这部戏的许多戏份都是在北京拍,不会影响咱们总政《万水千山》演出的,而且听说每个角色都有 A、B、C、D 角,要多培养青年人,老梁扮演的这个老团长在舞台上岁数也大了点……"侯宝林的这番话,令我十分感动,相声大师真是煞费苦心地帮我借演员。

我们没有什么新词能打动这位严肃的将军,陈夫人很快到里屋休息去了。还是侯宝林打破了这尴尬的气氛:"嫂夫人身体欠佳,今天我们就不久坐了,什么时候咱们一块再去郊外钓鱼,开开心,多约几个老朋友一起玩,关于长影借老梁的事,您看……"显然,下面的话侯先生是让陈其通来说。

陈其通强作笑容:"晓得了,关于梁玉儒拍电影的事,我跟团里研究一下再说吧。"没有更多的客套,我们握手言别。

　　我与侯宝林走出院门,预感这件事不那么简单,我说:"侯老师,您该做的都做到了,够给面子的了,我代表长影剧组谢谢您,借老梁的事怕是'悬'。"侯先生说:"小李,你先别急,他不是说跟团里研究一下吗,再等两天,等他们研究期间,我再单独来攻关。"听了这话,我深深感受到这位相声大师的真诚。

　　一天,侯宝林先生打来电话,说他准备去陈其通将军家再做一次努力。我说那就拜托侯先生啦。

　　第二天,我和侯先生相约在北海后门见面,因为这儿离侯先生家近。他依然蹬着那辆自行车,只是表情少了往日的乐观和幽默,见到我,他满怀歉意地说:"小李,我没能帮上忙,借演员的事难啦!"我问:"陈其通没有表态?"侯先生笑了笑,说:"小李别问了,反正这事我没给你办好。""办成办不成我都要感谢您,这事让您劳神了,谢谢您!"说完我向侯先生鞠了一躬。

　　1991年,我为中央电视台《综艺大观》排练小品节目《毛泽东与侯宝林》。之所以请我当导演,因为我导过电影《开国大典》,能较好地把握毛主席的戏份,铁道文工团原团长焦乃积是这个小品的艺术顾问,他力荐我做导演。编这个小品的初衷很有意思,当年毛主席经常请侯宝林到中南海说相声,说着说着,毛主席也情不自禁地跟侯宝林说起相声来,可见开国领袖与艺术家相处得多么融洽。

　　小品中古月扮演毛主席,扮演侯宝林的则是他的儿子、著名相声演员侯耀文。在排练期间,耀文陪我看望了侯先生。拜访久违的相声大师，既是我的心愿，又是工作需要，我的心情格外不平静。北海后门一别，转眼十五六年过去了。当年为借演员，我到后海一座大杂院拜访侯先生，这次则是到部长楼拜访。居住在这里的，均是部长级干部，如陈荒煤、丁峤，还有文艺界知名前辈江丰、常书鸿、谢铁骊等，可见党和国家对德高望重的艺术家的尊重。

　　然而，这次见面却和十五六年前不同了。那时屋子虽小，侯先生却十分有朝气，六十岁了还骑自行车满大街逛，现在房子大了，侯先生却老了。他端坐在沙发上，形象令我吃惊、难过，整个人"缩"了好几圈，侯先生因患癌，做了大手术，原本一百一十斤的体重，现在不足六十斤了。他戴着一顶棕色油布做的帽子，穿一件中式对襟灰白色上衣，衣袖往上卷，露出白色内衣。我以往一见他就想笑，而这次见面心中却十分酸楚。他的头脑依旧那么清醒，但观众再也不能在舞台上见到他的风采了，想到这就更让人难过了。

　　侯先生病重期间和术后本来是不见客、不接受采访的，但知道是我要在央视排一台毛主席与侯宝林在中南海说相声的戏，很是兴奋。

　　我们会面的时间不长。其实，我不指望侯先生能说出多少故事，就是希望通过这个机会见他一面。人的思维是很奇怪的，原本上次分别后，我每次来京都想拜访侯先生，但没有什么特别需求还真不好意思打扰大师。一晃十几年过去了。在得知侯先生患病后，我求见之情格外急切，中央电视台派摄影师记录了这次会面的情景,这也是侯宝林人生最后的影像。

会面时,对于十五年前他帮我借演员之事,我再次表达了谢意。他笑了笑说:"电影我看了,没有老梁演是憾事,我没帮上忙……"他的记忆力是何等的好。我说:"在拍电影《瞬间》时,我把梁玉儒借来了,他演得很好。"接着,我询问了侯先生在中南海为毛泽东说相声的往事。他兴奋地说:"那时候差不多每个礼拜天都去中南海为主席说相声。毛主席学识渊博,他听了《关公战秦琼》,格外高兴。完全不是一个朝代的人愣在一起打仗,想想就好笑。"最后,侯宝林大师还通过电视台向广大观众表达了问候。

小品《毛泽东与侯宝林》播出后很受观众欢迎,也算我对侯先生的回报。侯宝林大师以他的才华为人们带来了欢乐,每每在电视和广播中欣赏他的表演,都能让人感受到他的诙谐与幽默。

遗憾的是,《毛泽东与侯宝林》播出不久,相声大师侯宝林先生便驾鹤西去,人们无不感到悲痛。让侯大师感到欣慰的是,他的儿子侯耀文和侯耀华在相声界和文艺界都很出色,做到了子承父业。

在中国相声界,侯宝林先生是名副其实的相声大师,他出身于旧社会的最底层,一路在坎坷中前行,以自身的天赋和勤奋,练就了一副好嗓子。在相声说、学、逗、唱四门功课中,侯先生的唱功是一流的,这得益于他年少时跟师傅学习京剧,每天早晨在北京城墙根儿吊嗓子,他声音洪亮,音域宽广,学青衣、花旦、老生都很到位。他的语言功夫,加上对生活的细致观察、理解与表达,使其相声给人以艺术的享受。

侯先生在舞台上的表演不像有些相声演员那样,观众还没乐,自己先乐起来,观众不乐时,他恨不得从台上跳到观众席咯吱大家。侯先生往台上一站,自信、轻松、潇洒,有一种独特的魅力和气场,观众翘首以盼,就想尽情欣赏他的表演。他表演时的节奏和动作都十分得体,这是多年练就的成果,不愧是一位成就卓著的相声大师。

侯耀华和侯耀文在文艺圈里也很活跃。多年的春晚和大型演出均有他们的精彩表演。他们在说、学、逗、唱上可谓继承了侯大师的基因,在表演上也显现出了才华。侯耀文在《毛泽东与侯宝林》中扮演的侯宝林可谓形神兼备,他与古月扮演的毛泽东把当年毛主席和侯宝林两人之间的故事演绎得十分到位,受到广大观众的欢迎。

我与侯耀文多次在大型演出中见面。一次,我们在中央电视台参加演出后,他提出希望把侯老的相声人生拍成一部电视剧,想让我来任导演。我欣然答应:"我打小喜欢听相声,重要的是特喜欢听你们老爷子说的相声,侯宝林就是中国相声界的代表,这个戏的导演非我莫属。"耀文高兴地说:"哎,那就这么着,到时候咱再跟李导演合作一部'大玩意儿'!"

2007年夏天,长影著名表演艺术家郭振清的铜像揭幕仪式在天津举行。郭振清是电影《平原游击队》中李向阳的扮演者,在全国家喻户晓。这一大型活动由郭振清的儿子亲自张罗,由天津电视台与中国电影家协会、长影厂、北影厂和中国铁路文工团共同主办。我既代表中国影协,又是长影人,电影界的许多老同志也都前来参加,铁路文工团的侯耀文、侯耀华以及郭德纲等相声界的大腕儿均来捧场。郭振清的孙子还是侯耀文的徒弟。

那天晚上,在天津体育馆举行了大型纪念演出。我和耀文最后登台讲话并演出,他是压轴段子,我清唱《信天游》。在后台,我们俩又聊起拍侯宝林电视剧的事,他希望尽快把这个戏提上日程,拍出一部真实的关于侯宝林的传世作品。我说:"你要想扮演好老爷子,就得减肥,老爷子可比你苗条。你老弟的伙食标准要降下来,要跟你们老爷子一样才是。"耀文笑道:"那是,那是。我一定按李导指示办! 早日把这大活扛下来!"我说:"别急,好菜不怕晚,一定要拿出一部好戏。最好是拍一部电影。"他听后兴奋极了。

那天担任晚会主持的侯耀华在介绍我上场时还特别向观众说:"大导演李前宽跟我们侯家有深厚的情谊,李导跟我们家老爷子是挚友,有忘年的交情,今天能再次在这里与李导同台演出,我十分高兴,掌声有请李前宽导演上场……"

那次演出十分成功。后来我们去吃夜宵,相声界与电影界的演员聊得很开心。席间,我乘酒兴讲了电影界的几个段子,逗得在场相声界同仁捧腹大笑。侯耀文大声嚷道:"李导,等到了北京,我们再请你给说说电影界的一些故事,咱们聊他一个晚上,把你们这些素材提供出来,我们保证你能听到一段精彩的'影坛笑死人不偿命'的好相声。"那天耀文再三表示:"到时候我带几个弟兄悉听李导多'忽悠'出一些好段子来,咱们不见不散!"

不料,回京后的第十二天,忽然传来噩耗,著名相声表演艺术家侯耀文突发心脏病,经抢救无效逝世。这真是晴天霹雳,让人难以置信,我悲痛万分。侯宝林的传人也随父而去,而且去得那么突然,我们的合作还没来得及兑现,就永远地画上了句号。

中国相声界一代大师侯宝林和儿子侯耀文都走了,但他们的音容笑貌、他们的相声永存人间。

2007 年 12 月

"童心老人"荣高棠

敬爱的荣老走了,走得很突然,令人悲痛、难过,又难以置信。我们刚刚向他老人家恭贺九十六大寿。荣老是中国电影基金会的总顾问,一直关心电影的发展,关心基金会的工作。

为荣老祝寿时,我和桂云特意画了《祝寿图》——一篮子大寿桃,装裱在金框里,十分喜庆。我和桂云、江平、张兰代表中国电影基金会将此画献给荣老时,现场一片掌声。老人家接过《祝寿图》,高兴地端详了半天,问道:"前宽,是你画的?"我说:"是呀!是为您这位寿星连夜画的,画出了我们对您的祝福,画出了我们对您的敬爱之情。祝福荣总顾问健康长寿!"

荣老高兴地说:"画得好!谢谢你!"我还演唱了《信天游》,并特别说明是献给敬爱的荣老的!没想到这次相聚竟成为我们与老人家最后的诀别。每每看到挂在我办公室的那幅印在 2007 年挂历上的照片——我们与荣老、何振梁先生举杯饮酒的情景,我都感慨万千……

　　我在中学时代就知道荣高棠这个名字。在新中国第一届全国运动会开幕式上,作为国家体育运动委员会副主任的他站在主席台上,为毛主席、周恩来、刘少奇、朱德、贺龙等党和国家领导人介绍情况。当时他年富力强,作为贺龙主任的副手,负责我国的体育事业,经常率体育代表团参加世界性的运动会。

　　20世纪60年代,我在北京电影学院学习时,在京电影界人士集中在西单附近的中直大礼堂,聆听作为中国乒乓球代表团团长的荣高棠介绍中国在捷克布拉格参加世乒赛的情况。报告会由影协主席蔡楚生先生主持,大家以热烈掌声表示中国电影界对这位德高望重的体育界领导的尊重和欢迎。荣高棠健步走上台,器宇轩昂,一看就是一位热情、豁达而自信的领导。当他生动、形象地介绍我国乒乓球运动员在国际赛场上的拼搏精神时,在座的电影界人士无不欢欣鼓舞。

　　令我印象最深的是,在讲到中国和日本的决胜局比赛时,荣高棠团长介绍说:"新中国代表团在布拉格受到了严峻挑战,因为欧洲观众普遍看好日本运动员,每当日本队员赢球时,掌声十分热烈,而中国运动员赢球时却是稀稀拉拉的掌声。关键局是我国年轻球手张燮林与日本的荻村伊智朗角逐。张燮林刚刚打完双打,体力消耗极大,要想赢球,须付出比对手更多的努力。比赛场上的气氛让我不敢在现场观看,我走到了休息室,听场内的掌声便知比赛情况。掌声热烈是日本选手得分,掌声稀少准是张燮林得分。令我们兴奋的是,这场比赛在稀稀拉拉的掌声中结束。我们赢了。我跑进赛场,只见运动员和教练员把张燮林举起来,女运动员们激动得流下了热泪。我激动地不顾一切把张燮林抱在怀里。等我回到宾馆,才发现大衣兜里的'大中华'香烟已被紧张的手揉搓成了烟沫。报道都说中国队此次派出的'秘密武器'是'美男子——张燮林'。"荣高棠笑出了声,继续说:"张燮林是我们代表团运动员中长得最丑的,要说长得'美'和'帅',当说是小李(李富荣)和小庄(庄则栋)。所以外国的报道你也别真信,关键是在国际赛场让那些看不起中国的人知道了中国的厉害。"

荣高棠滔滔不绝讲了一个下午,礼堂内不时响起阵阵掌声和笑声,电影界人士美美地享受了一顿开心大餐——中国健儿让中国人扬眉吐气的精神大餐。

这次近距离聆听他的报告,也是我第一次与他相见。怎么也想不到,在此后的几十年里,我们一老一少竟成为忘年交。

我与老人家接触最多的时候是在90年代后。在我担任中国电影基金会会长后,我们的往来就更多了。

90年代初,我们筹备拍摄电影《重庆谈判》时,发现抗战胜利前后的史料里有许多关于荣高棠在重庆活动的内容,其中记录着他在红岩、八路军驻重庆办事处的活动。那时,重庆聚集着中国文化艺术界的众多精英,他们在一

起演抗战戏。张瑞芳和荣高棠正是在这期间因共同演戏
而建立深厚友谊的。荣高棠还演过《夫妻识字》《王贵与
李香香》等。

荣老性格开朗,憨厚爽快,说话高门大嗓,是很有文艺
情结的革命者。在延安时,他不仅跳过大秧歌,还是说大
鼓书的高手,拿手好戏是大鼓书《梨膏糖》。当年,他叫荣
千祥,因为说大鼓书《梨膏糖》出名,其挚友吕班便调侃地
说:"你的名字还叫什么'荣千祥'呀,干脆就叫'荣膏糖'
吧。"后来,他真把名字改为"荣高棠"了。

2000 年,中国电影基金会在广东省鹤山市举行全国
换届大会,中国影坛老、中、青三代影人欢聚一堂,隆重而
热烈,还在体育馆举行了大型文艺演出。这次大会选举我
为第四任会长。荣高棠作为中国电影基金会的总顾问来
到现场,大家十分高兴。选举我为会长的时候,他和苏云
老会长坐在我的左右,让我感到了老一辈的力量。此前,
苏云老会长不止一次地动员我担此重任,我则更想拍戏。
与此同时,北京、上海和广东的几位副会长也分别动员我,
大家出于对电影事业、对基金会的感情,希望我能为此付
出努力。荣老则握着我的手说:"前宽呀,我看你行!"声
如洪钟似的高门大嗓,让我感受到荣老对我的支持和
信任。

晚宴时举行了联欢会,荣老穿上服务员准备的小白
裙,像个老顽童似的上台扭大秧歌,全场鼓掌助兴,石方禹
也上台伴舞。上海的张雪村是最能闹的女士,她操着上海

口音带头大叫"荣荣！荣荣!"伴随着叫喊声与掌声，荣老跳得特来劲，仿佛又回到了童年。在海口、博鳌的活动结束后，我们来到三亚，参观了长寿村，当时正值荣老九十大寿，我私下已安排好，荣老在夫人陪伴下进入餐厅。突然熄灯，一群男女演员推着已点燃蜡烛的三层大蛋糕入场，大家起立为荣老唱生日快乐歌。老人家是性情中人，要回敬大家对他的爱，站到凳子上唱了《四世同堂》中的全段插曲，我担心他摔着，双手扶着老人家。现在荣老走了，方禹同志病重在床……真是岁月不饶人。

　　回想1984年的盛夏，在中南海勤政殿放映室，时任中共中央顾问委员会秘书长的荣高棠一身白色西装，热情而潇洒。他随薄一波、陈锡联、陆定一等老一辈革命家，审看我执导的电影《黄河之滨》。陪我一同前来的还有主要演员黄凯和谢芳，以及厂里负责宣传的李连发。

　　影片放映后，荣高棠主持了评审会。他坐在我对面，我坐在薄一波身旁。当初，在长影棚内拍摄这部电影时，薄老曾到现场参观，此时他风趣地对荣高棠说："我到长影时在摄影棚里看过李导演拍这部电影，这个李导演拍戏时对演员像你们女排那个袁伟民一个样子，好'残酷'咧，一遍不行，再来一遍，好家伙，他'残酷'得很呀!"荣高棠笑着把话接过去："我们那个袁伟民不'残酷'，女排能拿到世界冠军吗?"薄老笑道："'残酷'与冠军有这么密切的关系呀。李导演为了拍出好片子，拍出冠军的片子，那就'残酷'吧!"此话一出，引来一片笑声。

　　陆定一、陈锡联和薄一波都说这部电影好,最后荣高棠进行了总结性发言:"都说这部电影好,基层的党员干部和群众也都说很感人,很真实地反映了农村的历史与现状。现在中顾委的各位领导也看了,大家都说是好片子,就应该早些跟广大观众见面嘛!"

　　这是历史性的裁定,电影《黄河之滨》在被搁置近一年后,终于迎来了"解放"。后来,《人民日报》用了大半个版面做广告:长影继《不该发生的故事》之后,又拍出一部端正党风的好教材——《黄河之滨》。

　　改革开放以来,通过各种活动,进一步加深了我与荣老的情谊。在中国电影基金会举办的全国大型活动中,我总请荣老光临,只要老人家到场,便能给电影人带来欢乐。

　　一次,我到荣老家拜访,他得知我得到江泽民等中央领导人的支持,在北京建立了中国电影博物馆,兴奋地说:"行呀,前宽,你又为中国电影界办了件大好事,北京有了中国电影博物馆,不仅有了中国电影的展示平台,也为电影与群众之间搭建起了一座桥梁。"

　　为了这次会面,老人家事先为我和桂云题写了"咬定青山不放松,任尔东西南北风"的书法作品。这件作品至今挂在我的书房里,每每看到这幅字,便回想起荣老和蔼可亲的音容笑貌。

2008 年 8 月 1 日

忆油画大师李宗津先生

李宗津的大名我少年时就听过。1954年我就读于大连第十五中学,美术老师叫田钟,他把十五中美术组教导得风生水起,不仅多次在大连市获集体美术优秀奖,而且其学生还参加了在莫斯科和布达佩斯举办的社会主义国家少年儿童美术作品比赛并获奖。我是美术组的学生,田钟老师经常给我们介绍大画家,如徐悲鸿、吴作人、董希文、罗工柳、王式廓等,还有李宗津及其代表作《强夺泸定桥》。那一年我14岁,读初二。

我读高中期间,正值1957年"反右"斗争,田钟老师和教语文的王杨老师都被打成"右派",强制在学校附近的明泽池畔劳动改造,身边还有人监督。我看到十分仰慕的好老师成了"右派",心里很难受。

时光荏苒,1960年我已是北京电影学院美术系二年级的学生。一天,系主任李居山老师和王树薇老师引领一位个头不高、气质儒雅的先生来到我们画室,并向同学们介绍道："我国著名画家、原中央美院教授李宗津先生调到我院美术系担任绘画教授。"大家以热烈的掌声对李先生的到来表示欢迎。美术系的学生对这位大画家及其作品并不陌生，他娴熟的油画技巧和造型功夫早已在美术界闻名。李宗津教授能做我们系的绘画老师，大家都十分兴奋。

初次相见，李先生没说什么，只是乐呵呵地向同学们打招呼，并不时地看大家的习作。刚好我们正在上女人体单元的绘画技巧课。看着我们稚嫩的习作，先生没说什么便离开了。

不久，在学院美术系二楼大展室及走廊展示了李宗津先生的油画习作及写生作品，同学们一饱眼福。这一批作品画幅不算大，但十分精彩，一部分是他50年代到尼泊尔的油画写生，有人物和风景，一部分是油画习作，包括人物头像和人体。画作结构和色彩都很讲究，其中有三四幅不大但很精致的女人头像，人物眼睛之传神，色彩冷暖处理之得体，不仅使人看出先生的造型功夫和色彩处理能力，也能感受到画家对人物的情感。后来才知道女人头像画的是李先生的夫人。这一批画像与先前我们在美术杂志上看到的他的作品感觉不大一样，油画只有看原作才能见其笔触和画法，才能学习作者的笔法和颜色处理方法。

李先生与我们班同学一起画人体习作，同学们围拢在他的画架周围，看他作画的过程。他自带油画箱，调色盘十分干净，先用较大一支笔勾勒出女人体的轮廓、体态，构图十分明确。接着他抽了口烟，观察片刻，调好颜色后，笔笔落画布,笔笔见冷暖,毫无废笔。他先在暗部着色,后在明暗交界处着色,最后在受光区部分厚涂,一个上午只见油画箱边码放着一排整齐的烟蒂,调色盘上剩下不多的油彩都用刮刀刮在人物的背景上,这才发现先生的调色盘一干二净,他用多少颜料心中有数,无一点儿浪费。我们画油画,先在调色盘上挤一大堆五颜六色的颜料,画完后剩下许多,待下一次画时,颜料已干,十分浪费。

看李先生画油画是件很享受的事,他处理画面质感十分精到,背景用重色,人物造型很美,整体结构也很准确。我们试图按李先生的做法去实践,但差距很大。

李宗津先生告诫我们,画习作不要急于下笔,要先多观察对象的特点、状态、色彩关系,理解后再下笔,要在绘画中找对比,在观察中知其然更知其所以然。画人物习作不容易,要珍惜每次机会,要达到练习的目的,动脑子和不动脑子大有区别。

在先生的指导下,我们这些想用功而不得要领的学生似乎开了点儿窍,但在绘画中依然为自己进步不大而着急,甚至怀疑自己是否是画画的料。

有一年春天,我们到京郊房山写生,只见李宗津先生坐在三角帆布凳上,支起画架,几乎不动地方地前、后、左、右画起来,随心所欲地把景物“大搬家”,将房屋、树木、远山与近林,根据构图需要进行移位,对大自然的光照、冷暖处理则依然用写生的手法。这就是“讲理”与“不讲理”、似与不似之间的平衡,这是以辩证手法处理绘画作品的艺术手段。跟着高人学习,感悟就是不一样,在先生的言传身教中,我慢慢体会到学习绘画艺术的真谛。

1962 年秋,长春电影制片厂郭维导演要拍摄一部反映红军长征题材的影片《亲人》,请李宗津先生担任该片的造型指导。该片美术师王桂枝,在中央美院学习时是李宗津先生的学生,与李先生有师生情谊。郭维导演执导过电影《智取华山》《董存瑞》和《铡美案》等。

李宗津先生跟随摄制组重走了长征路,画了一大批画,作品生动精彩,尤其是把《亲人》主场戏的镜头,在油画纸上呈现出来,很是精致。那时,我们班正学习画电影画面单元,不仅要按剧本分镜头画出画面,还要把每周三和周六观摩的电影名作的精彩镜头默画下来,以锻炼形象记忆能力和表现镜头画面的能力。我看到李先生妙不可言的电影镜头图,颇为新奇且受益匪浅。

1963 年下半年,我们进入毕业设计阶段,我与导演系毕业班合作设计《搭桥的人》和《新任队长》两部毕业短片。这一时期我与李宗津先生的接触少了,但仍画笔不离手,坚持写生。

再见到李宗津教授是在 70 年代。一次在王府井大街上迎面遇见李先生,他热情地聊起我在长影的工作。当他得知我已改行做导演时,十分高兴,很为自己教过的学生能在电影导演方面一展拳脚而自豪。他认为学美术的人当导演,要比单纯学导演更有造型意识。他在中央美院教的学生李翰祥是香港导演,美院的许幸之老先生是中国早期电影导演,凌子风、李恩杰都是学美术改行当导演的。分别时,李先生对我说:"前宽,你好好干吧,也能成大导演的。不过我还是送你一句话,即使当导演,画也不能丢,坚持画下去,艺多不压身,持之以恒,定有收获。"

在京城繁华的王府井路旁,我们师生有缘相逢,又一次聆听先生的教诲,令我终生难忘。没想到这竟是我与李宗津先生最后的诀别。

不久在与校友徐新会面时得知,李宗津先生因患膀胱癌去世,他留下遗书:"人活着是要做事、做贡献的。当一个人不能干事又为他人带来麻烦时,活着的意义就不大了。"先生选择了不麻烦他人,不给爱妻添麻烦而自己了结,令人难过不已。先生走时才 66 岁呀,正是艺术的巅峰期,真是太可惜了。他若再活二十年,将会为人民留下多少精品佳作啊!

李宗津先生是我国著名油画家、美术教育家,他 1916 年 10 月 24 日出生在苏州一个书香世家,天资聪颖,随叔父李毅士学画,后又师从中国第一代油画家颜文樑与吕斯百,抗战期间受聘于贵阳清华中学,后来得徐悲鸿赏识,受聘为北平国立艺专教师,新中国成立前转入清华大学建筑系任教,1952 年任中央美术学院油画系教授。同期创作了《强夺泸定桥》《东方红》等著名画作。他于 1946 年画的《北海风情》油画一直被徐悲鸿院长挂在办公室,足见徐院长对李先生油画的赞赏。

1957 年他作为文化部代表团的一员赴尼泊尔访问,

创作了大量体现该国风情的人物画作。1972 年他创作了《毛主席像》《鲁迅像》等油画作品。1997 年香港大学美术博物馆举办了"李宗津画作展",出版了《李宗津画集》。

　　李宗津先生的艺术之路较为坎坷,下放劳改后返回北京,到电影学院任教,却因身体原因过早地离开人世。他是油画界现实主义的艺术大家,其画作造型缜密传神,色彩绚丽大气,有一种特殊的书卷气,从《平民食堂》到《强夺泸定桥》等画作中,都能感受到李先生极富人文关怀和锐意进取的艺术风格。无论是大型创作,还是人物、风景乃至素描,他的作品都有激动人心的艺术魅力。值得一提的是,在他的画作上,几乎没有签名落款,是他有意不想被人关注还是另有原因,不得而知,这在画界是独一无二的。

　　李宗津先生的绘画艺术成就长期被埋没,业界也不多宣传,这恐怕不仅仅是他自身谦虚的原因,应该也有许多不近情理的无奈吧。

　　李宗津的大哥李宗恩是我国知名的医学教育家,曾任贵阳医学院第一任院长和北京协和医院第一任中国人院长。

　　李宗津先生的夫人,是清华大学的英语教授,我们未见过她本人,只在李先生的油画作品中看到她年轻与中年时美丽端庄的形象。一家子能人,一辈子坎坷。

　　先生仙逝,作品长存,英名在人间……

　　　　　　　　　　　　　2018 年元月一日于北京

大画家袁运生侧记

　　我与袁运生相识在20世纪60年代,那时虽然总吃不饱肚子,但北京艺术院校的学习气氛很浓,共同的追求让青年艺术学子常常聚在一起,互鉴互助,开阔眼界,同时也建立了深厚的友谊。我在城外小西天北京电影学院上学时,常去城里的王府井、中央美院看画展,也常溜进几位大画家的工作室嗅一嗅油画的味道。有天才学生之称的袁运生当时在董希文工作室。

　　能在董先生指导下学画,很令人羡慕。1962年袁运生的毕业创作《水乡的记忆》出手不凡,在帅府园美术馆展出时即引起画界的注意。同年,他与美院版画系范梦等人在毕业后被分配到吉林省长春市工人文化宫。

　　1964年金秋,我被分配到长影。一天我去工人文化宫,碰到袁运生正在一乒乓球桌上缝自己的棉被,别看他画得一手好画,但缝被子却笨得很,像缝麻袋包似的,我如是嘲讽他。我问他毕业后画了什么,他哈哈一乐说:"我在文化宫干杂差,专职是每天负责在电影院收门票,范梦干上点儿与画画沾边的业务,教工人素描,其他几位毕业生被分到师大、艺校教书。"

袁运生是个少言寡语、不修边幅的人,长发,披一件好像从来没换洗过的中式灰褂子,也从未见他穿过西装,木斯斗克(烟斗)不离手,周围总有一股云烟缭绕的仙气。他硬汉之气下掩不住一身傲骨,特别是他有一双犀利的眼睛。

1972 年"文革"尚未结束,多年没有画画的他,突然跟我说要创作一幅油画《毛主席在陕北》。当时条件很差,亲赴陕北深入生活,几乎是不可能的,但亢奋的创作欲让他很快画出一堆草稿,都是陕北黄土地上毛主席与农民在一起的生活场景。铅笔画的草图,线条生动有力,黑白灰层次分明。言谈中得知这位学院派的才子为自己没有深入生活而感到遗憾,我便找到一个间接的补救办法,带他到长影道具库选了些正宗的陕北罐子、土筐、农用锄头、大海碗以及陕北老乡用的烟袋、粪叉等道具与服装,这些都是长影拍陕北题材的电影时留下的真玩意儿。我还引见了长影厂党委书记、陕北籍作家纪叶同志,让袁运生向他了解当年毛主席在陕北与群众在一起的情景。这让袁运生异常欣喜,更加积极地创作。他画出了一批大小不一的《毛主席在陕北》的素描稿和油画,也是他"文革"后的第一批绘画创作。

袁运生是属牛的,有牛一般的性格,认准的事谁也改变不了。他希望实现在陕北画画的愿望，于是拿出"不到长城非好汉"的劲头，整装独自前行。他用五合板自制了一个很大的画夹，活脱一个农村镶玻璃的。在陕北佳县黄河边一个荒凉的土岗上，一个冷硬的馒头，一瓶墨水，他一画就是一天，滚滚而来的黄河水，层层叠叠的沟壑，绝壁上的古老庙塔，在他的笔下恰似电影的长摇镜头，成为一幅精彩绝伦的长卷。

他在延安窑洞前画老农，将八开画纸放在老乡的旧门板上，没多久一个整身的延安汉子便跃然而出。几年前他只能靠间接生活来创作，如今他走进生活，心境洞开，这是一种释放，也是拥抱生活，点燃了他创作的欲望。一个画家技巧再高，也要双脚踏在大地上，身心融入生活中。

一年入冬的一个上午，他拎着一个做好的油画框到我长春的斗室为我们夫妇画像。我与桂云挤坐在缝纫机前，他把画框竖在门前，自己蹲在门外，先落笔画我的头像，他用大色块几笔下来人物造型特点即呈现在画布上。然后画桂云，色彩冷暖处理得很准确。几个小时后，一幅我手握剧本沉思，桂云在一旁削苹果的夫妻肖像画就完成了。这一张生动的油画，许多人看了都赞不绝口。我到北京后将此画挂在客厅。2009年春节中宣部和中国文联的领导来我家慰问时，我给他们介绍了这幅油画，他们感慨道："我们的知识分子多么可爱呀，不论是画的还是被画的，在艰辛的条件下都能创作出精品。"

1978年春天，袁运生应老同学云南美协丁绍光之邀去云南写生,这是他走进生活、融入大自然的一次体验。他撒了欢儿似的在云南椰林下、凤尾竹林里放飞自我,他进村寨到傣家,用手中的画笔把所见景象活灵活现地画在纸上:郁郁葱葱的青竹、千姿百态的鲜花和野草、竹篓与小溪、美丽的傣家少女、田间劳作的村民。他背着一大堆画作返回长春,我幸运地成为欣赏这批精彩之作的第一人。在他不足十六平方米的屋里,一张可以睡一家五口的大通铺上摆满了他在云南的写生画,他和妻子、孩子忘情地欣赏着,像在品鉴一桌来自少数民族的文化大餐,很有盛宴的仪式感。

我被运生的高超绘画技巧所折服,他以细笔勾勒,行云流水,处处有筋骨,笔笔有韵律,层次分明,繁而不乱,整体画面的节奏感很耐人寻味。我深知用一支细笔表现大自然、山川树林的难度,这全靠画家的功夫与灵性。袁运生运用画笔仿佛玩游戏般洒脱自如,他是在用笔与自然对话。尤其是他笔下婀娜多姿的傣家少女、历经沧桑的老人和天真的小女孩,结构之准确,神情之生动,让人叹为观止。

这些作品结集成《云南白描写生集》出版,在美术界引起很大轰动。1974 年春,我去王府井金鱼胡同绘画大师李苦禅家拜访,在谈及美院毕业的袁运生时,苦禅老人感慨地说:"袁运生这家伙在美院是学西画的,可他的白描功夫比俺学中国画的画得还好,好厉害呀,这家伙真是个天才呀。"

1980年，袁运生被母校调至北京，进美院任教。离开长春时，我们这些在长春的朋友们，带着惜别与祝福送他们全家赴京。大家都知道北京才是他施展才华的圣地，是他步入画坛的原点，经历十八年艰辛与磨难的他，终于迎来了艺术之春，此行他必将更上一层楼。

果然，进京不久，机会便找上门来。为装饰北京新机场，由著名画家张仃先生主持的"新机场大型壁画"创作绘画工程启动，袁运生与其兄袁运甫均参与其中。他将来自生活的积累，付诸笔端，完成了反映云南少数民族生活的大型壁画稿《泼水节——生命的赞歌》，此稿立即得到大家的赞赏。

画稿在新机场上墙后，我曾与长影摄影师专程前往观摩。当时，袁运生正在木架上忘我地泼墨着彩。这幅壁画很大，因墙面不够，又拐一个弯占了另一面墙的一半。这幅画表现了傣家儿女日出而耕、日落而归的劳动生活与爱情场面，壁画横跨四扇厅门，构图讲究，节奏明快，静与动完美结合。墙的拐弯处表现的是劳动一天后的少女们在夕阳下于河边洗浴的优美场景，一组裸女或梳理长髻，或宽衣待发，婀娜多姿，优美至极。我和随行的摄影师都看醉了，运生端着烟斗在一旁憨憨地笑，颇有些自得。经历多年禁锢后的艺术创新，让袁运生有一种解放之感，也令大型壁画创作组的同行们感到兴奋。

然而，正是这一组裸女的出现，让这幅精彩的作品受到质疑。有个别人认为这幅作品丑化了民族形象，甚至还认为触犯了民族政策。一时间乌云压顶，有人建议毁掉此画，有的希望尘封起来，后来干脆用胶合板把拐弯处表现裸女的部分遮挡住。这件事在全国乃至海外引起不小震动，有人专门飞来北京观看这幅画，无一不为这幅壁画喝彩，认为是改革开放后中国美术创作上的重大突破。

据说，这幅画还惊动了改革开放的总设计师邓小平，正是他的一句话才保留了这幅画的生命。

面对质疑，袁运生躲进京城一个很不起眼的民房闭门作画，我曾去离月坛不远的这间小屋探望，他在地上铺一块毯子作画，一位上了年纪的美国女士坐在小板凳上看他创作，她就是美国资深记者柯恩夫人。正是她的举荐让袁运生以访问学者的身份前去美国讲学、作画。这当然还要得益于精通英文又是他学生的第二任妻子秦岱华女士的帮助，是她完善了袁运生的艺术探求与生活。

袁运生在美国一画就是十几年，许多现代绘画作品，包括巨大的现代壁画均产生在这个阶段。他十分推崇当代墨西哥大画家格拉雷斯的壁画。这一阶段是袁运生艺术人生重要的改革与突破时期，他甩开政治干扰，专心投入创作，发疯似的在画境中探求艺术真谛。在美国，他结识了诸多绘画同行，仿佛是出笼的鸟儿在蓝天展翅飞翔，进入创作的自由王国，追求尽善尽美的境界。我问过他，在美国这么多年怎么连一句英语都不会，他嘿嘿一乐道："我要把失去的时间抢回来，集中精力画画。"1996 年 8 月，袁运生携妻带子返回祖国。1997 年是丁丑牛年，在春晚的舞台上,他现场挥笔而就一头顶天立地的牛献给全国人民,憨直的黄牛头顶祥云,脚踏七彩土地,题跋是"牛踏彩虹路"。这头牛也表达了一个赤子对祖国和人民的深情。

袁运生的母校中央美院对他这个校友表示了厚爱。他还在美国时,母校校长、大画家靳尚谊先生与大音乐家吴祖光赴美访问,专程看望了他,希望他回国效力。他立即答应并付诸行动。母校让袁运生教授主持中央美院"油画系第四工作室",培养新一代美术人才。他把这一任务完成得很出色,带领学生深入生活,进敦煌,去云南,到黄河。他为人师表,再创新业。

作为一个有成就、有追求的艺术大家,袁运生与时俱进,不断突破与创新,在海外作画十多年后回到祖国,对中国传统艺术又有了新的考量,将西方绘画手段与表现手法融入中国画中。他再次拿起毛笔在宣纸上作画时,画作有了新的内涵与表现手法,既有中国的笔墨,又含有西方的冷暖色彩,既有当代的变形夸张,又有用笔的严谨与概括。我与夫人造访他在北京的画室时,令我们吃惊的是已画就的五六十幅作品,均为中国传统题材的当代表达。好一个袁兄,又在以惊人的跨度改变自己的画风,笔墨与色彩不拘一格,让我们眼前一亮,激动不已。他利用一切可利用的时间不停地创作,此时的他也是七十大几的人了,竟还有如此旺盛的创作活力和动力。

在教学理念上,他认为当代中国的绘画教育应关注中华传统文化中的瑰宝,认为中国的绘画中,壁塑十分精彩,其造型、体态、神韵以及线与面的关系是西方绘画所不具备的,因此,他主张中国绘画教育应教授中国数千年文明之瑰宝才行。他身体力行,率学生走遍祖国大地数十座庙宇、石窟,复原数以百计的佛像石雕,仿佛进入了一个崭新的艺术领域。他还把自己的这一教育创新理念,报告给高等院校的主管部门,并得到了支持。当我再次进入他主持的现代工作室时,惊奇地发现他被自己亲手复原的神像、佛窟包围了。

2005年,袁运生应香港城市大学之邀为该校百年校庆创作两幅巨幅壁画,他亲赴学校勘察墙面尺寸并询问壁画主题,而校方竟然说:"两幅墙面交给了您,您想画什么就画什么,这是画家的创作自由。"袁运生惊呆了,好像从未得到过这样的信任。这种自由使他激发出极大的创作冲动,他决定一幅画《夫子琴思》,一幅画《万户飞天》。他手持大提斗充满激情地直接在画布上挥洒,将创作灵感自然地表现于笔端。《夫子琴思》中,占据画面大半的孔子像和孔子操琴的双手,造型之严谨生动,令人叹服。画成后,这两幅画专门运到北京展出,让画界同仁一饱眼福。

桂云与我共同的好友张瑞清有一爱女,名叫廖冬梅,出生时大脑受伤造成终身残疾,生活不能自理。她酷爱画画,虽然双手神经失控,只能像握木棍一样勉强拿笔作画,但其画作夸张变形,有自然生成的现代意识。孩子把画画视为自己的生命。我将这个孩子的天分与努力告诉了袁运生,他好奇地一定要去孩子家看望。一日我与演员洪学敏陪袁运生到农业电影制片厂院里的廖冬梅家,孩子和母亲得知大画家袁运生要来看画十分兴奋,把冬梅两大箱子的画作统统端了出来。袁运生一幅幅认真地看了一下午,激动万分。他站起来认真地给孩子行了一个大礼后,双手捧住孩子尚不能伸直的手,深情地说:"冬梅小朋友,你是真正的画家,在你的画里我看到了你内心对美的渴望和追求,你把看到的、听到的和想象到的美丽世界,以最朴素的笔墨色彩表现在画面上,你就这样继续大胆地画下去,必有成就!我向你祝贺,向你致敬!你是我们美院同学学习的榜样。"孩子和母亲听到袁先生的鼓励,激动得热泪盈眶。从那以后,孩子更加努力作画,后来还到香港举办了大型个人画展,我和肖桂云、胡慧中、洪学敏均出席祝贺。廖冬梅成为知名画家后,经常参加社会公益活动,也多次在国外举办个人画展,还受到香港特首的接见和嘉奖,其画作制成瓷板壁画镶嵌在香港佐敦地铁站。

真情往往是在艰苦时代建立的,60年代大家生活都很艰难,友谊纯真而实在。1965年刚拍完电影《战洪图》,我说服导演让袁运生来画该片的海报,他很快画出了与众不同的海报,导演很满意,他还得了五十多元稿酬,甚至高于他的月薪。1976年我参与拍摄的影片《熊迹》的海报也请袁老师来画,他在整开画纸上进行创作,一气呵成。

1979年,我与作家张笑天以袁运生为原型创作了剧本《三原色》,表现中国知识分子给点温暖即发光,给予信任就忘我,再苦再累也无怨无悔的可爱之处。这个剧本发表在当年《电影文学》专刊上。

"文革"刚过,文化宫让袁运生画一幅毛主席像,如此的信任令他兴奋不已。他早早地骑车前往文化宫,路上一辆汽车冲来,躲闪不及的他连人带车倒在冰面上,人滑倒在汽车轮下,吓呆了过往的路人。要说他真是命大,居然一点儿没受伤,爬起来拾起甩出去的空饭盒,接着往文化宫赶,及时完成了毛主席画像。

2006年中国电影百年华诞,我组织知名电影人和画界朋友在"天下第一城"聚会。那天电影界和美术界的友人在画案前挥笔作画,一展欣喜之情,有的画山水,有的画花鸟,八仙过海,各显神通。袁运生一个人抽着烟斗看大家作画,两袋烟过后,我见他还不动笔,就跟他急了:"老袁,您别牛啦,跟大家一块玩吧!"说着把他推到画案前,一幅丈二的纸已放好,他选支大提斗,浓墨落笔。在场画家见袁运生开始作画,也都围了上来,片刻后,一幅《斗牛图》完成,赢得一片掌声。那天兴之所至,我也仿袁运生之笔势为他造像一幅,他见之大喜,并对桂云说:"前宽这家伙太聪明了,他画我的这幅画挺像,送我吧!"桂云说:"他胆子肥,敢在众人面前画你袁运生!"一番话把他逗乐了。临分手前,他再三叮嘱我把画送给他。

作家理由根据袁运生的爱情、事业和他丰富的艺术人生,写出了报告文学《痴情》,轰动一时。2007年,在袁运生七十岁生日时大家在京城为他举办了画展,还由我主持了一个热闹的派对,画界同仁、亲朋好友全来助兴。2017年,在他八十大寿时,中国美术馆与中央美院为他举办了大型个人画展,中国美术馆五个大展馆挂满了他不同时期的画作五百余幅,还不含散落在各处的作品,这是他毕生绘画成果的展示。主办方举行了规格很高的"袁运生绘画艺术研讨会",还出版了《袁运生画集》。他拿了两本为我和桂云各自题了字,我说画册很贵重,你送一本即可。他说你们俩是各自独立的,必须送两本。他向中国美术馆捐赠了几十幅不同时期的代表作,包括云南、陕北的白描精品、早期油画和现代彩墨大画。首都机场《泼水节——生命的赞歌》原创草稿也捐给中国美术馆收藏。我在画展结束的前一天赶回北京一饱眼福,我当时激动不已,透过画作,叠化出他不同时期的形象,以及从艰辛步入辉煌的人生历程。

2019年,北京大兴新建更大的现代航空港,想用多幅大幅壁画装点,政府第一个想到的画家就是袁运生,而且告诉袁先生画什么请他自己定夺。这时袁运生已八十有二,身体状态也不如四十年前那般年富力强了,令人意想不到的是他居然答应了,并要一个人完成八幅巨幅壁画。壁画内容全是反映中华民族传统文化精髓的古代神话故事:开天辟地、女娲补天、夸父逐日等。接到这一任务时,袁运生仿佛童心再现,他像一个大顽童似的,厉兵秣马,准备大干一场。如果说四十年前首都机场的《泼水节——生命的赞歌》是他以现实生活为题材创作的一个巅峰,是中国壁画艺术的典范,那么四十年后的今天,他在大兴机场创作的"神话"系列作品,将成为新时代中国壁画艺术的升华。这个阶段袁运生的艺术创作已步入自由王国,可以随心所欲地在更大的空间遨游。他在中国壁画创作上会更上一层楼,我们有理由加以期待。

防疫时于高雄

2021 年 4 月

怀念恩师田风

——《人间自有真情在——新中国电影教育开拓者田风传略》序

　　我们是"文革"前毕业走上工作岗位的学院派电影导演,现在也是五十多岁的人了。二十八年前,在北京电影学院把全部心血都放在教导学生上的田风老师,正是我们现在这般年龄。他热爱教育事业,对学生和艺术充满了爱。他本可以继续为电影事业培养更多的艺术人才,却过早地离开了人世。几十年来,田风老师的音容笑貌始终浮现在我眼前,他是让我们想起来就泪目的人。

　　1959年国庆十周年前夕,在电影学院新生与院领导见面会上,我第一次见到田风老师。他面庞黑瘦清秀,一身学者气,给我的印象是不苟言笑,治学严谨。他说:"你们考进电影学院不要整天美滋滋的,如果不在学业上下苦功夫,进了学院的大门也迈不进电影事业的大门,不下功夫学习,等于自动退学……"严厉的告诫,给我们这些多少有些浪漫情调的新生以很大的震动。

　　我和田风老师是大连同乡,关系自然更近。我们一起看画展,听音乐会,观看演出,到公园观察生活,放寒暑假时一起回大连。田老师的爱人和孩子都在大连,一年三百六十五天,他百分之九十五的时光都是跟学生一起度过的。田风老师平易近人的性格和严格对待教学的态度,把学生与先生之间的关系变为一种新的师生情,这是一种教与学的融合,在今天看来十分难能可贵。

　　田风老师是导演系系主任兼"导五九班"的主任教员,我是美术系"五九班"的学生,当我得知他早年在日本东京师从著名画家滕岛武二专攻西洋绘画时,敬慕之情和求知欲油然而生。我经常把自己画的写生和习作拿给他看,以求批评和指导。我们还一起到京郊写生。他绘画功底深厚,观察能力很强,选景准确,构图严谨,用笔简练。特别是画油画时,他善于把冷暖对比色直接涂抹在画布上,使画面在一种强烈的对比中保持和谐,这从他留下的为数不多的静物和风景的写生画中均可看出,画风有后期印象派风格,原因在于他的老师滕岛武二先生是在意大利留学,受后期印象派风格影响较大的画家。可以想象,如果田风老师没有参加革命,而是继续在日本东京美术学院攻读,将与同班学友王式廓一样成为我国著名画家。

　　1962年仲夏,我和田风老师在中山公园共度礼拜天,谈笑中我问:"田老师,您考上东京美术学院不易,怎么不去当大画家,却干上教导演这行了?"田老师听了哈哈大笑,说:"可以说是误会,也可以说是该着我既成不了大画家,也成不了大导演,好像命中注定是我让更多的人成为大画家和大导演,这个'命'是革命的'命'。"他又说:"人这一生学什么专业不一定就干这一行,很可能在别的行当会有成就。我看你小子就学错了行,兴许将来会成为一个导演哩。"

田风老师把自身价值完全放在革命的需要上,以他在绘画上的才华和当时的家庭条件,完全可以在日本学得很顺利,功成名就。但是,在国家和民族面临生死存亡的时候,他毅然放弃在日本的全部家当,经朝鲜半岛回到祖国,投身抗日前线,由一个留日大学生成为一名革命文艺战士。他在晋察冀当画报社的社长,又在"火线"剧社当导演,革命需要他干什么,他就干什么。他经受过艰苦岁月和严酷生活的考验,也受过政治运动中错误路线的迫害。那时的他以极大的克制和忍耐,期待着阳光的来临。当组织给他平反后,他又以极大的热情来到北京电影学院,把毕生精力献给党的电影教育事业。

田风老师的身体不佳,曾被疾病折磨,甚至夜不能寐,但精气神很好。一谈起艺术,一见到学生,他那双不太大的眼睛立即来了神,说起来滔滔不绝。他常说"人活一口气,贵在精气神",但是当他的人格受到侮辱,尊严遭践踏时,他的"精气神"便暗淡下来,他茫然、痛苦而绝望,最终结束了自己的生命。就在田风老师选择"超脱"的那一刻,岂不是又犯了一个大错? 这个错是他忘却了自己这么早地离开人间,将给和他相依为命的爱妻于华老师带来何等的痛苦与煎熬,给他可爱的三个女儿带来何等的悲痛与不幸,他最小的女儿甚至尚未把父亲美好的形象记在脑海中。当然,田老师也忘却了他的离去会给亲朋好友以及许许多多受他教导的学生带来多少痛苦。也许我们还不能理解,田风老师是一个历经沧桑而又有思想的人,他崇尚人的尊严,维护人的尊严。

　　1963 年,"五九班"的学生开始毕业实习,田风老师要我参加由他指导的《搭桥的人》摄制组,"导五九班"的毕业生有段吉顺、黄蜀芹、卢萍、吴天忍和司徒兆敦,我是这个戏的美术设计。拍摄地在北京房山坨里山区,为了毕业作业的艺术质量,他坚持回北京看首批样片。从北京回房山的途中,汽车坏了,只能步行赶回景地。一路绕山而行,走走停停,触景生情,他颇有兴致地向我讲述当年他途经这一带参加革命的情景。实际上,此时他已患严重的肝病。我们走到一个工地的小棚子休息时,我弄来一碗开水,他几口喝下去,倒在小棚子里就睡着了,可见他劳累疲倦的程度。

　　摄制组住在当年公社的大食堂里,大家睡在两条大通铺上,我与田老师挨在一起。深秋至初冬的山区,天气多变而寒冷,伙食也很差,田老师一直与同学们一起吃住,但是他的劳动量比我们大,每天早起晚睡。我们这些年轻人每晚倒头就睡,田风老师则久久不能入眠。我起夜时看到他翻来覆去地呻吟着,严重的失眠使他很痛苦,每天都醒得很早,有时整夜靠着墙吸烟。但是,即使他身体和精神极度欠佳,依然每天喊我们起床,准备当天的拍摄工作。

田风老师事事严格要求自己。外景地的伙食是粗粮,又没有油水,他每顿吃得很少。我通过附近石板厂伙房师傅买来小半筐鸡蛋,又弄来一口小奶锅,给田风老师煮两个荷包蛋。不料端来时竟被他一顿训斥,责怪我为他搞特殊化。我逼着他把鸡蛋吃了,他却固执地阻挡,说不要再为他买鸡蛋了。

田老师在教学中采取寓教于乐的方法,师生们无拘无束,学到了不少艺术方面的知识及对生活的感悟。一年暑假,我们在大连付家庄海边游泳,望着浩瀚无边的大海,看着那滔滔而来的巨浪,灵感似乎随之涌来。他说:"艺术家的眼睛要跟常人不同,要善于观察生活,从客观现实中得到启示,并恰到好处地用于作品中。比如常人来海边洗澡就是洗澡,图个锻炼身体和游玩,艺术家则要有一种美的感受。"他又说:"你看这不断扑面而来的浪涛,难道不是拍击出无限的遐想吗?……似千军万马涌来,也表现了大自然的壮美,给人以无穷的力量……"田老师所言使我受益匪浅,让我萌发阵阵联想。

艺术是触类旁通、举一反三的。我后来执导《开国大典》毛泽东与战友们率队由西柏坡进入北京一场戏时,把百余辆汽车排成一条线,平行地向前推进,采用长焦镜头,在镜头前加热浪,将视平线压得很低,把天空留得很大,车阵恰似巨大的海浪不断涌来。这场戏赢得了专家和观众的好评。

常言道:"什么师傅教出什么徒弟。"大凡经田风老师教育的学生,都因师从于他而感到自豪。田老师对学生的成长关怀备至,为学生辅导小品作业,每天说戏至深夜,星期天也要为学生"吃小灶"。他以课堂为家,他的家又是学生的课堂。逢年过节,我们会到他的书房毫无拘束地聊天,把自己对生活的感受和对艺术的见解在他面前"竹筒子倒豆子",然后听他的批评和教导。

田老师也十分关心我们的个人生活。1960年寒假,我与田老师同船回大连,在海上遇到暴风雨,不少人晕船呕吐。田老师倒在床上,我把洒剩下的半碗面条送到他床前,见到无汤的面条,他风趣地说:"这半碗面值钱啦,这叫风雨同舟吃无汤面,实在。"同行的一个高中女同学对我有好感,田老师像慈父一样及时提醒道:"你小小年纪别过早地谈恋爱影响学业,日后找个在事业上志同道合的,像咱们今天坐船似的能风雨同舟,相依为命。"

1960年夏,肖桂云在哈尔滨同时报考了北京电影学院导演系、哈尔滨艺术学院文学系和长春电影学院导演系。田风老师在哈尔滨负责北京电影学院导演系的招生工作时,发现肖桂云在导演方面很有才能和潜力,却又担心她选错了志向来不了北京,于是破例在未张榜公布之前对肖桂云说学导演一定要来北京。肖桂云来到电影学院后,有幸在田风老师的教导下学习成长。

60年代,国家正处于困难时期,电影学院的学习氛围却很浓。1962年,英国水彩画展轰动京城,田老师兴致十足地带领我们去看画展并讲解,他对画的理解令我们折服。

"导五九班"由田风老师排的大戏《骆驼祥子》在学院演出后引起轰动,不仅到兄弟艺术院校交流演出,还到工厂参加慰问演出。当时,田风老师常把我这个美术系的学生带去,其实"导五九班"的这台大戏跟我没有丝毫关系,这让"导五九班"的学生有些嫉妒。

当时,我是美术系的文体委员,常联合导演系和其他系的同学一起排节目,参加学院文艺汇演,这让我与肖桂云有了接触的机会。一次,田老师突然问我:"你小子是不是看上肖桂云了?"我傻笑不语。他继续道:"你跟我还不老实交代!"半晌,我没正面回答,而是问道:"田老师,您看她怎么样?"显然,我不仅是承认,而且在向老师征求意见。田老师严肃地说:"人家比你小子强多了。不过,我听说追她的人可不少,你得留神!"还说:"做什么事都要锲而不舍……"真是我的恩师。

1963年,田老师的身体越来越差了,肝病严重,吃不下东西。肖桂云为他包了三鲜馅饺子,田老师边吃边说好,却没吃几个。为减轻田老师的病痛,我们借来了"南画大成"贴在他的卧室四壁,还从学生会借来一台老式录音机,当放苏联曲子《黑龙江的波涛》时,他半卧在床头眯着眼边听边说:"这曲子的作者是沙俄军官,来我们中国黑龙江畔搞地貌测量,看到那美丽的景色来了灵感,创作了这首优美的曲子。"田老师一谈起艺术,就来了兴致。

中秋节时,我和彭宁买了些水果,在他面前故意大口大口地吃,期望引起他的食欲,希望巴甫洛夫条件反射能够有效。田老师见状嘴角微微一歪,笑道:"你俩别恶作剧了,表演得过了!"

在那些日子里,田老师情绪低沉,少言寡语。每每陪他到护国寺中医院看病回来,在小西天站下车时,他坚决不让我扶,当我坚持扶他时,他几乎就要跟我发火了。

他回大连治疗后,由于有爱人于华和孩子在身边,心情好了许多,身体也有所恢复。

1964年6月14日,他在大连养病期间写给我的最后一封信我至今保留着,他满怀信心地写道:"……我的体重增加了十斤,医生说恢复得很有成效,大连的供应情况见好,我很惦念你们的毕业情况,希望你们的毕业成绩都能达到优秀。毕业论文写得怎样?我那儿的书你可以好好参阅,我争取尽快返回学院,亲自送你们到工作岗位……"可是,万万没想到,一场突如其来的"袭击"使他不知所措。

当时,于华老师携一家老小由大连搬迁到北京,多年的两地生活结束了,这本应令人高兴,可是,田风老师却痛苦地面对四壁,艰难地承受着莫须有的罪名。他拒不见客,实际上也不可能见客。有些勇敢的学生来看望他,都被拒之门外,这是他对学生的保护。1964年9月19日,我最后一次向他道别,起初他拒不开门,我执拗地说:"你不开门我就不走。"无奈之下,他把门打开了,昔日的欢乐情景,被冷峻而痛苦的沉默所取代,他精神上正经受巨大的折磨。他点头让我进卧室,自己来回走动,不停地吸烟,紧皱眉头注视着我,跟前的凳子上放着一个黄皮包,这是我常帮他拎回家的提包,提包上面放着一叠纸、一支笔和无数的烟蒂。往常见到田老师总有说不完的话,此刻我竟一句话也说不出来。师生无言地对视着,沉默、难过,眼泪止不住地流下来……我费了很大气力轻轻地说:"田老师,我被分配到长影工作,向您告辞!您多保重呀……"他站在那里深深地吸了一口烟,眯缝着那双不大的眼睛久久地看着我。终于,田老师习惯性地微微把嘴角一歪,声音坚定地说:"前宽,到了工作岗位好好干!那里是出作品和人才的地方。"说完又习惯性地在我肩上重重一拍,是告别,也是送行。我深深地向田老师鞠了一躬,转身向门外走去。突然听到田老师喊:"等等!"他拿着两支毛笔走来:"这是挚友王式廓先生送我的,你拿去用吧。"我望着老师,不敢接受,一旁的师母于华老师热情地说:"前宽收下,日后也是个念想。"我双手接过毛笔,再次鞠躬告别。万万没有想到,这次分别竟是我与恩师田老师的诀别。

我来到东北后,随长影社教工作队到了松辽平原贫困的农村。在一个雪压大地的清晨,我从肖桂云的来信中得知敬爱的田老师含冤离去。这消息如同晴天霹雳,令我痛哭不已。泪眼蒙眬中,我似乎看见敬爱的田老师走过来,那慈祥的脸庞上又出现了嘴角微微一歪的表情:"前宽,事业是干出来的!"这熟悉的声音似从遥远的天边飘来,在我耳畔回响。这是恩师给我的临别赠言,也是我一生的座右铭。

如今,田风老师已被平反昭雪,他在天之灵可以感到欣慰的不仅是自己能够得到正名,重要的是他教导的学生遵照他的嘱托,都在各自的工作岗位上"好好干"!这三个字浓缩着田老师自身的处事态度和对学生的期望,"好好干"才是事业成功的关键。我与肖桂云并肩努力工作着,将恩师田风的教诲铭记在心,以此作为对他永远的纪念。

　　　　　　　　　　　　　　1992 年初夏于长影

最先聚焦"上甘岭"的人

——《沙蒙传》序

当下中国观众特别是年轻观众知道沙蒙的不多,可是知道电影《上甘岭》和那首《我的祖国》的不少。沙蒙正是这部影片的导演,他是最先将镜头聚焦"上甘岭"的人。

20世纪60年代,我在北京电影学院上学期间,每周三和周六晚到小礼堂观摩电影时,常常见到一位高高个子、穿一件咖啡色大衣、少言寡语、十分深沉的长者和他的夫人——表演系欧阳儒秋老师也在观看。他不同任何人交流,脸上从未出现过笑容。一次,导演系系主任田风老师告诉我,他就是大名鼎鼎的沙蒙导演,导演了《赵一曼》《上甘岭》等影片,是位资格很老、很有才情的大导演。

1963年,沙蒙导演与北影的傅杰导演共同执导了电影《汾水长流》。次年,我从田风老师那里得知沙蒙导演谢世。

长影是新中国电影的摇篮,创作出了许多鼓舞人心的优秀电影,也走出了许多优秀的电影艺术家,他们是中国电影的脊梁,沙蒙导演正是诸多老艺术家中的代表。他来长影之前是东北文工团的团长兼导演,30 年代在上海当过演员。抗日战争期间,他奔赴延安,在延安电影团做演员、导演,是在革命熔炉里成长起来的一位优秀电影艺术家。1945 年抗战胜利,他奉党中央之命,随第八中队来东北接收"满映",解放战争时来到兴山,是长影的组建者之一。1950 年,他导演的电影《赵一曼》轰动全国,并在捷克卡罗维发利国际电影节上获得大奖。他在长影德高望重,关于他的故事有很多,因而更加令我敬慕。

在东北文工团时,他带队深入生活,进行演出。在战火硝烟年代,他指导了歌剧《白毛女》《血泪仇》等,鼓舞战士和群众。他既是团里的领导,又是导演。

沙蒙导演对创作要求很严格。拍《上甘岭》前,朝鲜战争尚未结束,他于 1952 年亲赴朝鲜前线深入生活,到上甘岭实地了解第一手素材,访问志愿军指战员,做了大量笔记,然后满怀激情地投入电影《上甘岭》的筹备工作中。在长影小白楼进行案头工作时,他对作曲家刘炽的音乐创作也丝毫不放松要求。沙蒙导演与刘炽在延安时就是老战友,又是上下级关系,十分熟悉,但是在艺术创作上沙蒙导演要求很高,他让刘炽将插曲一遍一遍地唱给他听,不满意就一遍一遍地否定,然后修改。最终诞生了电影《上甘岭》里的插曲《我的祖国》:"一条大河波浪宽,风吹稻花香两岸……"这首歌在中国大地传唱了五十多年,百听不厌,深受人们喜欢。我每听到这首歌时,便联想到这两位老艺术家对创作严格要求的故事。没有当年他们认真的劲头儿,就不会产生精品之作。

原计划执导完《上甘岭》,就要着手筹备影片《党的女儿》。然而,沙蒙导演被错误地戴上了右派的帽子,中国电影画廊因此少了多少优秀电影,谁又能说得清楚。

2002年8月第六届长春电影节期间,在长影隆重举行了新书《走近沙蒙》座谈会。这本书由我策划,并写了序言。长影的许多老同志、老领导都来了。沙蒙导演的夫人欧阳儒秋因年迈体弱未能出席,由他的儿子和儿媳作为代表参加会议。会上放映了沙蒙导演的专题片。

这场座谈会特别有意义,让人触景生情。从长影走出的艺术家都在这里书写过花样年华,也有过悲怆的回忆。新老长影人同忆沙蒙,无不感慨这位才华横溢的电影艺术家对中国电影的痴情,认为他把毕生精力都投入到电影事业中。

我感言:作为一位艺术家,沙蒙导演对党和人民的情怀由来已久,他的作品体现着对党和人民的情感,是经得住历史考验的。我们在沙蒙工作过的地方,为他举办隆重的追思会,沙蒙导演在天之灵可以笑慰。人间正道是沧桑,他用心血完成的经典之作,已经告诉人们他的伟大!沙蒙必将与他伟大的作品一起永存青史。

2002 年 10 月

不应忘却的人

——《王滨传》序

王滨导演是我国电影界优秀的艺术家,他导演的电影《白毛女》等优秀作品,是新中国电影的里程碑之作。遗憾的是,他英年早逝,被病魔过早地夺去了生命。不然,凭他的才华和热情,必将在新中国的电影画廊里,书写出更多精彩的篇章。

适逢王滨导演诞辰九十周年,我写这篇小文以示纪念。

1961年,我在北京电影学院读书时,一天晚上,在图书馆里的一些同学难过地说《白毛女》的导演王滨去世了,是从《人民日报》上得到的消息。《白毛女》是我们学习新中国经典电影时观摩的影片,大家对这部作品十分推崇,认为导演的艺术手法质朴无华,真实精炼,是现实主义题材电影中思想深刻、艺术水平高又极具故事性的好作品。影片以恰到好处的电影语言,真实地表现了解放前后中国农村的时代特征,艺术地再现了杨白劳之女喜儿的悲剧人生,揭露了地主黄世仁的丑恶嘴脸,极具说服力地表现了这样一个主题:旧社会把人变成鬼,新社会把鬼变成人。

经典电影的魅力就在于经得住时间的考验。实践证明,《白毛女》这部伟大的作品影响和教育了一代又一代人,成为20世纪中国影坛经久不衰的力作。扮演喜儿的田华,不论后来扮演了多少角色,人们所津津乐道的,仍是她出演的《白毛女》。当人们赞美影片《白毛女》时,对导演王滨也应怀有深深的敬仰之情,王滨导演是中国影坛不应忘却的电影艺术家。

长影是新中国电影的摇篮,这里有许多从战火硝烟中走过来的电影艺术家,创作了很多红色经典电影,影响和鼓舞了亿万观众。我为能来到长影工作而感到自豪。在这里,我亲身感受了影片的创作环境,目睹了老艺术家的创作风范与艺术品格,也听闻了许多关于王滨导演的故事。

曾因执导《冰山上的来客》而蜚声影坛的赵心水导演,在长影摄影棚里给我讲述王滨导演的创作风格时,时时流露出对他的敬佩之情。王滨导演在摄影棚拍喜儿"喜迎过年"一场戏时,翻来覆去地照镜子,突然来了灵感,于是把镜头对准镜子,从镜子中的喜儿拉摇至镜前喜儿扎红头绳的动作,画面与音乐相配合,流畅自然而有新意。可见王滨导演很注重现场的灵感。

　　赵导还说过一件感人的事情:1959 年底,王滨导演正在吉林医大三院住院,当时他还不清楚自己已患不治之症,他的好友田方为拍摄影片《风从东方来》,去苏联时途经长春,前来探望。两位挚友在病房里依然保持他们多年的谈话风格,丝毫没有什么客套,谈笑风生,最后又谈到了电影创作。田方毕竟是演员,虽然知道面前的好友将不久于人世,心里极度难过,但在脸上没有流露出一点痕迹,还乐呵呵地说等他从莫斯科回来再谈下部影片的合作。王滨高兴地说:"苏联的皮大衣质量好,款式也好,回来时替我带一件,咱也美丽一下。"田方满口答应。见面的氛围是轻松愉快的,王滨导演在病榻前开心得像个孩子。

　　田方握别老朋友后,心里格外难受,脚步愈发沉重。他心里清楚,这次与王滨的会面很可能成为永别。他与王滨的友谊是多年来用鲜血凝铸的。30 年代,他们在上海拍电影,后来一起奔赴延安,后来又共同到东北,是一路走来的亲密战友。当田方走出医院楼门时,再也走不动了,瘫坐在台阶上,双手紧紧地抱住头,双肩抖动,痛哭不止,跟随的人十分理解地垂手站在一旁。

　　送别战友田方后,王滨导演余兴之下情不自禁地走到窗口准备目送朋友远行。然而,当他拉开窗帘往下看时,眼前的景象使他深感意外:凭他对田方的了解,田方此时会在登上汽车前回头张望,露出老朋友式的微笑,心中的祝福尽在不言中。可是,他看到的竟是田方瘫坐在台阶上,把头深深地埋在双臂里。田方竟也忘记了自己瘫坐的台阶,正是王滨视野所及的地方,他在病房中的一切掩饰都化为泡影。王滨瞬间明白了一切,明白了自己的病情,也明白了朋友那颗极度痛苦的心。

王滨导演来到床前,找出几张纸,此刻的他不是身患绝症的病人,而是一位超脱的导演,他思路敏捷,把眼前的情景用蒙太奇式的语言表达出来。

场景1:病房、日、内

镜1:全。护士撩开白色门帘,田方等人携花走进。

镜2:近。王滨从病床上坐起,见状大喜。

镜3:中跟摇小全。田方快步走上(跟摇),田方与王滨拥抱,王滨亲近地用虚弱的右手打了田方一拳。

镜4:半。随员将带来的鲜花插在瓶中。

镜5:特。阳光下的鲜花格外耀眼而美丽。

(画外音:王与田的笑声……)

镜6:中。王滨与田方面对面坐。

田方笑道:"老兄是喝酒不要命的人,兄弟来看你没带酒,却拿来鲜花,别怪我……"

王滨也笑道:"没关系,下次再带酒也不晚,我不是戒酒,是长影党委决定'王滨不准喝酒',这叫服从组织决定。咳!谁让咱老婆是党委书记呢!"

镜7:近。田方深情地看着王滨说:"你这家伙一定要改改嗜酒不要命的毛病!"

镜8:近。王滨孩子般嘻嘻一笑。

镜9:小全推移。田方站起来走到窗口:"等我从苏联回来,咱们一起弄部戏,你导我演。你要好好养病!"

王滨也站起来,兴奋地说:"好啊!下部戏一定要更精彩。哦,对了,你从莫斯科回来给我带件皮大衣,那里的皮大衣样式很好,这回咱也美丽一回!"(跟移推近)

田方高兴地说:"好!你穿上皮大衣在镜头前喊'开麦拉',一定更帅!"(镜头推至二人半身近景)

王滨道:"一言为定!"

田方看着王滨连连点头。(镜头继续推,通过窗台的鲜花至窗外蓝天)

场景2:走廊、日、内

镜1:特跟移。走廊上一双行进沉重的脚。

镜2:全。田方在长长的走廊里走着……

镜3:大近跟拉。田方艰难地走着,一张痛苦的脸。

场景3:医院门口、日、外

镜1:全跟摇。田方步履沉重地走出医院楼门,瘫坐在台阶上,把头深深地埋在双臂中,全身在抖动。

镜2:近。田方抬头望天,脸上挂满泪水。

镜3:中。随员们难过无语。

场景4:病房内、日、内

镜1:小全。女护士送药离去,王滨走到窗台前向外看。

　　镜2：近。王滨那智慧的双眼似乎定格。

　　镜3：大全俯。透过窗前的鲜花，医院门前的台阶上是田方瘫坐在那里的身影，旁边站着随员。

　　镜4：大近。王滨惊呆的眼神。

　　镜5：大全俯推小全。田方弯曲的后背。

　　镜6：近跟推特。王滨转身走向病床前瘫坐在那儿，（推至特）他全明白了，在王滨"特写"的脸上，出现下面的画外音：

　　田方笑道："等我从苏联回来咱们一起弄部戏！"

　　依然是田方的声音："你穿上苏联的皮大衣在镜头前喊'开麦拉'一定更帅！"

　　田方的声音："你导我演！哈哈……"

　　王滨的声音："一言为定！一言为定！——"

　　王滨导演在这一组蒙太奇句子的上方，又写了几个字：《诀别》——导演：王滨。

　　王滨导演写在病历纸上的分镜头手稿现已无从查找，但赵心水导演讲述的这件事让我记忆犹新，两位前辈的人格魅力及他们之间真挚的友谊让我深感佩服。

　　在"文化大革命"中，长影厂从摄影棚到院子里贴满了大字报，但没看到有一张大字报敢说《白毛女》是"毒草"，没有一个人敢说王滨导演"反动"。王滨是位了不起的导演，是经得起时代考验的艺术家。

　　1988年夏,我和肖桂云正在拍一部十四集电视连续剧《血洒故都》,题材是描写李大钊领导北平青年革命,其中一场戏是北平革命群众秘密掩埋李大钊同志的遗体。我们在长春郊区拉拉屯附近选景时,发现了王滨导演的坟墓,墓碑是用汉白玉做的,上面刻着"王滨同志"。摄制组的同志肃然起敬。我发现坟堆上荒草丛生,看得出已久未修缮,于是我动员全组同志用了半天时间对坟墓进行修缮,加了二尺厚的坟土,对周围环境进行了清理,最后以长影晚辈和《血洒故都》剧组的名义,向王滨导演敬献花圈,并在王滨导演墓前合影留念,以此表达对这位在新中国电影史上做出卓著贡献的艺术家的尊敬和纪念。

　　第二天,我决定以王滨导演的坟墓为背景进行拍摄,以此作为永久的纪念。

　　王滨导演虽然离开我们四十多年了,但是他的名字和作品却永远存在我们心中!

2003年1月

笔墨传心境

——《丈木画集》序

　　结识丈木已有多年,他平日给我的印象是微笑多于言语,可每每谈起画理便滔滔不绝,上自秦汉隋唐,下至晚清民国,名家画论、各派风格,娓娓道来,足见其深厚的学识。后来知道他17岁即在故宫临摹古画。

　　边读边画的生活,使丈木吸取圣贤精华,并深得其三昧,这是他年少时积累的财富。难怪我初见他的画作,便吃惊他年纪不大却出手即是大家的风骨与气韵,这是修炼后大悟的结果。

　　丈木的花卉大写意是我们难得一见的逸品,梅兰竹菊四君子在他的笔下充满灵性,虚虚实实,气韵生动,意到而笔不到,恰似雾里看花,飘逸洒脱,可谓有君子之风,显露出画家十足的才情和功夫。

　　看丈木的山水画是一种享受,他把中国画的笔与墨运用得得心应手,那层峦叠嶂、云遮雾罩的山山水水,经他的笔墨渲染，便跃然纸上，让人一下子进入他所设定的情境中。

前不久，我在珠海为电影《星海》采外景时偶然见到丈木的一幅长卷，当时随我同行的摄影师、美术师都深表叹服。我们感觉这幅画恰似一个摇不完的长镜头，镜头缓缓地摇啊摇啊摇，江山如此多娇，引无数英雄竞折腰。那无尽的美景中，有山水流动的天籁，有大自然壮美的交响。

但凡伟大的画家，无不存奇逸之气。丈木的"奇"，我以为是才情之"奇"，"奇"得有个性，"奇"得有风骨。不仅他的大写意山水令人叫绝，他的南宗山水同样让人称奇。我有幸见到他画的一幅八尺金箔巨幅山水，居然是用细笔勾勒皴染而成，万山层林、庙宇房舍，笔笔中锋，用放大镜欣赏其细微处，那线条、层次和气韵直追董、巨，足见其基本功之扎实。据说他完成这幅画花了四个月时间。在这个浮躁与喧嚣的社会，能有如此定力和耐心的画家已不多见。

看丈木作画也是一种享受。他像一个潇洒出尘的逸士挥舞着画笔，在和谐的环境中与宣纸交流。我们在品味他的画作时，可以体会到一种静雅的格调。他把大自然的静态之美诠释得淋漓尽致，在静谧之中，可听林中的鸟语，可闻近处的花香。丈木参禅悟道而又热爱自然，在面对日月星辰、山川丘壑、烟雨晴岚时，始终保持着博大、空灵、静雅的心境，以这样的心境完成的画作，便呈现出山川之大美。

　　我是电影导演,电影是用造型的艺术去表现天地人的灵性,而丈木的画也是直指人心,出神入化,行云流水,似云非云,似水非水。心境是对天地人的感悟,他的画说到底是心境的写照,与常人的不同之处在于,他能将这种超凡脱俗的心境表现于笔端,以笔墨呈现于纸上,成为永恒的美——这就是天才了。

　　　　　　　　　　　　　　　2009 年 3 月 10 日于北京

太行山飘出的一朵彩云

——《苏云传》序

在我的电影生涯中,苏云是我的贵人,我对他的感恩之情时时涌现。

苏云是新中国电影摇篮的开拓者之一,长期担任长影厂厂长的职务。1986年他到中国电影家协会主持工作,退休前任中国电影基金会会长。他为中国电影事业辛勤耕耘六十多年,贡献卓著,是我国杰出的电影事业家。

苏云原籍山西省长治市,十五岁参加革命,因长得矮小,便在文工团学绘画,搞宣传。没有画笔,他就把树枝烧成木炭条当画笔用。

巧合的是,2009年,我应山西省委之邀担任大型实景演出《太行山》的总导演时,在当年八路军总部所在地武乡县、左权县和长治市等地深入生活,这里正是苏云诞生与战斗过的地方。我在太行山地区画了许多写生,看着黄土高坡上错落有致的窑洞,听着周围人与苏云一样的口音,仿佛看到苏云的形象出现在黄土高坡间,高大而圣洁。

太行山是八路军的根据地。1937年"七七事变"后,中华民族到了最危险的时刻,八路军东渡黄河,挺进太行山,托起了民族的希望。此时苏云睿智地瞒过年龄,投身于革命队伍中,与战友们在艰苦的岁月里,历经战火的洗礼,走上了革命的道路。

在太行山排练的日子里,我更加怀念苏云,不仅是触景生情,更是心灵上的感应,这源自我多年来对他的情感积累,从仰慕到成为良师益友。

1964年秋,我从北京电影学院毕业,被分配到长影工作。那时的长影是何等辉煌,拍出了《白毛女》《赵一曼》《钢铁战士》《平原游击队》《烽火战车》《冰山上的来客》《刘三姐》《五朵金花》《边塞烽火》《青松岭》《战洪图》《独立大队》《红孩子》《兵临城下》等精品佳作,培养出许多电影艺术家、技术专家和管理人才。从老一辈电影大师沙蒙、王家乙、林农、苏里、武兆堤、王炎、赵心水、刘国权、朱之顺,到"文革"前的"二十二大影星"田华、于蓝、王晓棠、于洋、李亚林、庞学勤、金迪、张圆、陈强、张平、王心刚等,以及诸多摄影师、美术师、录音师等,大都出自长影。当今影坛活跃的知名影人,从长影走出来的更不知有多少。

我由电影学院走进长春电影制片厂的第一件事便是下基层劳动,为的是让青年人从电影生产的一线入手。我是美术系毕业,于是到美工车间跟工人师傅一起劳动。后来得知,做出这一决定的正是苏云厂长。现在看来,这种实践课对我们的成长是很有必要的。当时,我几次偶遇苏云厂长,给我的印象是一张严肃得像"法官"的脸。

我真正与苏云相处并有幸在他领导下工作是在"文革"后。当时苏云成为"促生产"的领导,全面抓长影的生产工作,从拍革命样板戏,到拍四部故事片(长影占了三部)。幸运的是,我在《青松岭》担任场记,肖桂云在《战洪图》担任场记。当时,如果没有苏云的恩准,我不可能由美术助理改做大导演刘国权的助理。正是这个转变,开启了我的导演之路。

经过"文革"重新走上领导岗位的苏云,有着极大的工作热情,他抓生产创作,抓人才队伍建设,抓技术革新,还抓"三线"的战备建设。那时,苏云在工作上大刀阔斧,雷厉风行,使长影呈现出一派红火景象。

20 世纪 80 年代到 21 世纪初,苏云被调到北京,在中国电影家协会和中国电影基金会担任领导工作,这让我有更多机会近距离接触他。他身上有一种独特的魅力,是一位可敬可亲的长者。

1987 年秋,中苏关系刚缓和,我国便派出电影代表团出访苏联,苏云为团长,我携作品《田野又是青纱帐》随团出访。临行前,我们到电影界泰斗夏衍家拜访,也是向这位电影界老领导求教。到苏联后,在不同的外交场合,苏团长均让我发言或答记者问,使我得到了很大锻炼。

90 年代末,苏云与中国电影基金会领导多次推荐我来基金会工作,均被我婉言谢绝。他深知我心系拍戏,怕从此丢掉专业,但依然做我的工作,最后我只好服从。能在苏云身边为电影做公益事业,我十分快乐。

苏云爱才是公认的。担任长影厂厂长期间,他很重视对年轻人的培养,特别是对从电影学院毕业分配来的青年人十分关注。1976年,还是副导演的肖桂云破格与老导演于彦夫联合执导影片《希望》,又独立执导戏剧片《包公赔情》《桃李梅》,后来我们夫妇又联合执导《佩剑将军》,这些均是苏云厂长支持的结果。20世纪80年代初,厂里表现好的年轻艺术家按常规是分不到新盖的房子的,苏云在厂务会上力排众议,坚持拿出十二套房奖励在生产业务上做出成绩的青年导演、演员和摄影师,我和桂云分到一套。他亲自到我们的新家,乐哈哈地说:"这才像艺术家住的地方,这样能出更多好作品呀!"

调到北京后,苏云仍然热情地为影人呐喊助威。不论是谁请他看影片或参加首映式,他都不拒绝。在影片《开国大典》之后,我们相继拍摄了《决战之后》《重庆谈判》和《七七事变》等影片,几乎每部他都亲自到拍摄现场看望、慰问,真诚地为双片提意见。1991年看完《决战之后》已是半夜,不巧苏云所住楼房的电梯停了,年迈的他饿着肚子一步一阶爬上十七楼。后来我知道这件事,心里十分不忍,向他表达歉意,他却乐呵呵地说:"《决战之后》这部片子拍得很精彩,看得很轻松,不累!"

苏云是多才多艺又十分精通电影管理的人。他幼年学习绘画、舞蹈,进入电影界,开始专攻摄影,对电影生产的各个环节都很熟悉,在文学剧本的审定、工作双片的分寸把握以及重大事件的分析上,都有将才风度。如不是全身心地投入电影事业,是不可能达到如此高成就的。苏云是长影的好厂长,是真正的电影事业家。

苏云待人像暖瓶,把装在心里的温暖润泽于他人。他对上不恭维,对下不摆架子,不论对谁都是以诚相待,任人唯贤,又不失原则。"四人帮"时期,长影拍摄了一部以大庆油田铁人王进喜为原型的故事片《创业》,编剧张天民、导演于彦夫、摄影王雷、美术王崇、作曲秦咏诚,主要演员有张连文、李仁堂等。这部影片呼声很高,拍得也很有气势,但以江青为首的"四人帮"提出了很多意见,一道命令,禁止发行,这使全厂上下忐忑不安。此时,压力最大的当属苏云厂长。编剧张天民通过邓小平将此事告诉了毛泽东主席,毛主席批示:"建议通过发行,不要求全责备。"为了这部影片,苏云不知遭到多少指责甚至诽谤,但他从不辩解,而是不动声色,沉稳以对,斗智斗勇,只求《创业》在全国发行。

苏云不胜酒力,但凡家里有好酒便拿出来与大家分享。在中国电影基金会工作时,每年元旦,他总是拎着家里的好酒与大家同饮,聊聊一年来的开心事。

2005年他与病魔做斗争时,同事去看望,他虽疼痛难忍,却总是装出一副若无其事的样子,永远微笑着,还不忘问一些电影界的大事小情,并为中国电影的发展感到高兴。生命垂危时,他经常在梦里呼唤老战友开"党组会",要"看样片",要"参加首映式",真是一个把生命献给电影事业的人。

在苏云生命的最后日子里,我出国访问前去向他辞别,他微笑地握着我的手,久久不放,也许他意识到这可能是最后的诀别;我也微笑着告诉他 30 日就回来给他说笑话,讲段子。他深情望着我的眼神,我终生难忘。在我出访期间,苏云几次病危,几次又被医生从死神的门坎拽了回来。广电部赵实,电影局、长影的老同志,影协和中国电影基金会的同志,以及许多亲朋好友都来看望他,他深情地望着大家,眼神里全是不舍,他舍不得离开朋友,舍不得离开与自己相伴一生的电影事业。在弥留之际,他三次醒来,第一句话就问身边的人:"前宽何时回来?"直到 30 日这天,苏云奇迹般地醒来,自语道:"前宽回来了!"我赶到他的病床前,看着他闭上了双眼。中国杰出的电影事业家苏云的心脏停止了跳动。我和他的儿子为他穿上寿衣。冥冥之中,苏云在等我回来,他顽强的生命力给了我尽孝道的机会。

在八宝山革命公墓,赵实和电影界数百人前来向苏云告别,我主持了告别仪式。苏云具有高贵的品格,是我们学习的楷模,新中国电影的丰碑上有他洒下的汗水与热血。苏云有理由微笑,2005 年在纪念中国电影诞生一百周年大会上,他的夫人向隽殊荣获"对国家有突出贡献的电影艺术家"称号,在人民大会堂受到党和国家领导人的接见。

2011年《苏云传》出版之际,向隽殊又在第三十届中国金鸡百花电影节上荣获"金鸡奖终身成就奖",这是中国电影界的最高荣誉,苏云在天之灵,定会为之欣喜。

前文说到我执导大型实景剧《太行山》的拍摄工作,这部剧反映的正是苏云在太行山抗战的那段历史。我选了六百多位山西人扮演抗战时的太行山军民,一律说山西话。剧中那个不够参军年龄的小战士,在哥哥牺牲后,由母亲牵着手将其送到前线,这场景正是苏云个人经历的再现。拍这场戏时,苏云的形象时时浮现在我眼前,成为激励我排好这部戏的动力。这台实景剧在太行山首届文化节公演时,山西省委和长治市委、市政府的领导都来了,虽遇大雨,但演出照旧,取得了巨大成功。我心中默念:谨以此剧献给苏云!

第二天,我以中方评委和导演的身份赶往加拿大参加蒙特利尔国际电影节,我与夫人共同执导的影片《星海》会在电影节上放映。

飞机飞离太行山时已是黄昏,机舱外彩云一片,透过绚丽的云朵,眼下是黄土高坡和无尽的太行山脉,这时我仿佛看到苏云从彩云中走来,露出灿烂的微笑……

苏云正是太行山飘出的一朵彩云,在天地间长存。

值此《苏云传》出版之际,以上感言是为序。

2011 年 8 月 17 日

向新中国电影事业的开拓者致敬

——《于敏文集》序

甲午马年(2014)春,于敏先生迎来百岁华诞,同时,中国电影出版社将出版《于敏文集》。好事成双,可喜可贺。这部文集是于敏先生的百岁寿礼,也是中国电影界的一件大喜事。

欣喜之时,接到出版社通知,要我为《于敏文集》写篇序文,于敏先生的爱女于晓玲女士告诉我,这也是她父亲之意,并为我准备了多册于敏先生的著作。于敏先生是我国影坛前辈,是文艺大家,是新中国电影事业的开拓者,能为于敏先生的文集写序,是我的荣幸。

重新拜读于敏先生的代表性作品,再次领略到他的艺术追求,感悟到他的人格境界,认识了他的理论探索,看到了他对中国电影事业所做的重要贡献。我们有理由向这位世纪老人表达诚挚的祝福和崇高的敬意,向这位毕生为新中国电影事业默默耕耘的前辈致敬。

我和我们这代电影人,是看着于敏先生创作的电影成长的。新中国成立之初,我刚上小学,常在家乡那简陋的小影院看长春电影制片厂拍摄的电影,其中有《桥》《白衣战士》《赵一曼》《白毛女》等。后来到电影学院学习中国电影史时,再次观摩了影片《桥》,方知这部作品所具有的划时代意义——她是新中国第一部故事片,编剧正是于敏先生。后来,我来到新中国电影的摇篮——长春电影制片厂工作,这里汇集了国内众多的电影艺术家,有郭维、林农、武兆堤、苏里、刘国权、吕班、赵心水、王家乙、于彦夫、沙蒙、严恭、胡苏、纪叶、朱文顺、张辛实、王春泉、王启民、卢淦等,但始终没有见到于敏先生。原来他长期在鞍钢挂职,是一竿子扎到底的人民作家。在那里,他广交朋友,闻名全国的劳模孟泰、王崇伦等都是他的挚交。

继电影《桥》之后,于敏先生于1950年又创作了电影《赵一曼》,在海内外赢得了广泛赞誉。他还作为新中国电影代表团的首席代表,参加了在捷克举办的卡洛维发利国际电影节。

在鞍钢那片热土,于敏先生还创作了电影《高歌猛进》《无穷的潜力》《工地一青年》《炉火正红》等。一个当年在延安文艺座谈会上亲自聆听毛主席讲话的文艺工作者,由"小鲁艺"走向"大鲁艺",明确文艺是为人民大众服务的,进而执着坚守,努力践行,以亢奋的状态投入到生活与创作中。

抗战胜利后，于敏先生遵照党的指令，成为最早一批奔赴东北的文艺战士。在解放战争那个烽火硝烟的年代，于敏先生在兴山参与创建了新中国电影的摇篮——长春电影制片厂，又在极其艰苦的条件下创作了新中国第一部故事片《桥》。这部作品是于敏先生遵照毛泽东《在延安文艺座谈会上的讲话》精神创作的，以讴歌工人阶级为主旋律，描写了东北某铁路工厂的工人们抢修松花江铁桥，为解放战争做出积极贡献的故事。这部作品为新中国电影事业开了个好头，体现了于敏先生对生活的热爱，以及对战争胜利的渴望。

工业题材复杂多变，内部和外部关系千头万绪，是很难把握的，也难以在电影中表现。于敏先生以"咬定青山不放松"的精神，把注意力聚焦在工人身上，突出人的尊严。他始终认为"必须根深，才能叶茂"，文学是人学，塑造人是电影的灵魂。正是基于这种创作理念，他在东北这块老工业基地，用汗水和热血创作了一大批工业题材的电影作品。

为了了解工业题材，熟悉工人的生活，于敏先生携妻带女，把家由北京搬到鞍山，一住就是26年。特别值得一提的是，为了倡导工人阶级拿起笔来记录伟大的时代，于敏先生与作家草明先生一起向工人们倾心传授写作知识和经验，有些工人因此成为知名作家。而他自己创作的长篇小说《第一个回合》也在此期间完成，在全国引起巨大反响，文坛前辈叶圣陶先生高度评价此作品。于敏先生是从生活中一路走来的作家,是一位成熟的文艺家,也是电影人的楷模。

火红的年代,造就火红的人生。于敏先生的艺术人生始终与时代同步,与民族和国家的脉搏同频。

于敏先生出生在一个不算富足的家庭,父亲经营的小罐头厂破产后,他不得不放弃学业。酷爱读书的他,不满足于依偎在家乡这块小天地中,而是渴望看到更广阔的世界。当时,文艺是最有吸引力的,他在山东挚友王滨、田方等人的影响下走进了电影厂。在这里,他感觉到电影是最具文化影响力和观赏性的艺术,是文化救国的好舞台。当时正值日本帝国主义侵略中国,中华民族到了最危险的时刻,于敏先生一心报国,毅然与战友们奔赴抗日前线,来到革命圣地延安。他们清醒地意识到,延安是中国革命的希望。

在延安,在鲁艺,在这个革命的大熔炉里,于敏和王滨、田方经历烽火硝烟的洗礼和艰难困苦的磨炼,锻造出刚毅的品格。他们三个人就是一台戏——一个是编剧,一个是导演,一个是演员。他们在事业上是志同道合的战友,在生活中是亲如手足的朋友,被誉为延安鲁艺"铁三角"。

于敏先生将"五四运动"视为对自己的第一次启蒙,将20世纪30年代的"三大论战"(关于中国社会性质、中国社会史、"文艺自由"的论争)视为对自己更深的一次启蒙,将1942年延安的整风运动作为对自己最深的一次启蒙。这时的他真正认清了社会之路、人生之路和文艺之路，为自身的实践指明了方向，进而为人民电影事业留下了累累硕果，成为新中国电影事业的功臣。

"文革"前夕，长春电影制片厂在外地的各路人马都被召回来"集中学习"。这时我才第一次见到于敏先生，他白嫩的脸庞上架着一副精致的眼镜，文质彬彬，一看就是满腹学问的智者。他言语不多但十分精辟，充满了才思。不久，于敏先生与其他权威导演、编剧，成为这场"革命"的对象，艺术家们一夜之间都成了"黑帮"，受到批判，强制劳动，甚至遭受皮肉之苦。在那个是非颠倒的年代，他们清醒而无奈。在这场浩劫中，于敏先生不畏凶险，时刻不忘保护战友，设法使老战友王滨的夫人、长春电影制片厂党委书记李莫愁脱离险境。看似文弱的他，实则外柔内刚，是个重情重义的人。特别是在"文革"升级的关键时刻，他像一个神勇的老兵，巧妙地脱离了恶劣的险境。

"文革"后，于敏先生背起行装，又回到他长期生活的鞍钢。1978年，国家拨乱反正，于敏先生奉命回京，负责重新组建中国电影家协会，恢复《电影艺术》等刊物。作为中国电影家协会书记处书记和杂志主编，于敏先生辛勤工作，将"文革"中影协留下的繁杂而混乱的摊子，处理得井井有条，进而为中国影协与影人之间搭建了一座桥梁，受到人们的称赞。

在策划、筹建"金鸡"奖，举办中国金鸡百花电影节方面，于敏先生也起到了至关重要的作用。大众电影"百花"奖，是1962年在周恩来总理的提议下创建的，很有群众影响力；"金鸡"奖则是 1981 年由于敏先生参与创办的，是由专家们评选、专业性很强的奖项，受到业界的高度重视与欢迎。应该说，"金鸡"奖是在新的历史条件下，遵循党的"百花齐放，百家争鸣"方针，以促进中国电影事业繁荣发展为目标创设的，体现了于敏先生等老一辈电影家对中国电影事业发展的期望。当时参与"金鸡"奖创办的有夏衍、陈荒煤、袁文殊、林彬、丁峤、郭维、程季华、张骏祥、金山、白杨、于蓝、王萍、王家乙、水华、罗艺军等老领导、老艺术家。

为了突出"金鸡"奖的专业性和权威性，在创办之初于敏先生就明确提出评选过程必须坚持"学术、争鸣、民主"的原则，后来又进一步提出四条原则：一、六亲不信，只认作品；二、八面来风，自己掌舵；三、不抱成见，从善如流；四、充分协商，顾全大局。这一原则沿用至今，是实实在在的没有空话的准则，不仅体现了老一辈电影家的智慧和责任感，也是前辈们为我们留下的宝贵财富。

如今，中国金鸡百花电影节已成为中国电影庆典的标志性品牌，是每年总结和激励中国电影发展不可或缺的活动，也是中国影协每年的主要工作之一。

于敏先生是山东人，自幼在烟台长大。俗话说，自古山东多好汉，且不说梁山好汉，也不言泰山英雄，只说曲阜出了个孔圣人，就足以让山东人感到骄傲。山东历史上还出了抗倭英雄戚继光，令倭寇闻风丧胆，蓬莱水城就是他练兵之地。著名作家杨朔也是山东人，写了不少歌颂家乡风光的文章。山东还出了大名鼎鼎的任庆泰，1905年，他在京城拍摄电影《定军山》，开启了中国电影的元年。1948年，即新中国成立前一年，于敏先生创作了新中国第一部故事片《桥》。不同时期的两位山东人，在中国电影诞生与发展的两个关键节点上均做出了重要贡献，名垂史册。

我和于敏先生是山东同乡，却是两代人，于敏先生是新中国电影摇篮的开拓者，我们则是在摇篮里成长的受益者，向他老人家致敬，理所应当。

1998年中国影协换届，我担任副主席；2008年又担任中国影协主席。当时，我感到中国电影家协会的主要工作都是于敏先生等老一辈电影家早已安排好的，我们有"前人栽树，后人乘凉"之感。

于敏先生不仅是著名的编剧、小说家、散文家，还是著名的文艺理论家。

20世纪80年代，正值我国改革开放、经济发展的关键期，文艺战线出现了前所未有的活跃局面。然而，在创新突破之余，也有"西方拿来主义"、形式与内容偏离主题等倾向，电影业的健康发展遇到了瓶颈，因此，从理论上探索电影艺术创作的健康走向，对广大电影人来说十分必要。1983年和2003年，于敏先生分别出版了电影理论集《探索》和《银幕外的声音》，这两部作品的出版恰逢其时，对影坛有着不可低估的引领作用，让许多年轻影人从前辈那里获得启迪，找到创作的正路。书中有些文章虽写于

50年代,但其所含的正能量和艺术创作理论,至今仍对中国影坛有指导意义。

改革开放以来,中国电影业发展迅速,特别是中国电影市场化以来,佳作不断,新人辈出。长江后浪推前浪,影坛中许多老一辈艺术家逐渐淡出人们的视野,媒体也冷落了他们,于敏先生便在其中。但是,他很坦然地面对这一切,为中国电影事业的发展感到高兴,为新人的成长而欢欣鼓舞。在我看来,每当中国影坛欢庆丰收之时,我们不该忘记以于敏先生为代表的曾经为中国电影发展付出努力的人,他们是中国电影这座大厦的奠基者。

于敏先生平时十分低调,少言寡语,惜字如金,但对事物有着自己独到的见解。1989年,我们拍的《开国大典》在审查时遇到麻烦,有人说"很好",有人说"很糟"。面对这些不同的声音,于敏先生写下《观〈开国大典〉散论》,为年轻人能拍出这样的大片感到高兴。他说"电影《开国大典》是想得好、干得好、破得好、立得也好的好影片",同时也指出了其中的不足。这是一位长者对青年人最大的支持和鼓励,让我们深为感动和敬佩。

2002年,中国电影基金会在上海举办中国电影界纪念毛泽东同志《在延安文艺座谈会上的讲话》发表六十周年的活动,不少影坛知名艺术家到场,如张瑞芳、于蓝、秦怡、孙道临、谢铁骊、于洋、田华等,青年人有濮存昕等。座谈会上,由于于敏先生是当年亲临延安文艺座谈会的前辈,所以他的发言很受关注。他语重心长地说道:"《在延安文艺座谈会上的讲话》是永不过时的指导性文件,我们切勿脱离生活,离开生活的创作是留不住的。"

那天晚上的音乐会,他坐在第一排,节目很精彩,广电部和上海市的领导均亲临现场。最后谢幕时,我请于敏先生上台与演员们见面,他婉拒并谦虚地说:"我坐在台下看演出已经很高兴了,谢谢你们!"他的大家风范与做人品格令人敬佩。

回眸于敏先生的世纪人生,可谓厚重多彩,光芒四射。他经历了抗日战争、解放战争,迎来了新中国;他目睹了从社会主义建设到改革开放的时代变化;他见证了国家从贫穷到富强和文化大发展的过程,又触摸到中国电影发展的黄金期。

于敏先生从1947年开始从事专业理论创作,辛勤耕耘了近60年,直到2006年96岁时搁笔,写下的著作和文章共500多万字,是毕生奋斗不止的作家。他历经了不同时期的文艺政策,但不管气候如何多变,他心中自有一本明白账,即以不变应万变,真正践行了他提出的"八面来风,自己掌舵"的人生观,达到了"以心照物,以物呈心,心物交融"的至高境界。

于敏先生是一位幸福的百岁老人,中国影坛为有这样一位德高望重的老人而骄傲。《于敏文集》的出版无疑是老人家百岁华诞时献给他的最好礼物,同时也是中国电影界的一件大事,是给中国影坛的传家宝,是一笔宝贵的财富。研究于敏先生一生的创作经历,研究他不同时期的作

品,是从一个独特的角度认识和感悟中国电影发展的脉
络,这远远超出了这部文集自身的价值。

　　我由衷地祝贺《于敏文集》出版!

　　祝福于敏先生健康、长寿!

　　　　　　　　　　　　　　2014 年 3 月 18 日

勤奋赢得的丰收

——《高国良影视美术集》序

得知《高国良影视美术集》即将出版，我很高兴。当下影视作品层出不穷，而总结影视造型方面的精彩书籍和画集却难得一见。高国良将几十年来在电影、电视剧创作方面的经验与作品汇集出版，这既是个人的艺术总结，也为业界人士特别是年轻的影视美术工作者提供借鉴，让大家共同分享老美术师丰收的喜悦。《高国良影视美术集》的出版是业界的一件好事，可喜可贺。

高国良是我大学时代的同学，在新中国成立十周年大庆前，我们一同来到北京电影学院美术系学习；困难时期，我们寒窗苦读五年，其乐融融。从辽宁黑山县来的高国良与来自大城市的同学相比有些土气又不善言辞，但他为人朴实，做事认真。学院文艺汇演，活跃的学生在舞台上表演，而他在背后默默为大家服务，很有集体观念。五十年的社会实践，如同人生的一场马拉松，不少人在中途掉队，特别是改革开放以来的三十多年间,社会给了人们很多机遇和挑战,凡能迎难而上坚持下来的,就会有所收获,高国良就属于有收获的人。应该说,就天赋和才华而言,高国良在班上当属一般,然而,他到长影后刻苦努力,任劳任怨,大有一番报效家乡和祖国的劲头。无论天寒地冻,还是盛夏酷暑,他总是背上工具袋同工人师傅们并肩忙碌于摄影棚内外,既不叫苦,也不言累。经历"文革"的电影学子们很看重春风化雨后的创作实践,高国良就是苦干、实干精神的践行者。他的"傻"应了那句"吃亏是福"的名言。他的实干作风赢得了人们的信任,受邀于一个又一个剧组。"文革"后的几十年,他参与拍摄了《车轮滚滚》《蝶恋花》《延河战火》《锁龙湖》《女交通员》《苦难的心》《美丽的囚徒》《太阳有耳》《吕四娘》《现代角斗士》《闪光的剑》《一个人的奥林匹克》等三十余部电影作品,还有《三国演义》《孙武》《西施》《黑龙江三部曲》《澳门的故事》《老城》《关东魂》《这里的黎明静悄悄》等三十余部电视剧。

他设计的仿古建筑铜雀台、仿澳门建筑许家大院,以及在黑龙江黑河建造的俄罗斯村庄、在伊春建造的森林小镇等具有地域特色的典型场景,不仅为影视拍摄提供了特定环境,也为当地的旅游增添了靓丽的文化色彩。

高国良是一位勤奋的美术师,每接一部戏总会拿出大量时间研究史料,进行实地考察,根据文学剧本提供可视的造型空间。他描绘气氛图、制作图,参与服、道设计的前期工作,为导演的场面调度和镜头处理提供参考,也为摄影师、照明师提供依据。这样的美术师是最受欢迎的。在当下"赶火车式"的拍戏过程中,高国良对影视创作造型的追求和严谨的工作态度是难能可贵的。

高国良在工作中画了大量的写生、速写,收集了大量资料。当下的影视工作中,有相当一部分美术师早已对写生陌生了,他们习惯用照相机取代手中的笔,以电脑绘图取代手绘图。然而观察生活、认识生活的能力,是美术工作者的基本功,也是画家的第一要务,不会在生活中观察和绘画的美术师,称不上一个完美的美术师。

高国良的写生作品造型朴实,色彩明朗,形成了自己的艺术风格。

高国良比我大四岁,77岁的他依然笔耕不辍,依然在创作的第一线勤奋工作。相比之下,许多人在十几年前便退休在家享受天伦之乐了,还有的人自视聪明,把自己设定在"山高己为峰"的位置上。高国良自嘲是"笨学生"且有些"傻",我反而以为这是极聪明的体现。他活得明白,活得自在,为人憨厚,与人和善,深得朋友信赖,此乃人生之大聪明。高国良事业有成,还有一个和谐温馨的家庭,有贤惠的妻子和可爱的子女,他是幸福的。

写到此,我脑中闪现一段往日趣事,不妨说出来供大家一乐:1964年底,我与高国良一起在极艰苦的北方农村生活。当时他正处女朋友,都是靠书信往来,未曾见面。一次见面后,女孩发现国良不是自己心中的白马王子,两人就告吹了。不久又有人给国良介绍女朋友，依然是位沈阳女生，恰是之前告吹那位的朋友，女孩来信向国良要照片。有了前车之鉴，国良问我怎么办，我便出了个有趣的主意，给他画了幅漫画寄给女孩。漫画嘛，当然要夸张，我给国良画了扫帚眉、小眼睛、大大的厚嘴唇，形象好玩至极。国良给女孩写信说住地条件十分艰苦，没有照相馆，不得已寄自画像一张，还按我的叮嘱写上长相比自画像还丑。女方回信说："国良太有幽默感了，真有意思。"打那以后，此画就摆在他女友面前，每天为她带来不少乐趣。时隔半年，两人相见，女方惊喜地发现高国良比自己想象得帅气多了。这位女孩便是国良的夫人宋淑英。如今两人相伴已五十余年，儿孙满堂，其乐融融。国良怕是还得感谢我"善意的漫画"。

为老同学出的书写文，思绪时远时近，诸多往事尽在不言中。高国良是好人有好命，实在人办实在事，由于毕生勤奋，自然硕果累累。我为国良所取得的成就感到高兴，向他出版《高国良影视美术集》表示祝贺！

2014 年 5 月 12 日于北京

坚守与弘扬

——范梦《版画艺术论》序

范梦要我为《版画艺术论》写序,我对他又要出新著感到欣喜,但随之而来的是诚惶诚恐之感。在此之前,为范先生专著写序文的都是中国文坛、书画界的大家,如季羡林先生、靳尚谊先生、李桦先生、王琦先生、常任侠先生、胡一川先生等。《版画艺术论》是专业性很强的论著,要我写序文,实不敢当。

范梦的来信真切诚恳,希望我从老友的角度随意写,这给了我很大的发挥空间,我实难推辞。我一看《版画艺术论》的目录就倍感亲切,目录中提到的文化大家多是我见过面或认识的,有的还为我上过课。如彦涵先生,我在北京电影学院美术系就读时,他曾来系里为我们授课;我曾陪范梦一起到李桦先生家拜访;王琦先生现在与我同是中国文联的荣誉委员,开会时常见面,不久前在北大医院例行体检,还一起共进早餐,老先生98岁,腰板笔直,身体十分硬朗;古元先生虽然已谢世,但他早期的版画和后来的水彩画,都给我留下了深刻印象。

1972年初,我在长春斗室创作了一幅《唯新兴者才有未来》的油画,画面上鲁迅先生凝视窗外的星斗,忧患于国家和民族的命运。这幅油画作品参加了"文革"后吉林省首届美展,并刊登在《长春》杂志的封面上。

由于对鲁迅的崇拜,1981年拍电影《佩剑将军》后,我曾与范梦一起策划创作一部反映20世纪30年代鲁迅与木刻青年的电影。考虑到范梦是木刻方面的专家且又有很深的文字功底,我在长影专门为他开了介绍信,并为他提供到上海深入生活的资金,以便挖掘有关创作素材。

在上海公安局档案室,范梦发现了中央美术学院原党委书记江丰和著名诗人艾青在20世纪30年代被抓进上海监狱的"登记表"。这是一份对开大小的表格,左上角有江、艾二人青年时的正、侧照片及姓名和编号,下面有他们左右手的十个指纹,还写有被捕原因以及入狱时间等。范梦如获至宝,复印了两份带回北京。

我与范梦来到江丰家,将"江丰入狱登记表"的复印件交给江丰,他兴奋至极,说自己早已忘得一干二净,没想到半个多世纪后,能在家中亲眼见到这份材料,他立即打电话将我们介绍给艾青。

艾青大喜,说道:"请范梦和长影的导演赶快来我这。"

艾青当时住前门"远东饭店",我们把"艾青入狱登记表"的复印件交给他老人家。

艾青带上老花眼镜仔细地看,连连点头,突然,他那双拿着自己入狱登记表的手不停颤抖,他拿下眼镜,双眼泛红,沉默良久后说:"转眼 50 多年过去了,仿佛就在昨天……那时的热血青年现在老矣……"这位历尽沧桑的老人,回顾往事时说得轻淡而明确:"其实历史没有那么复杂,也没那么泾渭分明,什么左翼、右翼,当时'宗派'多啦,我们年轻气盛,追求进步,国民党有权力、有警察,就抓我们这些追求进步与光明的人。"

在艾青那里喝了茶,我们便赶当晚的列车返回了长春。

范梦很快写出电影文学剧本《血染的刻刀》初稿。

正是因为几十年前范梦与我对鲁迅与木刻有着一种特殊情怀,他才会向我约稿吧。

范梦是我相识半个多世纪的老友。1960 年我在北京电影学院美术系读二年级,他是中央美术学院版画系四年级学生,我们都是大连人,在北京十大艺术院校同乡校友中他年龄最大,且长得也很老成,为人热情质朴,大家都称他范大哥。每次寒暑假,在京学习艺术的大连学子们总会结伴乘船回家乡,在轮船上畅谈艺术和理想,觉得浪漫极了。

转眼五十六年过去,弹指一挥间,当年热情而浪漫的青年现在已是老者。

在六十年的风雨坎坷中,范梦在美术史学领域有着卓越成就。改革开放以来,他聚焦在世界美术史和东方美术史这一广阔领域,写出了我国第一部真正意义上的《东方美术史》(季羡林作序),以及集知识性、文学性与趣味性于一体的《东方美术史话》,深受读者喜欢,多次再版,还被选入《中国文库》。他还写了《西方美术史》等,特别是在新世纪初,他写就的 80 万字的《世界美术通史》引起了学术界的高度关注,季羡林老先生亲自为其题写书名。范梦提出的"向西方学习",但更要重视继承与弘扬东方传统文化的"全球美术观",以及"世界文化八大体系"的学术见解,受到季羡林、王琦等先生的赞许。范梦凭借独到且令人信服的艺术观点,组织鲁、豫、皖、苏等地的业界人士,共同编写了《世界美术简史》和《美术概论》,这对于渴望了解世界美术史的广大青少年学子们,真可谓雪中送炭。

我最初是学美术的,后来改行从事电影导演工作,深知从事造型的人,了解东西方美术史是多么重要,而素描则是学习美术的基本功。范梦出版的《中外画家谈素描》,由中央美院院长靳尚谊先生写序,收集了诸多中外画家谈素描的文章,让学子们从绘画名家那里了解最基础的素描之道。范梦还出版了与此书配套的《素描艺术》和《艺术美学》以飨读者。三十年间,出版了 15 部共计 300 多万字的专著,这是令人何等惊奇的成果呀。欣喜的是范梦每出版一部书,总要送我一套,让我这个老弟分享他丰收的喜悦,我从中也受益匪浅。

更令我佩服的是范梦以惊人的意志坚守他的初衷,几十年如一日,不论遇到什么样的困难与挫折,都始终如一地坚持和努力,把理想变为行动,将自己置于书山文海之中,忘我地拼搏,即使遭遇逆境、病魔的折磨,乃至家境的变化,也未动摇对艺术的追求。他如同苦行僧,在默默前行中,留下光彩的印迹。

在新中国高等美术教育历程中,中央美术学院 1957级美术史系第一班,从建系到结束不足一年,是一个几乎被人忘却的"短命班"。范梦是这个班为数不多的学生中的一员。短暂的学习在范梦的心中播下了一颗极具生命力的种子,让他在步入美术圣殿后即产生"探寻东西方美术史"的愿望,让他在后来的岁月里燃起激情之火,最终结出丰硕的成果。毋庸置疑,美术史"短命班"的学生中,唯有范梦是坚守者和弘扬者。

20 世纪 60 年代初,正逢国家困难时期,国际风云变幻,中国是第三世界的中坚力量,当时我们经常到天安门广场游行,声援亚非拉第三世界国家,甚至把大标语挂在这些国家的驻华大使馆前。这个时期《人民日报》及多家报纸上都刊登了声援亚非拉的"反帝组画",那有着有力的刀法、鲜明的主题和强烈的黑白对比的版画作品,正是木刻青年范梦亲自操刀或带领全班同学创作的。木刻在体现时代性和战斗力方面远比其他绘画手段便捷。刚刚转至中央美院版画系的范梦等青年学子们,正是继承了鲁迅先生在 30 年代提倡的"新兴木刻运动",呼唤年轻的木刻家们以刀笔为武器,为民族和国家发出战斗的呐喊。当年跟随鲁迅先生的青年木刻家们,如李桦、胡一川、江丰、古元和彦涵等正是教范梦的先生,他们传承了中国版画的优良传统,扎根于生活,面向社会,服务于时代。

记得1961年秋冬之时,范梦开始毕业创作,他选择为诗人李季的新诗集《杨高传》绘插图。要做好毕业设计,首先要深入生活,到诗人李季笔下描写的陕北地区扎根、采访与写生,这在当时是何等艰难呀。一个穷学生,背着画夹子到贫瘠的陕北老区搞创作,似乎太不可思议了。范梦是闯关东人的后代,有一股子闯劲儿,他坚定地迎难而上,如同一个西行取经的行者,身着破旧的大棉袄,几乎每天饿肚子,行走在陕北地区的土窑洞间。本不会抽烟的他,也能抽着当地的土烟同陕北老乡坐在土炕上唠家常,在马厩内、土窑下寄宿,更是常事。艰辛的努力没有白费,他带回来了许许多多充满生活气息的写生和创作。他的毕业创作是一幅幅精美的《杨高传》套色木刻组画。细腻的刀法、别具匠心的构图和得体的色彩处理,让人赏心悦目,作者李季也大加赞赏。我至今还保留着他赠我的套色木刻作品,每每看到都会想到范梦讲述的陕北传奇故事,这些故事像一组组电影镜头,活灵活现地浮现在眼前。

1962年,范梦由中央美院版画系毕业,分配到长春市总工会办的职业学校教授美术课和素描基础课。后来,他又到距长影很近的三十八中学教美术,与他分配在一起的还有中央美院油画系才子袁运生。我是1964年深秋由北京电影学院美术系毕业分配到长春电影制片厂的,我们在长春又相聚了。

在此后的十几年间,社会的动荡和生活的折磨都没有磨灭范梦对事业的憧憬与追求。20世纪80年代,他调至山东,到有百年历史的山东师范大学任教,回到学术氛围中的他找到了研究东西方美术史学的路径。此时的他不仅是一个画家,更是一名老师,他以为师育人的自觉忘我地工作,在东西方美术史领域中寻其精髓,传播美学艺术。此时,正逢中国改革开放之船扬帆启航,范梦发挥出极大的潜能,著书立说,弘扬与传播东西方美术文化,足迹遍及大江南北,桃李遍天下。

范梦是个重情重义的人,很看重朋友的艺术成就。袁运生是他很尊重和佩服的绘画才子,当袁运生从长春调到北京主持首都机场壁画《泼水节——生命的赞歌》大型作品的创作时,他激动的表情至今让我记忆犹新。他说大型作品选择了袁运生是明智之举,这一题材的壁画创作非他莫属。1989年,我和肖桂云为新中国成立四十周年联合执导的重大革命历史题材电影《开国大典》在海内外获得巨大成功,他比我们俩还要高兴,逢人便赞美。

2005年在纪念中国电影百年诞辰之际,我们应家乡山东蓬莱之邀,在那里举办了电影作品展与艺术照片展,同时还搞了一台文艺演出,很是热闹。我特别邀请了范梦,他专程从济南赶到蓬莱与我们一起共度欢乐时光。分别时,范梦站在大门口像尊塑像似的一动不动,车已启动,我突然叫停,跑到他面前跟他握手告别:"老范大哥,多保重!"他眼含泪水,默默地点头:"你也保重!"汽车开出很远,他依然站在那里,望着我们离开。

范梦是位多愁善感的人,对国家、对工作、对生活充满忧患意识,也是一个凡事都要做到尽可能完美的人。课堂上的范先生,为人师表,孜孜不倦地为学子们授课;专业上,他排除万难,坚守初衷。

在范梦艰辛而精彩的人生中,我要为其点赞的是他毕生义无反顾的努力坚守,他以自己的良知撑起了一片天地。他头上的光环是用生命拼出来的。

祝贺范梦新作《版画艺术论》出版问世。

祝范梦健康长寿,永葆青春!

2016 年 6 月 18 日于高雄